Cheng Peipei

回首一笑

七十年

郑佩佩

著

生活·讀書·新知 三联书店

图书在版编目(CIP)数据

回首一笑七十年/(美)郑佩佩著. —北京:生活·读书·
新知三联书店,2016.1(2016.4 重印)(2016.5 重印)
ISBN 978 - 7 - 108 - 05375 - 6

Ⅰ.①回… Ⅱ.①郑… Ⅲ.①散文集-美国-
现代 Ⅳ.①I712.65

中国版本图书馆 CIP 数据核字(2015)第 319175 号

责任编辑　麻俊生
封面设计　储　平
责任印制　黄雪明
出版发行　**生活·讀書·新知 三联书店**
　　　　　(北京市东城区美术馆东街 22 号)
邮　　编　100010
印　　刷　上海丽佳制版印刷有限公司
排　　版　南京前锦排版服务有限公司
版　　次　2016 年 1 月第 1 版
　　　　　2016 年 5 月第 3 次印刷
开　　本　720 毫米×965 毫米　1/16　印张　16.75
字　　数　246 千字
印　　数　17,000 - 28,000 册
定　　价　49.00 元

序一 侠义人生

认识郑佩佩是在 1988 年。那一天，美国西来寺落成，她带着美国亚洲电视公司的工作人员前来采访，从而见到了有"武侠影后"之称的她。

后来应她的要求，将当时在台湾电视公司播出的《星云禅话》节目录像带，交由她在南加州十八频道主持的节目中播出，星期一到星期五，每天播放一集。听说反应不错，郑佩佩说受益最多的是她自己！

1991 年，国际佛光会成立之后，她加入成为会员。二十多年来，她热心参与佛光会举办的活动，也担任檀讲师，在世界各地弘扬佛法。由于过去拍电影时训练出的口才、演技，她台风稳健，讲说幽默、风趣，很受听众的欢迎和好评。

在中国电影武侠片女演员当中，郑佩佩当为翘楚！她心性善良、质朴，做事认真负责，脚踏实地。身为演艺人员，在五光十色的环境中，即使曾经红极一时，顶着"武侠影后"的光环，她也不曾迷失。难能可贵的是她非常重视家庭，事亲至孝，对弟妹友爱照顾，对子女更是竭尽心力地养育守护。

接触佛光山之后，她很快地把每个道场当作自己的家，和信徒、义工们一样，搭着海青、缦衣在佛前虔诚诵经、礼拜；和大家一起用餐，自己拿碗筷，帮忙收拾善后。

　　她在各地拍片，每次回到香港，就住在佛香讲堂的精舍，半个月、一个月，和我们一样清茶淡饭；和几个人一起共住，她也不计较，随缘、亲切、和蔼。如此宛如修道人般，不贪图荣华富贵的享受，让她赢得了好名声，可以说是优婆夷的典范。

　　十几年前，她在佛光文化出版《擦亮心灯》这本书，一篇一篇的散文，写出学佛的心路历程。那时，我见她燃起写作的热忱，便告诉她可以从佛教徒的角度来写她的"演艺生涯"。没想到她真听进去了，在第二年，1998年就写出了第二本书《戏非戏》。

　　现在这一本《回首一笑七十年》，是她的回忆录，从出生、童年、演戏、婚姻，写到学佛、重出江湖再披戏服。郑佩佩出生于上海，先后在中国香港和美国、澳大利亚居住生活，可说人生阅历丰富多彩。

　　当然，也不免有跌宕起伏、不顺遂之时。幸好她有着坚韧的毅力，加上她待人有情有义，所以在遭逢逆境、跌入谷底时，总会有人伸出援手，鼎力相助。尤其学佛之后，可以感受到佛法已经在她心中生根，明白因缘法，她能知取舍，学会放下而欢喜自在。

　　一生热爱表演，以演戏为职志的郑佩佩，年近七十，仍然想做节目，仍然致力于表演艺术。这种生命态度令人敬佩！

　　戏如人生，人生如戏。郑佩佩这一期的生命，无论戏里、戏外，都在诠释她"舍己为人"的菩萨情怀，都在演绎她"义无反顾"的侠义精神！

　　祝福这位菩萨侠女！

星云

2015年中秋于佛光山开山寮

序二 佩佩印象

1960 年代末，我在日本半工半读，担任邵氏机构的驻日本代表。一天，公司来 telex（这种通信方法相信当今的年轻人听都没听过），说有三个香港女子要来东京，让我照顾，我可真的不知道如何"照顾"法。

第一个是郑佩佩，第二个是吴景丽，第三个是原文秀。佩佩当年红极一时，不用介绍。吴景丽是片场中的演员训练班学员，而原文秀的哥哥则是原文通，和佩佩在台湾拍拖的那个人，后来也成为佩佩的夫婿。

安排了她们三个人的住宿和芭蕾舞学校，之后便带她们去吃吃喝喝（当年已拿手）。和我们一起去的还有我在日本的一位大学同学叫王立山，山东人，日本华侨。大家都年轻，拼命认老，我叫他老王，他叫我老蔡，佩佩也学他叫我老蔡，至今真的是老蔡了。

和她聊天，发现她是一个很有抱负的女子。我们都很有理想，很谈得来，就成了好朋友。三人学成回去，我到香港述职时，佩佩一直陪着我。当年的狗仔队未流行，在八卦杂志中也未出现过佩佩未婚夫的照片，有记者见到，还以为我是原文通呢。

回到日本，我学的是电影编导，香港电影来日本拍外景的工作，也自然而然地由我负责起来，又和佩佩见了面。当时她是来拍《金燕子》的外景。张彻一心一意地想拍性格刚强的男人戏，金燕子这个角色由胡金铨的《大醉侠》承传，本来应该写她的，但剧本逐渐改动，戏变成重在扮演白衣武士的王羽身上。佩佩背后向我诉苦，我也曾经向张彻提出。我的权力不大，当然不受理会，无可奈何。

后来罗维又和佩佩来日本拍雪景，是一部叫《影子神鞭》的戏。罗维是大导演，在现场躲了起来，文戏叫副导演拍摄，打戏交给武术指导。我年轻气盛，认为导演不在现场，就像战士抛弃了武器，和他吵了起来，差点给当年掌握大权的罗维的太太刘亮华炒鱿鱼。佩佩做和事佬，香港方面又不允许，才保了下来。

1970 年大阪举行世界博览会，我去拍纪录片。在美国馆中展示了最有权威的电影杂志 Post（《邮讯》）中名摄影师所拍的世界最美的女子一百人，中间有张佩佩的黑白照片，长发浸湿，双眼瞪着镜头，的确是美艳惊人，令我至今记忆犹新。

1971 年佩佩退出影坛，嫁到美国去，我们还一直保持书信联络。她的字迹，完全不依常理，字忽大忽小，一个字可能占了数行，也许只有我看得懂，哈哈。

在美国，她当了一个贤妻，为原文通生了一个又一个的女儿，但原家希望有个男孩子，佩佩就不断地生。我们这些老友都说够了吧，够了吧！终于，生了个儿子，大家都替她舒了口气。

在美国的那些年，只知道她顶下一家人的生活，又去做什么电视的小节目，又去教人跳舞，再是做什么地产经纪，没听过她先生做点什么。

又一年，她说先生要经营杂志摊，要我在香港寄刊物给他们去卖。我当然照办，长时间运了不少过去，但后来也没有了声息。

有一次，我去加州，佩佩大老远跑来见我。两人在友人的游泳池畔聊至深夜。年轻时大家想做的事，和现实生活中还是有距离的。

后来我们书信在不知不觉中疏远了，听到她和夫婿离婚的消息。经过一段时期，永远有无穷精力的她，又回到香港来了。

就在本书付梓之际，我的媒体朋友甘鹏意外在马来西亚作家李天葆的家里
找到了老蔡提到的这张照片，曾刊登在《香港影画》1966 年第 6 期。

我们又见了面。这时她笃信佛教，大概也只有宗教可以解释她人生的困扰。佩佩一身佛教徒的简衣便服，真是有"尼"味，后来更是居住到佛堂精舍中去了。

在一个电台节目中，我们两人作为嘉宾出现，听到她发表的宗教理论，也不是我这个又吃又喝的凡人可以理解，只是默默地祝福她。

在李安的《卧虎藏龙》中又见到了她。佩佩很安然地接受反派的角色，也不在乎年老的形象，这是她一向敬业乐业的精神。电影得到认可，要佩佩拍的戏也愈来愈多了。

忽然在报纸上看到她摔断了腿，真为她心痛。这个人就是那么刚强，年轻武行没有拉威亚的经验，拼命叫佩佩姐，上吧，上吧！她就上了，唉！

她的一生，好像是为了别人而活的。最初是为她的母亲，一个名副其实的星妈，干劲十足。后来又为丈夫，到现时还不断为子女。佩佩像她演的女侠那么有情有义。胡金铨导演在加州生活时的起居，他死去了的后事，她都做得那么足。因精神失常，杀母后提着母亲头颅到处跑的邢慧，在美国被判刑。佩佩为她四处奔波，又常到监狱中探望。两人在邵氏期间不是很熟，只是个同事，佩佩也做尽自己的一份力量，实在是可敬的。

现在，她要出书，我起初是拒绝她的要求写序的，因为可能涉及一些她不爱听的往事。佩佩在微博中回复我："你爱怎么说都行，都一把年纪了，有几句真心话能听到呢？"

此为序。

2015 年 10 月

序三　最亲的人

　　被要求为某个人写点什么，总是一桩为难的事情，因为你不知道这其中有多少是需要凭空捏造的内容。不过若是要给我的大姐佩佩写一点文字，为难的地方却在于我取舍那些往事的比例。

　　我脑海中浮现出的第一个有关她的词是慷慨（generous）。我很确定我不是唯一一个这么想的人。我的所有家人和孩子都会毫不犹豫地得出这个结论。她慷慨到了极致，甚至会在自己忍饥挨饿的情况下和你分享她仅有的食物，在她受冻畏寒的时候解下身上的衣衫交付他人。

　　严格说来，她和我并不是一直都在一块儿成长，我们分开的时间要远远超过在一起的时光。可以说，我们从未拥有过父爱，甚至是母爱，母亲大多数时间都无暇看顾我们。在我们蹒跚学步时，是佩佩挑起了照料弟妹的担子。我仍然记忆犹新，她牵着我的手走过上海繁华街巷的那些场景。那时，我们迈着短短的腿，而如今的世界却广阔得多。在当时的我看来，这条马路宽得很，好像无论如何都过不去。如今想来，我们安然无恙，没有被车撞倒，真是一桩奇迹。我也很肯定，如果有一辆车向我们横冲过来，佩佩一定会义无反顾地挡在我们前面，保护我们。

　　在我们十几岁的时候，基本上都是处于被"放养"的自由状态。在当时的情形下，如果没有父母的引导，很容易误入歧途。但好在还有我们的大姐，她确保我们不走弯路，教我们做个诚实的人，培养了我们对生活的正确态度。

　　大家都知道，我生命中最大的转折事件在于我们全家移民澳大利亚，我有了上大学的机会，并由此获得了成功事业的良好开端。这一切之所以成为可能，都要归功于我的大姐。那时，她刚刚开始作为一名女演员的职业生涯。她的功成名就几乎是板上钉钉的事情。我相信，无论她打定主意要做什么，她都能做得很出色。不管怎样，她后来选择与邵氏兄弟电影公司签了几年合约，因为这样她就能帮助我们移民到澳大利亚去。如果没有她的这番好意，我们只能滞留在香港，结局也颇难预料。

　　如今，我们四个子女居住在世界各地，我们都有了自己的家庭，但大家仍然非常亲近，彼此间保持着密切的联系。互联网更是缩短了我们之间的地理距离。每周，我们都相互通信，分享彼此生活中的喜怒哀乐。

　　这世上除了我的大姐以外，再没有人让我如此爱戴和敬仰。我不知如何才能回报她许多年来的深情厚谊。不过我相信，这回报原本也并非她乐于助人、宽于待人的本意。

弟弟郑业成（David Cheng）

　　看了哥哥及佩佩的四个孩子对佩佩的认识，我们的最强同感是，她确是一个非常慷慨的人。在金钱方面，她认为只要赚得来，与她身边的人分享是她自己的福气。最难得的是，佩佩出钱又出力，她为儿女，没有什么事可以难倒她，有时我们觉得不可能做到的事，她居然可以做到。她身边的人如有需要，只要是帮得到的，她都出手，而且永不求回报。虽然不挂在口边，但对亲人对朋友的那份爱是很强烈的。说她是现代女侠，当之无愧！她的一生真的很丰富，如果人生是来学习的，她走了别人的很多世。到了七十岁，她仍然希望可以建立一个平台给她身边的年轻人去圆他们的梦。我们在这里祝福她梦想成真！祝大家姐（big sister）生日快乐！

大妹妹郑小佩（Fiesta）
小妹妹郑保佩（Shirleen Wong）

"开心就好！"妈妈总是对我们这么说。所有的父母都只想确认一件事，那就是他们的孩子过得很开心。妈妈总是全身心地自我奉献，让我们大家都开开心心的。我不知道该如何回报她曾给予我的那么多的一切。我只知道让她开心的事就是，不要让她为我操心，让她知道我快乐、健康，正在从事自己所爱的事业。拥有这样的妈妈，教会我善待他人、慷慨付出，以及顽强对抗逆境，让我十分感激。妈妈所经历过的一切，相当于别人活了好几辈子。

我希望我能有幸分得妈妈哪怕四分之一的才干和坚强。不过无论如何，我已经是个幸运儿了，她教会我有一颗善心，以及关心生命中最重要的事——家庭。妈妈，我将永远爱您！我为您感到骄傲！我每天都受到您的激励和鼓舞！

大女儿原和琪（艺名：原丽淇，Eugenia Yuan，琪琪）

在有一个好妈妈这件事情上，我一定是中了头彩。妈妈是一个充满爱心、慷慨付出的人，总是尽她所能地关怀我们，同时也能照拂他人。她发自内心地坚强、美丽、乐观，经历过艰难困苦后仍面带笑容。她努力、聪慧，总是令人倍受鼓舞，并且让我感到非常骄傲，她是我的妈妈！是的，我的妈妈！如果这么说听起来显得我占有欲很强，那也的确是事实。因为总有人利用她，非议她，或者并未对她表示出应有的尊重。我对这个我称之为"妈、妈妈、妈咪"的女人充满了占有欲和保护欲。当然，她总是否定自己有被保护的需要，尽管她曾历经坎坷，却仍然是生活的幸存者。而且，因为她的心中满怀善意和爱意，她早已原谅了那些曾经误解过她的人。如今，我每天斗志高昂，不断努力，就是希望能变得越来越像她，向她学习，因为正如先前所说的那样，在有一个好妈妈这件事上我中了头彩。她是我所有灵感、力量和真爱的源泉！

二女儿原和珍（Jennifer Yuan Martin，珍珍）

我的岳母是我所认识的人当中，最善良、最无私的人之一。我和其他许多人都曾得到过她数不胜数的帮助和付出。她知道我很爱喝茶，于是每次总会准备新茶让我尝一尝。我知道她常常挂念着我，经常不求回报地帮助别人。她有时会和我微信联系，并用她的坚持和耐心帮助我学习中文。她待我如同亲生的孩子一般，无论什么原因，她都愿意挤出时间来为我排忧解难。

　　　　　　　　　　　　　　　二女婿乔（Jonathan Martin-Jon）

　　如果要说出在这个世界上最让我钦佩的人，那一定是我的妈妈。我经常喜欢叫她女超人，因为对她来说，世界上没有不可能的事。我希望并且不断付诸努力，要成为一个不但在长相上，更要在为人处事上和她相像的人。她不断地付出，却从不索取回报。她爱自己的孩子们更甚于爱她自己。她一视同仁地对待他人，从未有过任何轻视或歧视。在她身边你总会感到有趣。她可爱、风趣，又才华横溢，她敬业、无私、可靠，是我所向往的唯一榜样。我何其幸运能有这样的母亲，并且，她在事业上成就斐然。能做这样一个受人尊敬的偶像的女儿，我倍感骄傲！妈妈，谢谢您无论我做出何种决定都给予我的毫无保留的支持。谢谢您做我头号的粉丝和对我的信任。在我生命的方方面面，您都是我走向成功的灵感、动力和决心。我也要祝贺您取得了出版回忆录这一新的成就！洛林·彼得森（Lorraine Peterson）曾经说过："每个人都可能变得不俗，但真正的卓尔不凡需要持之以恒的努力。"而您，就是我不同凡响的妈妈！

　　　　　　　　　　　　三女儿原和玛（艺名：原子镤，Marsha，妙妙）

　　在这浮华世间，很少有人和我一样拥有这样一个功成名就的母亲。不过，母亲却从未以浮夸教我，而是以优雅风度抚养我长大。她总是从容镇定，并且常常后退一步来履行自己的职责。她知道万事万物都瞬息万变，所以珍惜每一刻。我想，这也是她始终对每一个人都无比慷慨和关爱的原因。这是她对我最大的教诲。每当我结识一位认识或见过母亲的人，我总会立刻被欣然接受，只因为我是她的儿子。这是一个非常惊人的现象。不过，这并非仅仅因为她赫赫有名，而是因为她维系明星身份的姿态和方式。

　　遗憾的是，我与母亲相聚的时光并不多，一年也不过只有两周到四周左右。不过每当我见到她的时候，我们之间的交流都会有独特的内容。我们不斤斤计较于琐碎小事，只专注于有关那些生命成长与前行的事件。她鼓舞着我，她是我生命中的头一位人生导师。我从她身上学到了许许多多，因着我是她的儿子，他人待我热情友好，我希望有一天人们对待我的朋友和家人，也能如此这般。

今年我参加了一个叫作"Burning Man"的狂欢节庆祝活动。在这个节日上，没有金钱往来，只有礼物。但它并不是以物换物，而是一个非常特殊的有关慷慨的文化。虽然这是我第一次参加这个活动，我却感到非常自在，因为在我孩提时代，母亲就曾教会我给予和付出。现在已长大成人的我也开始思考如何鼓励他人给予和付出，这种行为具有传染性。母亲一直激励着我，而我也知道，她也曾在许多其他人的生命中让人倍受鼓舞，积极进取。

儿子原和玉（Harry Yuan）

目 录

第一章　不会笑的童年

（1946—1961 年）

与家人情深缘浅

1946 年 1 月 6 日我生于上海。

童年往事对于我来说，一切都是模模糊糊……

我对父亲的印象尤浅，或许是因为我们相处的日子最短的缘故。

何止是父亲，其实我这一生中，虽然我那么在乎家人，我却和我的家人都那么缘浅，包括我的母亲，我最心疼的弟妹们，我最亲爱的孩子们。我永远是独来独往，或许人来到这个世界上本来就是孤独的。

家父姓蒋，名学成，字上佩，原籍浙江绍兴。也不知道我们家在哪一代移居上海，但自小，我的户口本子填写的就是上海市人。

父亲家境贫困，祖父在巡捕房当差，一次抓贼的时候，在乱枪下"牺牲"了。由于父亲是家中老大，就被拉去替补祖父的职位，并担起家计，养活家中的老母和三个弟弟。

谁知道青胜于蓝，父亲比祖父有出息，当差还当得不错，很快就升职成了巡捕房老大。按照母亲的说法，父亲就是个侦探。

当然官职越高，逮捕的人也越多。但父亲没几年就辞官从商，到抗日战争结束，日本人投降，他已经开了中国第一家墨水厂——"A 字墨水厂"。新中国成立，他逃不掉被清算的命运，当然也保不住他的事业。

据说抗美援朝时，他为了表示爱国，还给国家捐献了一架飞机。可惜已经太迟，改变不了他在大时代下的命运。

我六岁那年，小妹妹保佩才刚出世，尚未满月，父亲就被送去劳动改造了。从此，我们四个子女就再也没见过他。然而我们却仍然在他所留下的阴影里过日子，"反革命家属"的帽子，使我们一个个都抬不起头来。在那个时代，对于像我们家这种背景的孩子而言，可以说是前途茫茫，根本看不到出路。

我并没有因此而恨父亲，我相信他只是大时代下的一个政治牺牲品。

父亲在的时候，我们家一开始是住在淮海中路的飞龙大楼。它并不是什么豪宅，小时候我还有点不明白，既然父亲是个大资本家，拥有上海"A 字墨水厂"，为什么家里过的仅能算是小康的生活呢？长大成人后，才明白是因为父亲有两头住家，母亲只是他的外室。不过到新中国成立后，母亲也解放了，开始反抗这不平等的待遇。结果父亲就把我们迁出飞龙大楼，搬进淮海中路 2018 号，一间西班牙式的老房子里。

对于老房子里发生的事情，我记得的事不多，都是些奇奇怪怪、断断续续的情景……

比如，我记得有一次带着弟弟，跟着隔壁邻居的孩子们，去看我们家后面白俄老太太家的母狗生小狗。我们这些小孩不知怎的激怒了那只母狗，那些比较大的小孩跑得快，一溜烟就不见了。可是弟弟还很小跑不快，不知道是怕会挨母亲骂，还是我那时就已经有侠义精神，反正我代替弟弟被母狗咬了，肚脐眼遭了殃，整整缝了一百针。

还有就是那个时候，小孩子都在学扭秧歌，我也跟着扭，大概因为我扭的时候笑得特别甜，常常得到大人们的表扬，这或许就开始了我对舞蹈的兴趣吧。

对于搬家，倒不太记得当时有没有很兴奋。虽然新房子比原来飞龙大楼大得多，我好像还有了自己的房间，但我记得的只是母亲挺着好大好大的肚子，不能跟我们一起坐家里的三轮车，她独自一人搭乘门口的有轨电车。新家在淮

父亲和母亲

父亲在办公室

巳披閱案卷　　未披閱案卷

海中路底，刚好在同条线路有轨电车的最后一站。

才搬进新家不久，家里就发生变故，父亲被抓去劳动改造了。

这以后母亲开始做各种不同的工作，来维持我们四个子女的生活。母亲是个很能干的知识分子，当初学校毕业以后，就因为长得漂亮，还说得一口英文，应聘当了父亲的秘书，才会成为父亲的外室。

母亲还写得一手好字，所以新家很快又成了印刷公司。那年头连平版印刷也未开始，印刷得靠人工刻版。母亲每天写好钢版，然后交去印刷。后来母亲不知道怎么的，又当了体育老师，在青年会教游泳和花式跳水。母亲常常提起，她去香港以后还参加了第一届花式跳水比赛，拿了个冠军。

保佩说当时母亲参加比赛，她和其他几个哥姐，由外婆带着，到楼下的凉茶铺看电视转播比赛。那时香港不是每家人家里都有电视机，只有凉茶铺有电视机，你得在他们那里看电视。比赛好像是在香港维多利亚公园的游泳池举办，开幕式那天连港督都出席剪彩，可见非常隆重。他们当时也非常兴奋，逢人就说"这是我们的母亲"。

但是我怎么没印象呢？

保佩说那时我还在上海，所以很多的事情都错过了。直到前几年母亲要卖房子住进养老院，我替她整理收藏的旧东西时，才看到那张她和当时港督握手的照片。而且，那天还听到母亲说出一个秘密。

"到底您那时一共有几个人参赛？"也不知道我们中的哪个突然想起问母亲这个问题。

没想到母亲得意地回答说："那年代哪家的女孩敢去跳水啊？要知道我还是花式跳水呢！"

"那……你岂不是自己一个人在比赛？"

此时母亲已患上了阿尔兹海默症，思路不是很清楚。反正若在以前的话，她绝对不会告诉我们原来她只是自己跟自己在比赛，冠军是她，亚军也是她。

知道了母亲的"秘密"后，我们很长一段时间都拿这事来开玩笑。但是仔细想想逾半个世纪之前，有几个女子能像母亲那样，不但能游泳，还能花式跳水！可见当时母亲有多新潮，是个走在时代前头的新女性。

母亲泳术这么好，没人相信作为女儿的我却不会游泳。那是因为母亲认为教自己的孩子事倍功半，所以就让她的同事教我游泳。不知道是因为我笨，还是这位同事真的像母亲认为的那样，出于嫉妒她把气出在我身上，才上第一课，二话不说就把我推进了游泳池……从此以后，我再也克服不了落水的恐慌，也就再没学会游泳。

父亲被下放劳改后，他的四弟，也就是我的"四爷叔"，为了要稳住我母亲的情绪，常常接济我们，但是还是挡不住这场婚姻以离婚而结束。母亲最终与父亲划清了界线，让我们四个改跟她姓郑，然后就先后带我们四个子女，到香港去投靠她的哥哥，也就是我舅舅。

自从我父亲出事以后，我脸上再也没有了笑容，很难想象吧，我的童年居然不会笑！

弟妹们的小妈妈

当母亲忙着赚钱背负起一个家长的责任时，自然我这个身为大家姐的，就得担当起小妈妈的责任了。其实我那时当那个小妈妈，要比我后来真当妈妈时还要紧张。我不希望弟妹们受到一点点的委屈和伤害，我心疼我的弟弟妹妹，我告诉自己，我一定要好好地保护他们。

但其实我比弟妹们大不了多少。保佩是我最小的妹妹，我们年龄仅相差六岁，严格来说甚至不过五岁半，因我是年头出生，她是年中出生。可是我这个小妈妈当得可起劲呢！整天背着一个，抱着一个，手上还拖着一个到处走。有一次就这样带着弟妹们过马路，迎面来了一辆大卡车，差点就撞上了我们。幸亏卡车司机菩萨心肠，最后关头硬是把卡车给刹住了，他自己却被方向盘给撞伤。多少年后我回到当年肇事点去看，怎么也无法理解，那条淮海中路那么窄，当年怎么就差点过不了呢？

不过如果我的姐姐能活下来的话，我这个大家姐就当不成了。是的，我上面之前还有一个姐姐，或许因为母亲生姐姐的时候年纪还太小，加上外婆也不在她身边照顾，姐姐生下来没多久就夭折了。那时候还没我呢！所以也没人记得姐姐，更不会有人提起她。

我们四个子女（当然指活着的四人），我是佩佩，下面小我两岁的是弟弟业成，接下去是与弟弟差一岁半的小佩，最小的是保佩。我们也算是从小相依为命，尤其没了爸爸，妈妈又常常不在家，让我们四个感情特别深厚。我天生就母爱泛滥，这个小妈妈可当得不亦乐乎。

记得弟弟业成开始上小学一年级时，我也只不过是三年级的学生，却对弟弟怎么都放不下心来。把他送进课室后，就站在窗外守护着他，直到上课铃声响起，才迫不得已回到自己的课室。一下了课赶快又回到他的课室窗外，也不知道在担心什么，好像少看一眼他就会出什么状况似的。

后来，应该是我们已经到了香港，有一次他在学校踢球踢断了脚，从医院上了石膏回到家里，晚上疼得不能入睡，我就扛着他的腿，一晚上都不敢打瞌睡！

虽然我那么疼他，但是对他却是非常严厉，现在想想自己当时还真的有点过分。

我最不能接受别人满嘴脏话。但是弟弟是个男孩，不论是在学校里，或者是和邻居的孩子们一起玩耍，难免会有样学样，随口来上那么两句脏话。若正巧被他的小妈妈我听到了，就会二话不说把他拖回家，拿起刷马桶的刷子刷他的嘴巴。不管怎么样他果然就嘴巴干净了，相信这一辈子他都不会忘记。当然我也以身作则，不管处在什么环境，就算是我在娱乐圈大半个世纪了，嘴里也从来不曾吐出半个脏字。

虽然我们感情很好，但姐弟俩之间偶尔也有争吵的时候。最严重的一次是我们还住在上海，也不知道为了什么事，突然弟弟动怒了，拿着把菜刀一直把我追上屋顶，把我吓出黄疸病来。实际上我也不相信人被吓一吓会吓出黄疸病，不过我们固执地这么坚持，渐渐成了我们之间的典故了。

跟弟弟比较起来，大妹妹小佩一直都是令我很困惑的一个。她从小就老爱

小时候的我

我和弟弟业成

闯祸，她一闯祸我就遭殃。最难忘的是她被开水烫伤的那次，我怎么都无法想起她怎么会被开水烫到的，只记得因为没带好妹妹，被妈妈用高跟鞋狠狠地打了一顿。

还有她那次荡秋千摔下来，我被挨打挨骂还是小事，让我遗憾的是，她这一摔给她下巴从此留了个疤。

小佩实际上是我们四个子女里最像妈妈的一个，不但长得像，和妈妈一样漂亮，而且和妈妈一样聪明，不需要怎么用功，什么事情只要看一眼，就已经一目了然。

比如说她没正式学过裁剪缝纫，但是就算旗袍手工那么复杂，她把一件旗袍拆了开来，就能照着为自己缝上一件。所以我们常常开玩笑说她每天换一个男朋友，每天为自己缝一件新衣裳。不过她的新衣服也只能够穿一天。就说她第一次结婚，为她的新郎做的那件礼服吧，你想想男人的西装礼服制作有多难，她居然也可以自己来，只是婚礼还没完，那件西装礼服就烂了，到底怎么会烂了，烂成什么样我都无法想象，因为我不在场。

所以母亲一直都比较看好她，比如说学芭蕾吧，小佩五岁时我也只不过八岁，母亲却认为我年纪太大了，学不来，光让小佩去学，只让我陪着她去上课。如果不是因为当时小佩太小没能专注上课，那位白俄芭蕾舞老师看见小的不想学，大的却一本正经在课堂外偷偷学，老太太于是跟母亲说情，提议让我代替小佩上课的话，恐怕我根本没有机会学芭蕾舞呢！

小佩也是我们四个里面最理性的一个。记得 1970 年代初我嫁到美国之前，把外婆送到澳大利亚跟他们一起住，在我离开澳大利亚的时候，小佩匆忙跑过来跟我辞行。一开始她很激动地在那儿带头大哭起来，搞得我们一个个都眼泪汪汪，就在这时候，她突然喊停，擦干了眼泪跟我说，来不及了我要赶去上班了！说完头也不回就走了，把我们扔在后面发呆。

我知道她喜欢唱歌，她到底有没有成为歌星我搞不清楚，但是她从来不懂五线谱，就因为后来嫁的老公是英国皇家乐团的指挥，她居然开始写音乐套谱，而且还成为英国在这一方面数一数二的权威。

如果你问我这一生有什么遗憾，对我这个妹妹多少还算是一桩。虽然我在这儿畅谈着，当年怎么当小妈妈的情景，但实际上和小佩姐妹一场，我对她还是很陌生的，甚至在她经历那么多次起起伏伏，最需要人帮助的时候，我却一直在为自己的生活奔波着，别说没有尽过一个大家姐的责任了，连最起码的关心问候都没有。

相对而言，我和小妹妹保佩的姐妹缘分就比较深了。

小时候不用说，正如她自己讲的那样，她是坐在我膝盖上长大的，为了她我会变得蛮不讲理。

我年轻时，还是有蛮多男生追求的，可是哪个追我，哪个就倒霉定了。因为不单要侍候我，还得侍候我全家，帮忙负担我的责任，接送弟妹，照顾弟妹，甚至请我看场电影，都得多买三张票。尤其是我这个小妹妹，得伺候她像个小公主一样。

保佩到现在讲起这段往事还沾沾自喜：那时候要是哪个想追我姐姐，就先得过我这关，先得把我伺候好了。姐姐没空常会让她的追求者帮她接我下课，有一回我说想喝奶，结果那个刮皮鬼不给我买，居然说我都那么胖了，喝什么喝！噢，我就威胁他要告诉姐姐你不给我买，还说我胖，把他给吓得！再求我，我都不肯喝了。

表面上看起来我是一个"伟大的姐姐"，但是从另一个角度来看，我是非常自私的，完全没有把"那些追求者"放在眼里。

保佩还常记起，当年我已经是邵氏的"大明星"了，却多半还在穿我母亲不穿的衣服；甚至于有一次，母亲给我钱，让我去做几件外出的正式衣服，当我发现做一件衣服有多贵时，我开始舍不得了。不过我自己虽舍不得，却硬是叫裁缝帮小妹做。

有人奇怪了，就问我，为什么你不喜欢穿新衣服呢？

我努力去想，为什么呢？

终于我找到答案：我觉得穿新衣服是种耻辱，只有穿破衣服才光荣！我是从那个时代走过来的，因为家里成分不好，所以更不希望别人对我另眼相看。

我有这种想法，连保佩都觉得很奇怪，她说她从来没这么想过啊。

虽然我们是姐妹，但是保佩并没有经历过这一段时期，所以也不会有这种想法。就像很多人不明白，为什么保佩可以说一口流利的广东话，普通话却远不如我。她离开上海时才三四岁，到我离开上海时，我差不多十五六岁，除了上海话，当然也说得一口普通话。

后来保佩嫁人了，住在澳大利亚，在夫家她是大嫂。广东人的大家庭里大嫂可不容易当，得担当起家长责任。没想到完全难不倒她，她把一家大小里里外外都照顾得有条不紊，难怪她婆婆生前把她当成宝。

我那小妹夫，他才该把我小妹妹当成宝呢，他能娶到我的小妹妹，真不知道是哪辈子修到的福气。

当然也不能说他完全不知道，不然也不会每件事都非得他老婆亲自动手才满意。

比如冲茶那么小的事吧，不是他老婆冲的，他就不喝；不是他老婆洗的菜，他也不吃；就连洗澡水都只有我小妹妹才能调到冷热正合他的心意。

他少爷只需动口，就可以叫我小妹妹心甘情愿地做，看在我这做大家姐的眼里，怎么能不心疼呢？

为了表示他也很疼惜老婆，他也会给我小妹妹一点惊喜。就像有一年我小妹妹生日，他突然心血来潮，煞费心机，一定要给我小妹妹来个"惊喜"。

那时我正在马来西亚拍戏，我的宝贝妹夫就想到把我请过去，作为送给保佩生日的"最佳礼物"。

从马来西亚的吉隆坡飞到澳大利亚的悉尼得八个小时，来回加起来是十六个小时，但是我只有三天的空档，再扣掉机场往返有的没的，算下来我真正能待在悉尼的时间不过一天而已。到了悉尼他还得先把我藏起来，等到生日会开始才能亮相，我真觉得有点儿开玩笑。但我妹夫当时的态度诚恳得有点惊人，所以我还是依了他。

当我这个"礼物"出场，确实给了我小妹妹一个莫大的惊喜。她顿时完全沉浸在无限幸福中，似乎这些年来，她日日夜夜做牛做马的，都心甘情愿了。

当然我看到她那副满足的样子，也算是我澳大利亚一日游最大的安慰吧。

不过就算有时我不买他账，基本上我这个妹夫还是拿我没办法，因为我"救过"他一次。

他特别钟爱他的车子，每逢休假在家，他就会洗他的车子。他是那种非常仔细的人，洗车时不仅把车身擦得锃亮，还会把轮胎拆开来一个个地擦。

那天大概是星期天，我在他们的农场休息，他在洗车，我和保佩优哉游哉地在荡秋千。突然保佩惊叫起来，原来支撑车子的千斤顶松了，整辆车压在他的手上。情急下我都不知道自己哪里来的蛮力，居然把整辆车抬了起来，让他把手赶快抽出来，不然后果就不堪设想了。

保佩每次说起此事，一定要说明那辆车是宝马（BMW），以证明我的力气有多大，并且强调直到现在她老公手上还有疤痕。

自从我重出江湖之后，保佩更成了我的经理人，虽然说我不至于坐在她的膝盖上，但我不确定若不是有她在"保佩"，我还能像现在这样，完全无后顾之忧地不断向前闯吗？

或许就因为我们四个子女在一起的时间很少，所以我们都特别珍惜。记得我刚从内地出来不久，思想特别"左"，整天会因为左啊右啊地跟弟弟妹妹吵，当然那也不算什么吵，只是发表自己不同的想法。我们吵架的形态，让人看到了更不觉得那是在吵，因为我们是在"对歌"：

我说这个你来听，咚咚锵……

还咚咚锵呢！你说怎么吵得起来。

不过我后来告诉谁也不相信，可能天底下只有我们四个会这样吵架。或许就因为我们这辈子能聚在一起的机会太少，临到老来，我们还是各分东西。我虽说住在香港，大半的时间在世界各地工作，弟弟业成是澳大利亚公民，小佩更远移欧洲英国，小妹妹保佩后来跟着丈夫从澳大利亚回流香港，她更是我的经理人，所以我们还算比较近一点。我们四个子女可能十年都无法一起相聚，但是每个星期都至少相互通一次电邮，我们将之命名为 news week，把一个星期里发生的事情互相报告一下，这样也就拉近了我们之间天涯海角的距离。

从小跟着外婆去拜佛

说起来，我真的是与佛有缘。我想是因为我当时常随着外婆去佛堂拜佛的原因吧。

我的舅舅和舅妈信仰基督教，住在他们家的话，外婆就不能很自由自在地礼佛，所以每逢农历初一、十五，她老人家就会住到我们家来。难怪在我记忆中外婆会"有时出现"。到了我们家，通常她老人家又只会带我去佛堂，这也是为什么我会认为外婆最疼我。

我从小就跟着外婆到处拜佛，然而只是跟在外婆身后，见佛就拜而已。我当时什么都不懂，当然也不能肯定是不是真的有佛菩萨，不过就算是我相信天上真有佛菩萨，但我压根儿从来也没有想去了解，那到底是怎么一回事，更不明白其中竟然会有那么深奥的佛理学问。

外婆也常带着我们去伯公家玩，伯公就是我母亲的伯父，伯公家在上海的圆明园路，在那儿大人们常常告诉我很多母亲家里的事。外太公家从广东中山移居到上海，家里是做茶叶买卖的。外公很年轻就当了家，帮他的父亲照料茶庄。整屋子的人都对我母亲无奈，不难想象我母亲小时候有多顽皮，他们只要一听见我母亲的名字，就赶快把所有会打破的东西收起来。后来外公去世了，剩下孤儿寡母的，那些亲戚还整天都盯着外婆手上的首饰。

外婆也常常带我们到她的弟弟家，也就是我们的舅公家。舅公家就跟伯公家完全不一样，舅公是书香子弟，因为外婆的父亲是开学堂的。但是外婆她老人家却一定要说她不识字，我明明看到她常常拿出笔来写些什么，她说那是菩萨教她写的。现在想来，或许她是在背诵心经，抄写心经吧。

外婆的母亲很早就去世了。外婆是大姐，下面有四个弟弟，她从小就负起当母亲的责任。现在回想，这也是为什么外婆最疼我的原因，因为我跟她老人家一样，都很小就要照顾弟弟妹妹了。

外婆心疼我们几个，一直都夹在我们家和舅舅家之间。当年她老人家带着弟弟妹妹去香港投靠舅舅的时候，老是担心舅妈会对弟弟妹妹不好，所以就带

外婆抱着我，父亲母亲站在我们后面

外婆和我在邵氏宿舍相依为命

着弟弟妹妹从这儿搬到那儿，又从那儿搬到这儿，一直到母亲带着小妹妹也去了香港，她才放心安顿下来。

后来母亲再嫁，她老人家也就不跟我们一起住了。舅舅在郊区买了一幢别墅，还给她弄了个佛堂，她老人家也就搬了进去。

过了几年，我母亲带着弟弟妹妹坐邮轮，随着继父移民澳大利亚之后，我搬进邵氏影城的宿舍时，我把外婆也接了进来。也就是说我们祖孙真正相依为命在一起过日子，是当年我在邵氏最辉煌的岁月里。

外婆在外公过世后，就开始吃长素。我那时最拿手的是可以做出一桌子的素菜。要知道那年头，做素菜的材料还没有这么多样化，但为了表示我的一片孝心，我还是为外婆费尽心思地做出来。

可是偏偏舅舅批评我是愚孝，其实舅舅这么说也不完全过分。因为舅舅为了外婆的健康着想，反对外婆抽烟。但是抽香烟却是外婆唯一的嗜好，我当时非但没有配合舅舅的指示禁止外婆抽烟，还特地为外婆买各种不同的香烟，我的歪理是，外婆都这么大年纪了，不应剥夺她这唯一的嗜好，况且她老人家说她从来没有把烟真正吸进肺里去。

后来我嫁到美国，舅舅全家移民加拿大，我们家移民澳大利亚，当然我最希望外婆能跟我去美国。但是因为种种原因，我还是选择把外婆带了去澳大利亚。

记忆中的外婆除了每天烧香拜佛，还坚持吃长素。她老人家曾告诉我，她这样做是为了求菩萨保佑她的儿孙，个个都能健健康康、平平安安、快快乐乐。

从我开始懂事后常这么想，不管外婆烧香拜佛是否真能让她的儿孙健康、平安、快乐，至少她能这么做已经是件很伟大的事了。外公过世时，外婆才四十岁出头，为了要请佛菩萨保佑她的儿孙，她可以舍去美食，弃口福不享，就足以证明她对儿孙们的爱心。

在那么多孙儿辈里，外婆最疼我，不单单是因为我从小最乖，或许她老人家早就知道，这么多儿孙之中，就我会步上她的学佛路，还跟她一样吃长素。

我开始吃长素，也刚好是四十出头，可是当我"念起"时，却没像外婆那样伟大，而只当作是对自己的一种"惩罚"。这是后话了。

美好的女中岁月

我小学是在家附近的世界小学上的，中学则是在市三女中。其实世界小学也是颇有名气的，后来进了邵氏才发现像陈厚、葛兰等上海来的大明星，都是世界小学的校友。至于后来我怎么会考上市三女中呢？到现在我都还是讲不清楚。在小学里比我功课好的同学多得是，成分比我好的更不用说了，当时市三女中也算是重点中学，也就是旧社会里的"中西女中"，那可是贵族学校啊。

肥肥沈殿霞南下香港之前也就读市三女中，但是老班长蒋胜利却觉得她好像不是我们这一届的，或许是与周采茨（著名京剧老生周信芳的女儿）她们同届，比我们高一届。

在蒋胜利的记忆中，我初二上了一半就离开了上海，也就是说，我在市三女中大概读了还不到两年的时间吧，但是这不到两年的时间，对我却是非常重要的。

在我记忆中，那是最美好的年代。新中国刚刚成立不久，虽然什么都还没上轨道，但是人人都想为国家做点什么。不单是街上干干净净的，每个人很守规矩，上公车都很自觉地排队，见到年纪大的、怀孕的、残疾的都会站起来让座，社会很文明，所以母亲可以很放心地把我一个人跟一个保姆留在上海。

话说我考进市三女中后，被分配到第二班。学校应该是以年纪来分班吧，所以班上同学年纪大概都差不多大，也就是说我们现在都应该先后到七十岁了。

我还很清楚地记得，我们当时的班主任是郭家瑛老师。那时候郭老师最多比我们大十来岁吧，中等身材，皮肤白白的。

我总觉得最大的遗憾是未能见到郭老师最后一面。

自从同班同学韩敏中联络上我之后，很快我就和郑薇、老班长蒋胜利也联系上了。这些年来，每次我们几个老同学一有新的成员加入聚会，老班长都会提议去探访我们这位旧时的班主任郭老师。很快这就成了我们聚会的一个节目。

每次和郭老师在一起，我们这些老人们，突然好像又回到从前，一个个都成了十几岁的中学生，我也自然又成为当年郭老师所点评的"一个过分严肃的小女孩"。或许我从当年就想把自己培养成像郭老师那样有气质、有涵养的女性，我以为至少得从多看少动口学起。

的确，十几岁的孩子，老师永远是他的榜样，所以郑薇常说我们二班学生一个个一手好字都亏得有郭老师。

2013 年我们本来约了要一起给郭老师拜年，没想到等我匆匆赶到上海，老班长说我们已经来迟了一步。

或许是有点遗憾，但是想深一层，此生能被郭老师教导过，那还有什么可以遗憾的呢？

读书的习惯就是在那段日子养成的，那时候郭老师会让我们读很多好书，当我读奥斯特洛夫斯基的《钢铁是怎样炼成的》时，读到他写的这一段话不由动容了：

> 人最宝贵的东西是生命。这生命，人只能得到一次。人的一生应当这样度过，当回忆往事的时候，他不至于因为虚度年华而痛悔，也不至于因为过去的碌碌无为而羞愧；在临死的时候，他能够说："我的整个生命和全部精力，都已经献给世界上最壮丽的事业——为人类的解放而斗争。"

这一段话深深打动了我们每一个人的心灵，我们都发誓要牢牢记在心里成为我们这一辈子的座右铭。

我不知道其他的人有没有像我这样刻骨铭心，至少这段话一直都是我的座右铭。虽然中国的革命已经成功，我们不再为中国人民的解放事业而斗争了，但是我不断提醒自己，不能为虚度年华而悔恨，为自己一生碌碌无为而羞愧。

除了郭老师以外，我还认识了一批好同学。照理来说我读世界小学时也应该有很多好朋友，因为小学同学都是离家比较近的，更容易交往，但是毕竟年纪比较小，所以没那么在意"友谊"，到了中学我开始懂得了，朋友是生命中很重要的一部分。

中学时候的我

郑薇陪我在上海寻根

半个世纪后"市三女中"二班同学聚会

老班长蒋胜利（右一）、郑薇（右二）和我去探望郭家瑛老师

我不认为我很懂得怎么样去选择朋友，幸亏交朋友我的运气还不错。

在刚才我谈到郭老师的时候，曾经提到几个名字，这些都是我的好朋友，比如说，我们的老班长蒋胜利，我记得我们那时还结拜为姐妹呢！

其实我并没有对每个同学都记得那么清楚，倒是蒋胜利这个老班长可就不一样了，到现在我们二班五十个人，编号从一到五十她都可以倒背如流。

所以我就问她我们六个人是怎么会结拜姐妹的，是哪六个人？

她回答说我们六个人依次是她蒋胜利老大，然后是江海琍，我呢，是老三郑佩佩，韩敏中老四，老五是步坤钰，最小的是李鸿蓉。至于我们什么时候结拜，具体时间她记不清，大概在初一班的下学期，缘起是我在敏中家教她们跳芭蕾舞。

老四韩敏中如今是位学者，她就记得更清楚了。后来我们再度相逢，她写了一篇关于我的文章，上面是这么写的："别看我们都是女生，我们也爱看漂亮的女孩子。佩佩长得好看，大家都爱和她交朋友。"上初一时是我们最开心的一段时光。敏中还说那时老师们正在反右中，成天开会，只要老师开会，学生放假，大家就撒开脚丫子疯玩，上了这家，又上那家，跳橡皮筋，造房子，还少不了搬弄些小是非，渐渐地，就形成了小圈子。但是整天玩也不是回事，所以就让我充当老师，教大家跳芭蕾舞，也算是干了点"正经事"。因为韩敏中的家就在学校隔壁，地方又大，于是就在她家里上起课来了。

我问我们的大姐蒋胜利，我家也不算小，好像还有个小院子，最重要的是没有大人管，为什么不上我家呢？原来是因为路途较远，不过后来玩着玩着也就玩到我家去了。其实那时候大人们都很忙，就算我们在韩敏中家里玩，也没有大人会干涉我们。

玩了些日子，还觉得互相要好得不够，便商量着要结拜姐妹。韩敏中说那是在一个月夜，六个女孩就到了没有大人管着的我家，居然像真的一样，烧上几炷香，还拿针在指尖上戳出一滴血来，大概是按电影里看来的加上想象，朝天或是朝地拜了拜，神神秘秘的，还挺激动。

实际上，我那时最好的朋友应该是郑薇，但是或许因为郑薇不跟我们一块跳舞，所以结拜姐妹的时候就没有她的份。上课的时候，她坐在我后面，她的学号是四十二，我的学号是四十三。用温文有礼来形容郑薇是最恰当不过了。也不知是何人叫开头，老班长蒋胜利到现在都管郑薇叫猫咪，蒋胜利说大概是因为郑薇她一向温顺笑眯眯的样子。至于老班长的"老板"绰号，是因为她几乎每天午餐盒饭都有两块大排骨，所以就有人叫她"排骨老板"，慢慢地简称老板。也不是每个人都有外号，像我和海珋就没有，韩敏中好像也没有外号。

反右之后是"大跃进"，我们学生们都不怎么读书，却也不让随便玩。什么都搞群众运动，那段时光留下印象最深的，要数学校提倡的"创造性劳动"。我们想出来的主意，把废纸、面糊什么的一锅煮，煮成浆后薄薄地摊在铝制饭盒盖上，放在炉子上去烘干造纸，却只烘出些糊疙瘩来。我还恍然大悟，以为烘干时上面必须有压力才行。一伙人没造出纸来，倒把韩敏中家煮的一大锅甜薯吃了个底朝天。还有一次是到我家去"以糖制糖"，手忙脚乱地搞了两个小时，成果是一小勺黑乎乎的焦炭。

比较记得的是上劳动课，我们养过各种小动物。最初养的是小白兔，后来还买鸡蛋孵小鸡，就因为这样我很多年都不愿意吃鸡。我们还养过猪，猪虽然脏，但是非常聪明。

蒋胜利说，大家也常常去我家，她印象最深的就是上屋顶赶麻雀。那肯定是除四害的时候，因为我们家是西班牙式的房子，小院子的一边跟房子连在一起，另一边跟车库连在一起，所谓屋顶就是车库顶，其实并不很高。

我之所以会记得那么清楚，是由于我还编了一个除四害的舞蹈，把家里的床单都用来做道具，真是玩得不亦乐乎！

上了中学以后，我又另外找了一个跳舞老师叫李葵。实际上她才是我真正的舞蹈启蒙老师。

正如我母亲说的那样，我没什么舞蹈的天赋，但是以我不服输的个性，怎么会肯承认自己不是学舞蹈的那块料呢。

我记得在李葵的舞蹈学校，常常都会有学生发表会的演出。在有一次演出中，我演一个仙女站在后面，在仅仅留下的一张照片中，主角在前面跳，我在后面站着，根本就看不见我的脸。就是那次演出之后，李葵老师突然发动我们这些年轻的女孩子，一起去北京考舞蹈学校，我想都没想就报名参加了。

作为结拜姐妹的韩敏中，看见我充满了信心的样子，也不忍心说什么，其实她很清楚，我的母亲和弟妹们都去了香港，只剩下我和一个老保姆住在上海。就凭这样的背景，怎么考得取北京舞蹈学校呢。

所以在她的那篇文章上写道："初二时，佩佩兴冲冲地北上，垂头丧气而归，这大约是她不久便出走香港的重要原因吧！"

或许这真是我不坚持留在上海的原因，整件事让我突然明白到，不管我多努力，我仍然是反革命的子女。但是我从来没因此恨过，只是无奈。

其实我一直念着在记忆中很模糊的父亲，等我开始拍戏赚钱了，我还四处托人找过他老人家。直到我结婚，才有消息传来，父亲早已作古。

这种无奈，让我更发愤图强，我不愿意输给别人，我一定要做得比别人更好，让所有人看到成分不好在我身上起不了任何作用。尤其是在劳动课上我拼命地表现自己。记得我们去长风公园劳动的时候，当时派给我们的任务是挑粪，别人挑一车，我就挑两车。我的"劳动标兵"称号就是这样被评上的。

就像舞蹈一样，虽然明知道我没有这个天赋，但我还是学得很起劲，记得在很多运动中，我为自己的班级编排过很多舞蹈，这倒是为我后来成为舞蹈老师、舞蹈编导打下了一个很好的基础。

母亲突然来电报

在市三女中念到初二的下半年，突然收到母亲打来的电报，说是外婆得了重病躺在医院，让我马上赶到香港去。

我想都没想就飞奔到派出所，把我母亲的电报交给派出所的同志看，要求他们马上给我发通行证，我要到香港去见我外婆最后一面。

母亲离开上海时留下了老保姆在家里陪我，这时老保姆比我还着急，她说路途遥远不放心我一个人南下，一定要陪着我去香港。我心里老大不愿意，因为老保姆一直像监管囚犯一样看着我，我到北京不也自己一个人去的吗，怎么香港就不能单独一个人去呢？

临行时老保姆还这个要带那个也要带，我心里就很不舒服。又不是去了不回来了，干吗要带那么多东西啊！所以基本上我并没有打算过不回上海。

我从小就是个戏迷，特别爱看话剧，记得临走了，我还大包小包地背到戏院，看完一场话剧才上的火车，让老保姆在火车站急得团团转。

不久前才听说赖声川导演正在徐家汇美罗城打造"上剧场"，而原址是上海解放后建的第一个剧场徐汇剧场。因为我们家就住在淮海中路、淮海西路口上，离徐家汇也不远，我有点怀疑或许那次就是在徐汇剧场看的话剧。

话说我到了香港，发现外婆好好的，恨不得马上就打道回上海，当然母亲怎么都不让我走。但我那时实在是受不了香港人的"腐败"，整天坐在麻将桌旁，一点进取心都没有，再加上我母亲是广东中山人，但是我的广东话还是不能应付。更没想到的是，我这种个性，居然会在香港走进娱乐圈。

第二章　在邵氏的那些年

（1961—1970 年）

舞蹈影响我一辈子

舞蹈对我这一辈子可以说是受用不尽的宝藏。因为学舞，有舞蹈的底子，奠定了我这么多年拍武侠片的根基。一直到现在我七十岁的人，还能活跃在工作中，都跟早期学舞蹈有着很直接的关系。

之前提过，我接触的第一位芭蕾舞老师是位白俄，但我跟她学了没多久她就回国了。我真正第一位老师应该是上海当年很有名的芭蕾舞蹈家胡蓉蓉，她是新中国第一代跳芭蕾舞的大家。后来上了中学以后，可能是班上有人去李葵老师那儿上课，我便又跟着李葵学。后来还因为受到李葵老师的鼓励，和几个志同道合的小伙伴，坐上火车去北京，想去考北京舞蹈学校。

或许大家都无法明白，我母亲当年怎么会把我一个人留在上海呢。后来我进了邵氏以后才发现，当年上海很多家长都是这样做的，像我、王羽、岳华，都是被家里留了在上海，好像大家也都是家里排行最大的孩子，有可能我们是家里的"抵押品"。但也就因为在家没人管了，我们爱做什么就做什么，所以当时我才会那么大胆，十一二岁的孩子，就敢一个人上北京。

虽然北京舞蹈学校没录取我，但是我这个脾气是不可能就这样放弃跳舞的。

我到了香港以后，还是继续学我的芭蕾舞。

王仁曼老师是我到香港以后遇到的第一位芭蕾舞老师。那时候她刚刚从英国皇家芭蕾舞学院毕业回来，和她妹妹一起开办舞蹈学校，我就是送上门的第一个学生。我每天上课的任务是"示范"给那些家长看，"佩佩做一个 plie（屈膝）给小朋友看"。

我不记得我称呼过她为王老师，一直管她叫 Miss Wong，就这样 Miss Wong、Miss Wong 地叫了几十年。现在她舞蹈学校里，上上下下，从学生到家长，从老师到秘书，甚至于帮她管行政的，她的那位亲生女儿，都尊称她叫"校长"。这似乎有点生疏，但是教学五十五年，分校遍布港九、新界，她是名副其实的校长，香港芭蕾舞界的权威。

曾经香港有个杂志登了她一些负面的报道，说她打学生。

我觉得这对她很不公平。没错，Miss Wong 教学生的确非常严厉，但是我们都明白"严师出高徒"这一句话，如果她真的从不在意她的学生们，今天就不会高徒满天下，她的学校就不会办了五十五年，香港的家长们也不会争先恐后地把自己的孩子送去她的学校习舞。

不过刚开始在王仁曼老师那里，我只是断断续续地在上课，考进南国实验剧团后还曾经停了一阵子，反而进了邵氏公司，才又回到王仁曼老师那里上课。不过这一回我可是很认真的，还参加了英国皇家芭蕾舞晋级考试。我想我开始比较懂事了，开始有思想了，知道做一个演员的前途是未知数，我告诉自己，应该为未来作好打算，说不定日后我也可以像王仁曼老师那样，开班教舞呢！

如果我告诉大家，我从来没有挨过 Miss Wong 的骂，别人一定会说，那当然，你那时是大明星，谁会骂你呢。

其实这并不是件好事，表示 Miss Wong 并不在意我这学生。当然我这么说对她并不公平。她一直拿我做学生们的模范，一次又一次告诉大家，当年我收了工之后，是怎么样千辛万苦转几趟车，又坐渡海轮，又换车地赶去跑马地上课。或许就因为确实学舞蹈对我太不容易了，所以我始终都没放弃。

跟着李葵老师学舞蹈，能看出哪个是我吗？

三女儿原子鏮（左三）为 Miss Wong（左二）学校的周年庆演送上鲜花

进"南国"，人生转折点

被南国实验剧团录取，是我人生的一个重大转折点。尤其是因为我在"南国"认识了江青，让我对舞蹈有了不一样的认识。

听说我会跳芭蕾舞，在"南国"二期的开学典礼上，团长顾文忠顾伯伯除了让我表演一个节目，还另外给了我一个任务，让我把另一个二期的录取者江青也找来一起参加表演。当时的我一定是特傻，一听说江青是上海人，还进了北京舞蹈学校，就已经兴奋到不行。

想想那时的我，才到香港不久，土包子不认识路。我家住九龙，而江青的家住在港岛。1962 年时的港岛和九龙之间，交通还不是很方便，往返时感觉上可以说是很远很远的。

我那天横冲直撞过了海，好不容易找到了她的家，一见到她，就直截了当地告诉她我的来意。

没想到她想都没想，就一口回绝了。

她当时大谈条件，什么音乐啊，灯光啊，还有道具啊，反正我都听不懂，就傻乎乎地站在那儿。心想就一次表演罢了，用得着这么多条件吗？

但是顾伯伯派给我的任务怎么办？所以我好歹都得把她请过去才行，我对她说："这样吧，江青同学，我的任务是请你去参加二期的开学典礼，我希望你怎么都得到一下。"

我不知道是不是我的诚意感动了她，她果然出席了二期的开学典礼，并看到我出洋相的一幕。

没请到江青我很快也就把这事搁在一边了，因为我急着要排练开学典礼要表演的那个自编自导的芭蕾舞。我还很清楚地记得，那天我表演的是阳伞舞，我拿了把阳伞，穿了条粉红的裙子，还露了一边的肩膀，踮着脚尖大展我的芭蕾舞身手。

怎么知道我兴致勃勃地就那么舞了两下，音乐突然停了下来。虽然年纪小，也不见得有什么经验，我却居然不慌不忙地向台下的观众鞠了个躬，回到后台，等音乐再起，重新开始跳完整个舞。

母亲那次曾陪我去，她认为是有人在捣蛋。如果真是这样，那个人一定会气死，因为他的小动作，我反而因此被加分了。

我不知道是不是受到我的影响，开学那天江青居然出现在人群里。顾伯伯特地把我们拉在一块，语重心长地让我们多切磋切磋。之后的一年里，果真我们天天在一起，笑在一起，哭在一起，开始了我们人生最美好的时光。

在"南国"我们学了很多，演戏的那些方法我都是从"南国"学会的。但更关键的是我和江青编了一个舞蹈《牛郎织女》。这个《牛郎织女》对我对江青所带来的机遇都是非常重要的。

在编舞的时候，我和江青每天还练功，我们是上午练芭蕾舞，下午就练中国舞的基本功。我虽然没有考进北京舞蹈学校，但是和江青一起练功让我觉得像是在北京舞蹈学校上课一样。所以认真说起来，江青应该也是我的舞蹈老师，至少她真正地启蒙了我对舞蹈的认识。

与其说是我们一起编排《牛郎织女》，还不如说我一直在配合她。当江青编好了织女的动作时，我就开始编牛郎的动作。但不知道为什么，舞跳出来时，江青跳的织女虽然美，但是我的牛郎却更讨巧。岳枫导演岳老爷，多多少少是因为看了我的牛郎，让我演《宝莲灯》里的刘彦昌，胡导演胡金铨就更不用说了，看了牛郎就塑造了我女侠的形象，当要拍电影《大醉侠》的时候，他第一个就想到了用我来演金燕子。

在"南国"的一年里，我和江青的《牛郎织女》代表邵氏公司参加各种表演。如果表演的地方舞台太小的话，我和江青就两个人上台表演《牛郎织女》；如果是舞台大一点的话，我们后面就会加上一群喜鹊，成了一场《牛郎织女》的舞剧。在我们演《牛郎织女》的同时，于占元于师傅的"七小福"跟我们总是不时相遇，所以我对"七小福"有特别的感情。

很多人误会了，以为"七小福"只有七个人。其实才不是那么一回事呢。

于占元师傅有好几个小徒弟，绝对不止七个，而是一群。但是他们每次上台表演，都是七个人一组。所以于师傅就把他们叫作"七小福"了。

我和江青演的《牛郎织女》

被岳枫、胡金铨导演看重的"牛郎"

"南国"毕业作品《香妃》

妈妈要带弟弟妹妹们去澳大利亚前

最先发掘我和江青的却是袁秋枫袁导演，有一天他通知我们俩去试镜，试的是《山歌姻缘》的第一女主角。就因为女主角只有一个，所以也造成我和江青矛盾的开始。

其实在"南国"二期毕业典礼的时候，我们就已经有竞争了。我们毕业典礼的话剧演的是《香妃》，我没有为她配戏演女二号，所以感觉上我是打赢了这一场。

怎么能想到，这才是这场游戏的开始。只要你在这个圈子里，每天都有着不同的竞争。

因为《山歌姻缘》的试镜，我和江青跟邵氏都签了合同。我和邵氏签了八年合同，五年死约，三年活约。五年里，每月两百元的月薪，两百元的津贴，加起来是四百元。后面三年也定好了，是多少我忘了。主要是后来到了第四年我红了，合同就跟着有改动，把三年活约的条件提前实现，酬劳也就有很大的变化。我之所以不放在心上，是因为酬劳都上交给妈妈了，尤其是后面那三年，正好妈妈带着弟弟妹妹一起移民到澳大利亚去，把我后三年所有的酬劳都带走了，你说我还怎么搞得清楚我到底挣多少。

至于江青那次签的是什么条件，她并没告诉我。不知道从什么时候开始，我们已经不再是什么话都说、穿同一条裤子的死党了。

结果上飞机去台湾拍《山歌姻缘》时，到了我们才发现女主角不是她，也不是我，是邵氏当年的红人、野女郎杜娟。

最难忘"烂仔"方盈

自从凌波姐因《梁山伯与祝英台》一炮而红后，从此演祝英台的乐蒂，再也不肯跟她合作了。这样一来，反倒是给了我们这群新人一个出头的机会。

作为电影王国的邵氏，捧新人也是有计划地一批批地来捧。我们这一批一共有七个新人，是公司准备力捧的青春玉女，我们也被叫作"七仙女"，后来又加了五个，就成了"十二金钗"。

当明星第一件事当然是要取个艺名。当时宣传部不知哪位仁兄出了一个馊

七个被邵氏力捧的青春玉女（左起）秦萍、郑佩佩、于倩、张燕、方盈、李菁、邢慧（邵氏授权）

主意，说是为了方便宣传，要把我们都改姓"方"。

比如方盈，她本名是倪芳凝，现在想起来好像还只有她最听话，就这样方盈、方盈地叫了大半辈子，几乎没有几个人还记得她原姓倪。

其余的有叫什么"方佩""方瑛""方萍""方慧"的。还有后来的"新十二金钗"中的胡燕妮、何莉莉，叫什么"方妮""方莉"。我们都觉得有点难听，一个个都各自用回自己的名字。其中我和胡燕妮仍然用回我们的本名；莉莉大概是请人帮她算过笔画吧，把原来的"莉"字改成"琍"，成为何琍琍；邢慧原名是邢咏慧，她把中间的"咏"字去掉了，不过我们通常还是叫她咏慧；李菁原名是李国瑛，也不知道是谁帮她取的艺名，不过像胡金铨导演和我，一直改不了口，都叫她李国瑛；秦萍原来姓陈，改了姓秦，中间的"小"字也取消，把"平"字上面加了个草字头，左边再来个三点水，成为萍水相逢的"萍"，她的小名却仍然是小平。

我们这一批新人，在报章杂志上都是一起宣传，看起来像是同出同进，实际上我们几个的个性、条件、机会、命运都完全不一样。但是我们却是同一类型的人，都很孝顺，都很顾家，同样都是大起大落、惊天动地那一类人。

所有的女明星里，我最喜欢方盈的个性。她永远不跟任何人争，反正你们说你们的，她做她的，以前小孩子的时候是这样，长大后还是这样。

或许我们都是属于我行我素的个性吧，所以我特别欣赏方盈。那时候，她给自己取了个外号叫"烂仔"，也给我取了一个，叫作"劳动人民"。在我心里她从来没有像过烂仔，而我却是不折不扣的劳动人民。

没几年后，两个演了《七仙女》的"七仙女"都结婚了。江青这个"七仙女"先嫁了人，隔了没两年，另一个"七仙女"方盈也上了花轿。

记忆中，当时那么多明星里，还数方盈的婚礼最传统。我心里还在想，咦！到底是爱情的力量，让烂仔变成淑女了。

没想到两位"七仙女"，又走回同一条路。她们的婚姻先后都画上了休止符，然而，她们同样是如此坚强。

尤其是方盈，离婚后她为了孩子，不知道吃了多少苦，却从来没有哼过一声，她无论如何为生活挣扎，也没有一句怨言。她让自己重新开始，成为一个设计师，也担任起电影美术指导，用自己的真本领闯天下。

这些年，我四海为家。从她生病一直到 2010 年因癌症离开前，不管我漂泊在哪个角落，都会收到她的一份关怀。有一年，她听说腊月天我要去天津拍外景，知道我向来节俭，不怎么舍得买衣服，就干脆把她的所有防寒衣物，都搬来给我。温暖我的，不仅是那些冬衣，更有她的那颗心。

偶像非江青莫属

当年两个"仙女"中，我最喜欢的是方盈，但最佩服的却是江青。

话说李翰祥导演的《七仙女》，原本演七仙女一角的是乐蒂，可是乐蒂拍了两场戏就不肯演了，公司唯有派古装扮相不输给乐蒂的新人方盈来代替。

这时李翰祥导演不知道哪来的"路边社"消息，知道江青刚刚从北京舞蹈学校出来，所以特别请江青来当《七仙女》的舞蹈指导。

刚开始江青一本正经在那儿教，方盈就在她后面跟着学。当然，这一比，就把方盈的舞姿给比下去了。虽然江青的扮相不及方盈漂亮，但是十八无丑女，再难看，也难看不到哪里去。再说江青舞起来，在我们李导演心里更像个再世的"七仙女"。

所以才拍了两天，邵氏片场里的"七仙女"又换了人，方盈换成了江青。

不过方盈好像没事人一样，天天还是在那儿嘻嘻哈哈地，照样有事没事就上厂棚去探江青的班。"谁演七仙女都一样，反正饭要吃的，朋友也得交的！"

不过方盈还硬是有演"七仙女"的命，不久，她又扮上七仙女了。

事情是这样的，李导演拍了几天，突然把江青这个"七仙女"一起给带到台湾去组建国联公司。邵氏哪肯罢休，非也来个《七仙女》，跟李导演打对台。邵氏要拍《七仙女》，当然不能让凌波这个董永唱独角戏啰，所以又把方盈给抬了出来。

不过有一点我看得很清楚，李导演当年对他的"国联五凤"，可真是像对待凤凰那样，出出入入都是大明星的礼遇。相比之下，我们几个邵氏的"七仙女"，倒像是孤儿院出来的，差别大多了。

在"五凤"里，李导演最捧的是江青这个"大凤"。她机会最好，运气也是一流。

我最不明白的是，当年李导演硬是把江青的一口牙全换掉，说是为了她的古装美人的形象。但我始终怀念她那口歪七扭八牙的缺陷美。

江青一连主演了好几部戏以后，李导演还捧她演《西施》。当时很多同行的人都很不以为然，有的还讲得好难听。

可是，就在李导演把江青当成宝那样捧着的时候，她突然不顾一切宣布嫁给刘家昌。为了生活，结婚后她非但没有停止拍戏，还拍了一大堆的烂戏。一直到和刘家昌分手，她才回到她的舞蹈世界中。

她到了美国，努力进修现代舞蹈，意图把中国舞蹈融进现代舞蹈中，开创出属于江青她自己风格的舞蹈。

后来，她的舞姿，把一个瑞典籍的诺贝尔奖评审委员迷住了，那位科学家把她娶了回家。

1984 年底，她应香港舞蹈团的邀请，担任艺术总监。本来她自己还打算跳一场的，怎知道突然发现怀了小宝宝，遂想起让我来顶替她参与那场演出。不过，我代替不了她，尽管我尽了最大的努力，仍然跳不出她的味道来。

所以如果真的要我说出我的偶像，这个人就非江青莫属了。

江青的第二任丈夫比雷尔在 2008 年 10 月去世，她比我想象中更难接受，或许在我心里总认定她要比我坚强得多，而且我觉得在她嫁给比雷尔的时候，就应该有个思想准备，因为比雷尔比她足足大了二十岁，当然怎么都会比她先离开这个世界。再说他们整天各忙各的，比雷尔整天钻在他的实验室里做他的实验；而江青这么多年都没停止搞她的艺术创作，世界各地飞跑着。他们家实际上主内的是比雷尔，因为实验室离家比较近，所以他们唯一的儿子从小到大都是由比雷尔照顾。

比雷尔走了的那一年春节，我主动去遥远的瑞士陪她，一起度过她的生日。

我和江青在南国

江青和我每天练舞

昔日的姐妹如今都成老太太了

我们两个都属鸡，生日都在腊月，也就是说都是鸡尾巴。她比我小整整二十天，我是十二月初四生（阳历1月6日），她是十二月二十四生（阳历1月26日）。那年我大包小包地买了各种各样她喜欢吃的东西，当然还有她喜欢喝的酒，兴致勃勃地去了瑞士。我想都那么多年了，一直没有机会好好地谈谈心。

腊月寒冬，瑞士冰天雪地我们哪儿都不能去。这倒正合我心意，因为本来我就不爱玩，到瑞士的目的就是陪她。反而是她觉得很遗憾，她说如果是夏天，她就可以请我去他们的小岛避暑。讲到小岛，她又想起她的丈夫，因为如果比雷尔在的话，就算是冬天他也有办法带我们到小岛去。

整个假期（对我来说应该是假期），我开始明白为什么比雷尔走了以后，她会那么牵挂。就像她说的那样，比雷尔在时她不觉得，因为她知道比雷尔总在家等着她，回到家里她什么都不用做，因为有比雷尔在，什么都会帮她做。

人只有当失去时，才会知道珍惜。

不过不用担心江青，因为她是江青，不管怎样她都会站起来，好好地活下去，精彩地活下去！

话说当年因为我留在邵氏，所以我跟南国实验剧团的缘分，也要比江青长得多。我毕业了以后，一直都担任舞蹈老师的职位，所以很多二期以后的同学我都教过，连罗家英到现在都管我叫郑老师。

我当老师还是比较严厉的，但是对于有天赋的孩子又比较偏心的，在"南国"的同学面前，虽然我很严厉，但也比较有威信，他们相信我会给他们带来希望和机会。

除了是个舞蹈老师以外，我还是南国实验剧团校友会的会长，团长顾文忠顾伯伯眼里的红人。那个时候我虽然已经开始拍戏了，都是女一号，但是还常常会回到团里，为后来几期同学教课，为团里做各种工作。

第一次反串，林黛姐夸帅

每当接受访问的时候，常常大家都会问我同一个问题，就是我入行后拍的

第一部电影是什么？

我都会很犹豫，因为我不知道应该说是《宝莲灯》呢，还是《情人石》。因为我虽然先拍的是《宝莲灯》，但却是《情人石》先跟观众见面。

《宝莲灯》的导演是岳枫岳老爷，演女主角的是四届亚洲影展影后林黛。严格地说，林黛不单是女主角华山圣母，同时还演华山圣母的儿子沉香，也就是说一个人演两个角色。我演的是华山圣母的夫君刘彦昌。我会被选中演这个角色，完全是形势所逼，包括导演岳老爷，相信如果可以选择的话，他情愿用关山也不会用我。奈何那个时候因为黄梅调热潮，尤其是凌波姐的《梁山伯与祝英台》在台湾刷新了票房纪录，引发了由女明星反串男角的热潮，我的第一部电影正好赶上了。

记得化装那天，在邵氏片场的化装间里，方圆爷爷走过来帮我化装。当时我太注意他那脸大胡子了，竟然不知道他什么时候已经帮我弄好了。

就在这个时候，化装间突然热闹起来，就像现在的大明星出场一样，林黛姐在一大群人前呼后拥下出现了。

当她走到我的身边，我不由自主地站起来，就像是小学生见到了老师。

我平时坐着还不觉得，站起来可高人一截，尤其是站在娇小玲珑的林黛姐前面，所以马上引起了她的注意。

"你就是佩佩啊，果然长得好帅！"

不知道是因为被一位大明星亲热地叫我佩佩，让我受宠若惊，还是长得那么高大，第一次被人说帅，有点不自在，在林黛姐面前，我的手脚不听使唤了。

"坐啊！"她指着身边的那张椅子，笑眯眯地对我说。

我还没来得及走过去坐下，已经被倒茶水的阿婶，和梳头的大、小彭姑等，给挤到一边去了。

不过，我一点也没生气，反正来日方长！

可不是吗，待得《宝莲灯》开镜，那时候"刘彦昌"想见"华山圣母"还不简单。

《宝莲灯》是古装黄梅调的电影，那个时候邵氏开戏非常认真，正式进棚拍摄前，公司特地为我们请了老师回来，每天在由会议室改成的临时排练室里对台词、练身段。林黛姐虽然是位大明星（林黛姐何止是大明星，她应该属于独一无二的天王巨星才对），却也常出现在我们排练室中。

也不知道是为什么，每次只要林黛姐出现，我就练得特别起劲。

不自觉地我已经深入角色之中，就像是戏中的刘彦昌初遇华山圣母，就像是蜜蜂采蜜，让蜜糖给黏住了。

我常爱坐在她的身边，看她待人接物，听她说生活上的琐碎小事。她的点点滴滴都是那么吸引着我。就连我这最没耐性化装的人，都会情不自禁地坐在化装间里，一个又一个小时地守在那里，看她化装。

她总是那么全神贯注地、一笔笔地画她的眉毛，然后又那么仔细地画她的那双大眼睛。果真经过她这么一笔又一笔地画，把她的眉毛画得更俏丽，把她那双眼睛画得更传神了。

那个年代的电影，靠女明星卖钱，实际上卖的是女明星的青春和美貌。所以为了保持自己的形象，林黛姐不得不千辛万苦去维持。也因为这样，年轻一代爬起来了，她不免有一些不自在。这也是为什么她会把当日的凌波姐当成她的假想敌。

在《宝莲灯》这部电影里，林黛姐除了演华山圣母之外，她还反串演华山圣母的儿子沉香。据说沉香一角公司本来有意让凌波反串，但是林黛姐不愿像《梁山伯与祝英台》里的乐蒂，被凌波抢尽风头，同时为了要证明自己也能反串，所以说什么也不肯，结果凌波姐只落得幕后代唱而已。

而刘彦昌一角，岳枫导演本来属意于关山。但关山不肯演古装，林黛姐有意捧我来压压凌波的威风。结果十七岁的我，第一次演戏，不但反串，还从年轻演到老。在演中年时，我挂上那五绺胡须有多可笑；就连我一出场时，我对林黛姐那一笑，也被记者毫不留情地当成笑柄，说什么像是儿子在对母亲笑。敏感的林黛姐马上意识到，别人在说她"老了"。

有什么比"老了"更让一个电影明星害怕的呢？这竟然成了我入行上的第

我饰演的刘彦昌（邵氏授权）

我（左）和林黛（中）分饰刘彦昌和"华山圣母"，李菁饰灵芝（邵氏授权）

林黛反串儿子沉香，向由我反串的父亲刘彦昌下跪，要求领他见母（邵氏授权）

一课。

《宝莲灯》并没有一口气地拍摄，才拍第二堂景，林黛姐就接了公司另一部电影，仍然由岳枫岳老爷导演，男主角是韩国影帝申荣君，片名叫《妲己》。

《妲己》是邵氏公司与韩国申氏公司合作的国际古装大片。拍了那么多年的电影后，我现在总算弄明白，为什么当年林黛姐和岳老爷会扔下《宝莲灯》，去拍《妲己》了。

《宝莲灯》的拍摄停了下来，岳老爷怕我闲着，特别让我担任《妲己》舞蹈场面的编排指导，这是继《宝莲灯》后，我第二次为岳老爷的戏编舞。

要当天王巨星林黛姐的"小老师"，当时我还真有点儿紧张。

幸亏有岳老爷在我后面撑腰，再说，这位大明星学生还很尊重我这"小老师"，而且她是一个难得绝顶聪明的好学生，记性又好，话头醒尾。所以一切都还算是非常顺利，我的舞排得中规中矩，她跳得也有板有眼。

说句老实话，林黛姐不是职业舞蹈演员，舞起来当场不可能有职业舞蹈演员的架势。但是她却是舞得那么好看，足以令人相信，戏里的君王真的会被她的舞姿迷倒。

从林黛姐的舞蹈，我才明白到，原来作为一个电影演员，并不见得需要十八般的武艺样样精，还得靠"演技"才能演什么像什么。

当然在那个时候，不管林黛姐做什么，我都认为是好看的，是好的。

她不仅是我学习的典范，更是努力的目标。我告诉自己，总有一天，我要像林黛姐那样成为天王巨星。

然而在林黛姐的心目中，我却是最单纯的："佩佩，你最好了，什么野心都没有。"

"怎么没有，林黛姐，我才有野心呢，我以后也要像你一样。"我小时候就怕人家说我胸无大志。

"像我这样有什么好？"她打断我的梦话，说完后又掉进了她的沉思中。我赶紧知趣地闭上了我的嘴巴。

不管她周围围着多少人，每个人对她恭维有加，她都只是敷衍点头。只要人群一散，她就回到自己的世界里，有时候她可以在她的那张专用帆布椅子上，一坐就好几个小时，静到让人忘记她的存在。

我在一旁看着，总是不能明白，像林黛姐现在这样，还会有什么样的烦恼呢？

她的事业一帆风顺，已经名成利就，在公司里呼风唤雨，不要说导演们都得让着她，就连大老板六叔——邵逸夫先生都敬她三分。

除此之外，她还拥有一个令每个女人都羡慕的幸福家庭。有夫有子，宝贝儿子也像他们夫妇一样，有一双圆圆的大眼睛，长得胖嘟嘟的可爱极了。

每当她把儿子抱在怀里，脸上那由心底发出的微笑特别甜蜜。此时此刻，有儿子就行了，什么名利，什么地位，都可以抛到脑后。

不管儿子在不在她的身边，林黛姐口中总提着她的"小翰翰"。相对而言，她就很少提及她的老公。在我的记忆里就只有那么两次。

一次是不知道谁在那儿帮我们看手相，也拿着林黛姐的手研究了半天说："林黛姐，你的事业纹那么直，怪不得你的事业那么好。"

"唉！我老公就没有事业纹。"她轻轻叹了口气，"不过无所谓了，我有就行了。"

另外一次，却是她对着我一个人讲的悄悄话。一半是说给她自己听，一半却是在教我："别人对我怎么样我都不会在乎，但是老公就不可原谅了，那可是一辈子的事。"

当时我虽然不懂，却盲目地支持她的理论。然而对于她的烦恼，我只有干着急，为什么上天那么忍心，要让这样一个美人儿受苦？可惜我那张笨嘴，半句动听的安慰话都说不出来。

林黛姐有几个好友，像乐蒂、叶枫她们。每次当乐蒂也有通告，林黛姐就显得特别高兴，至少中午吃饭有伴了。叶枫有时也过来跟她话家常，不过她从来没有像叶枫那么开朗过，她总是好像有好多心事似的。

那年冯宝宝认了林黛姐做干妈，可算是轰动一时的大新闻。除了她们两个当时都那么红之外，她俩都有着一双大眼睛，更显得她们如此相配。

这一切对我来说，总是好远好远的，我好像是在好远的台下看戏一般。

可是这场戏结束得好快，快到我都还没来得及弄清楚是怎么回事，却已经到了尾声。而且最不能让人接受的是，竟然会是这样一个悲剧的收场。

因为岳老爷跟林黛姐去韩国拍《妲己》，《宝莲灯》就停下来。我先去台湾拍完了《情人石》回来，他们的《妲己》还没杀青，所以公司又派我去台湾拍《兰屿之歌》。

就在《兰屿之歌》开拍不久，有一天早上，拍戏现场的气氛突然变得好坏，有一点叫人无法呼吸的感觉，尤其是平时老爱逗着何琍琍开玩笑的我们这部戏的男主角张冲哥，不知怎么整个人都不对了。

"张冲哥怎么啦？"我一向最爱管闲事。

潘垒导演忙把我拉到一旁："林黛自杀了。"

我还没听完就大叫起来："不可能的，你们别开玩笑了！"

但是从他们的脸上，我当然已经很明白，那不是一个玩笑，本来就爱哭的我，马上就哭成了一个泪人。

"别太伤心了，至少你曾拥有过她最美好的时光。"潘导演安慰着张冲哥。

"我不要只是曾经拥有，我要天长地久！"我真想代替张冲哥这样叫。我那时何尝懂得，世事本无常，人世间又哪来什么天长地久。

林黛姐走后，电影界就流传了这么一句话：在电影界没了谁不行啊？就算林黛死了照样可以拍！

话说林黛死了，她留下两部电影，怎么办？

据说邹文怀邹叔叔在一次晚宴上偶遇林黛姐的一个小学同学，跟林黛姐长得很像。不知道邹叔叔使出了什么法宝，居然把她说动，肯拔刀相助，当林黛姐的替身。

公司为了让她更像林黛姐，把她送去日本，找当年为林黛姐整容的医生，为她做一个跟林黛姐一样的鼻子。同时还为她取了个艺名叫杜蝶。

其实杜蝶也不是不像林黛姐，只是她长得比林黛姐更小一号。林黛姐已经够娇小了，可她还小一号，那不成"迷你"版林黛了。

再说，林黛姐虽然娇小，头却不小，所以拍特写的时候，不论和谁放在一起，别人都抢不了她的镜头。

可是，杜蝶的头却是一样"迷你"，幸亏她只是一个替身，所以除了拍她的远镜，就只有她的背影和侧面而已。

杜蝶最惨的是，她一出场，大家就拿她和林黛姐比。大家集中的话题是，她到底像不像林黛姐。其实她当时跟我们一样，是个新人而已，她的演技怎么也无法和四届影后林黛相比的。

最不公平的是，她从第一天做"杜蝶"开始，就已经注定了是林黛姐的影子。拍完了两部当林黛姐替身的电影之后，公司也试着让她恢复本来面目，还独当一面做女主角，可是却并没有成功。可能是因为她始终无法跳出林黛的"影子"。

永志不忘岳老爷教诲

公司安排用《宝莲灯》来训练我们这批从"南国"毕业出来的新人，这部戏的导演是岳枫岳老爷。

这部戏里，除了华山圣母、刘彦昌男女主角，还有他们的儿子沉香以外，最重要的一个角色要数陪伴着华山圣母的灵芝姑娘了。

灵芝姑娘让谁来演？"南国"的团长顾文忠顾伯伯强烈推荐"南国"第一期的班宝李婷。

李婷是从北京来的姑娘，说得一口极好听的京片子。当时"南国"分国语（也就是现在所称的普通话）组和粤语组，她自然成了南国实验剧团第一期国语组的女主角。

她毕业后，虽然和邵氏公司签了八年的合同，却没有像在"南国"时那样得到宠爱，一直到《宝莲灯》，她才算是又来个机会，饰演灵芝一角。

对于一个新人而言，灵芝算是很大的一个角色了，所以一开始她也很兴奋，天天跟大家一起学身段。但是当我们开始练身段的时候，她突然发现自己有点跟不上。或许因为她缺乏舞蹈的根基，对音乐节奏接受能力比较差，所以当老

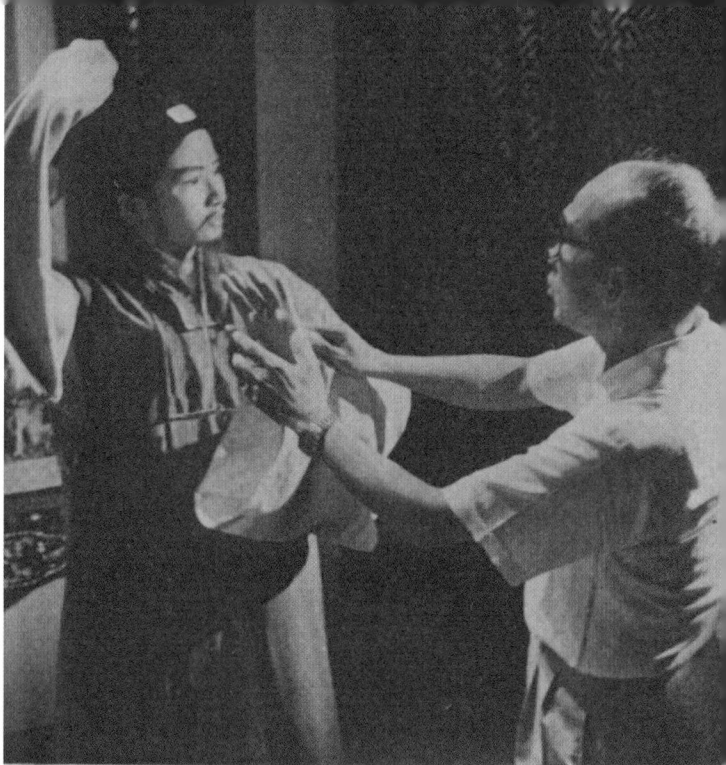

在《宝莲灯》中，我粘了胡子，岳老爷教我演戏（邵氏授权）

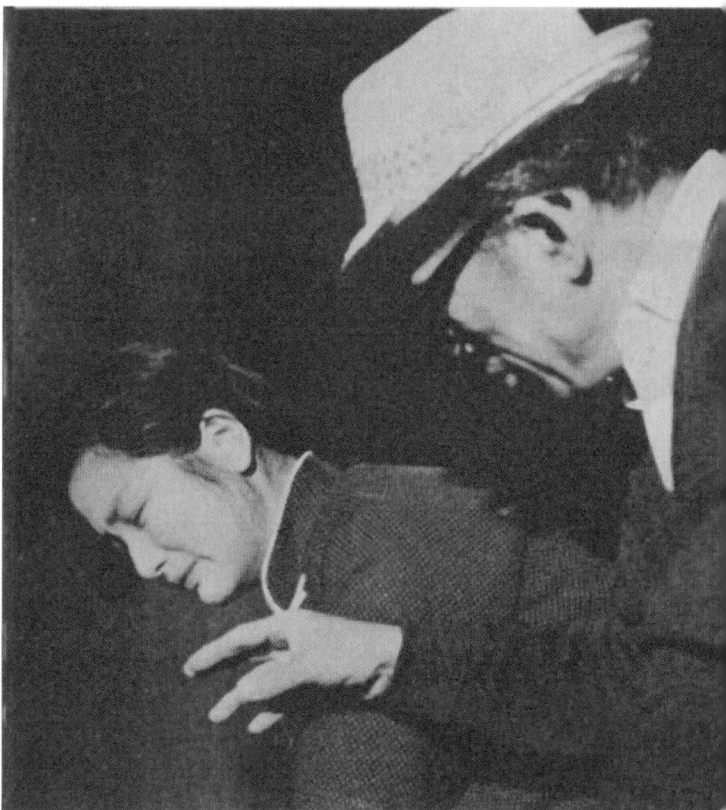

拍摄《龙虎沟》时，岳老爷指导我做痛哭的表情（邵氏授权）

师帮我们排练时，她老是慢半拍。

当时和我同期的李菁，也在一旁跟着练，李菁却像是鬼灵精似的，扭来扭去的，一下子就把李婷给比下去了。

进棚正式拍摄的第一天，灯一亮，摄影机一发动，李婷硬是无法跟上拍子。

岳老爷一向不骂演员，只是在那儿猛擦他的眼镜，把李婷给擦得心慌意乱。

第二天，灵芝一角突然换了人，换成了李菁。

这件事一直都在岳老爷心里，他临终前还跟我提起这件事，说当年不是他把李婷给换掉的，是李婷她自己。他说当天收了工李婷找他，表示不想耽误大家的时间，要求岳老爷把她给换下来。

但对我而言，我觉得自己第一部戏就能够拍到岳老爷导演的戏，是非常幸运的。他不仅是个好导演，更是一位好老师。正因为有他的教导，我在电影界那么多年才不会迷失自己。

岳老爷第一天就对我们每一个人说，这是一个花花世界，有着太多的诱惑，你们又都是些孩子，所谓一张白纸，随便涂上什么颜色，就成了什么颜色。

岳老爷的苦口婆心，我不知道别人有没有像我一样听进耳里，记在心里，到今时今日我无时无刻都会想起他老人家的教导。

他要我们做一个好演员，不要做大明星。说也奇怪每当有人问我，你不就是那个大明星郑佩佩吗？我不知道该怎么回答，凭良心我觉得"大明星"这三个字很刺耳，所以我的答案一定是"我是个演员，拍戏是我的工作"。

有人以为我这是谦虚，其实不是，我只是不希望临到老，还违背老师的教导。

我果真也一直这样要求自己，一定要做个演员。

明星和演员的区分在哪里呢？我认为是一种态度，对演戏的态度，对工作的态度，对做人的态度。其实我常常觉得，现在的年轻人大部分都是科班出身，为什么学校里教了他们怎么去演戏，却没有把最基本的演员道德教好呢！

或许在岳老爷的心里，他觉得非常抱歉，让十七岁的我，粘上了胡子扮演中年的刘彦昌。他从来没有提起过，但我更明白他的无奈。

算是补偿吧！岳老爷在《宝莲灯》的最后一场戏，安排由我来编导一个庆团圆的舞蹈，并要我以秧歌的形式呈献。结果我排得怎么样还是其次，因为这场舞蹈，害得我们这部电影迟迟不能在台湾上映，要知道那个年头，台湾可是我们重要市场之一。

实际上我只拍过岳老爷的两部电影，除了《宝莲灯》外，还有一部是《龙虎沟》。

话说我被公司派去台湾拍《情人石》，又拍了《兰屿之歌》后，终于被调回香港，参与岳老爷新戏《龙虎沟》的演出。那部戏的男主角是金汉，另外还有林嘉和李丽丽。

在戏里金汉是我的哥哥，林嘉是我的嫂子，丽丽是个小可怜。

这部电影以后，我就再没有拍过岳老爷的戏，不过这不表示我们师生的这份情义就没有了。我记得那个时候，每年过春节的时候，我一定去他家给他老人家拜年，那时候我师母还在。

没想到比他差不多小两轮的师母，居然会在他之前先离开这个世界，如果师母还在的话，相信岳老爷的晚年就不会那么凄凉。

潘垒导演的慧眼

《情人石》的导演潘垒，对我演艺生涯的影响，也占有着一席之地。

虽然公司当时主张用新人，但他敢大胆起用我这个新人来挑大梁，可见得他的确很有魄力。

他不单要对我信任，更重要的是要对他自己有信心。至少这样可以证明，他并不需要用大牌明星来奠定自己在电影界的地位。

我不记得在去台湾之前，是否见过潘导演。但是我们却好像是认识了很久的老朋友那样，一下飞机我就被他拉着去当戏外的真实伴娘了。

最让我感到自在的，是潘导演的太太文玲，她是《情人石》里另一个女主角。

在《情人石》里，我是她的情敌，她戏里的心上人黄宗迅黄大哥，喜欢的是我，而我却爱上了外地来的乔庄哥。最后我们两个可怜的女人，站在风雨中等待出海的情人，一直等到化为石头。

一个老掉牙的故事，每天却在不同的角落发生着，不过在半个世纪前，这个题材可能还很新鲜呢。

然而不管我和文玲姐在戏里是什么关系，我一见到她就打从心里喜欢她。虽然她那时候已经是两个孩子的母亲，但是，从她那双大眼睛里，我看到"真"。

这种"真"，在现在差不多已经绝版，就算是当年也已经少见。

我最喜欢的是她的大女儿丹薇，跟她长得一模一样，也有一双会说话的大眼睛。

其实，潘导演也有一双大得惊人的大眼睛。但是在他眼睛里，看到的却不是他太太的那种真纯，而是一种智慧。

我一直以为，当年是因为邹叔叔欣赏他的才能，才给了他一连串的好机会。直到有一天我和焦姣在尖沙咀地铁站遇到潘导演，后来又等焦姣从新加坡回来，潘导演带了文玲姐，还有大女儿丹薇及丹薇的丈夫、女儿，还有丹薇的妹妹，请曾江、焦姣夫妇，加上王戎和我，在海港城马可波罗酒店地下室吃自助餐，一起话旧日情怀时，才把他三出三进邵氏的前因后果告诉了我们。

他拍《情人石》之前，曾为台湾的"中影"导演过一部电影。当时台湾电影还只是起步，"中影"虽然在招兵买马，实际上每年只拍那么一部参加亚洲影展的电影，像他这么一个新导演，想出人头地是比登天还难。

他写了一个剧本《台风》，他的死党唐菁看了非常喜欢。那时候唐菁是"中影"的大牌，就把剧本拿了给"中影"的另一个大牌穆红看，穆红看了也很喜欢，决定一人出五万元台币，自己来投资拍这部电影。本来打算拍完了给"中影"发行的，怎知道正巧那年"中影"难产，怎么都搞不出一部电影来参加影展，所以公司就跟潘导演说，不如这部戏就让给"中影"，算是"中影"公司制作的，怎么样？

潘导演听了当然非常欢喜，这下子不用掏荷包就有导演做，怎么不好。

当然，公司也觉得很冒险，让一个新导演来掌舵。那时候"中影"的董事长是蔡孟坚，是一个非常明事理而且又管事的董事长。

在《台风》开镜前，他就把潘导演找去谈话："你是一个新人，公司凭什么可以信得过你，让你来导演这部戏，而且还要拿这部戏，代表公司去参加影展？"

潘导演答得非常有智慧："这部戏的成功与否，对公司的影响不大，反正这部戏不好，还可以拍下一部，下一部不行再下一部；但是我是一个新人，如果我这部戏拍砸了，我的导演生涯就宣布死亡了。"

蔡董事长听他这么一说，就毫无疑问放手让潘导演去大显身手了。

结果潘导演当然没有让蔡董事长失望。这部戏在当年的亚洲影展上大出风头，电影里的女配角唐宝云，在亚洲影展中，为台湾拿到第一个最佳女配角大奖。而潘导演被当时参加影展的香港电影业巨子——六叔邵逸夫赏识了。

影展结束后，六叔就对邹文怀邹叔叔说："侬看看人家哪能（上海话怎么样的意思）拍戏，只有四个人，豆腐干大的地方，就可以拍出一部戏。"然后就命令邹叔叔，一定要把潘导演签回来。

但是潘导演却不是一个忘恩负义的人。再高的薪水，他都不能这么拍拍屁股就离开"中影"，离开蔡董事长。"只要蔡董事长在'中影'一天，我就不能离开'中影'！"

邹叔叔把话带给六叔后，六叔更是不肯舍弃这个有情有义的才子。马上给了一份不填日期的合约让潘导演签，说愿意等潘导演，而且为了表示诚意，在潘导演还没有正式进邵氏之前，每个月付潘导演半薪。

他的故事还没有说完呢，那正是他行大运的时候，不论在哪里都一样走运。他在"中影"也一样得天独厚。蔡董事长把当年"中影"和日本日活合作的一部大片《金门湾风云》也交给他导演，由日本红星石原裕次郎和王莫愁主演。

潘导演说，这部戏的场面在台湾是空前绝后的。因为"中影"是属于台湾当局的电影公司，所以这部电影调动了当时的很多力量来协助拍摄，把日本人都看傻了。拍完后潘导演到日本去作宣传时，就有记者问潘导演，到底日活出了多少钱的制作费给"中影"，可以拍到这样雄伟的场面。

当然，这绝非是钱可以买得到的，是台湾当局要作政治上的宣传，才有这

潘垒、文玲夫妇

我在《情人石》中

《情人石》结尾，我和文玲在情人石前眺望（邵氏授权）

我和乔庄在戏中闹别扭，各怀心事（邵氏授权）

样的资源。也因为这样，由于这部戏引发了一起政治风波，蔡董事长突然辞职不做，潘导演趁此机会离开了"中影"。

蔡董事长劝潘导演不要走，他肯留在"中影"，一定会前途无量。这个时候，潘导演就把他和邵氏的合同，拿给蔡董事长看。并且告诉蔡董事长，邵氏答应他，只要蔡董事长在"中影"一天，就让他留在"中影"一天。

蔡董事长为此非常感动。在潘导演到香港邵氏报到的时候，蔡董事长的推荐信已经到了六叔的手中，六叔看了信以后，对这位年轻的导演更是另眼相看。心想："如果他能对旧老板这样重情义，肯定将来对我也一样。"

潘导演到邵氏报到后，就被六叔留在身边陪同看试片，一看就看了半年。

后来邵氏派他回台湾，一口气拍了好几部电影，《情人石》是第一部，接下来《兰屿之歌》也是用我做女主角，我几乎成了他的班底。

"佩佩，你还记得我们第一次，是什么时候见面的吗？"三十五年后，潘导演居然这样考我。

我当然记得："我们不是在台北松山机场，你来接了我去当焦姣伴娘吗？"

"不是！不是！是在清水湾邵氏片场的门口。有一天我站在邵氏大门口等车，你也站在那儿等，后来我们一起上了小巴，我还帮你付了车钱。"

奇怪了，怎么我一点印象都没有。

"没多久公司让我开戏了，"导演继续往下说，"我不愿用大明星，公司的新人我又没见过，就这个瘦瘦高高长发披肩的女孩吧！"没想到我是这样成了他的班底。

当然这是半个世纪以前的事情，那个"瘦瘦高高长发披肩的女孩"，已经变成老奶奶了。

事实上，他当时的班底很强，跟着他的人都是大将，他培养出来的这批生力军，不久一个个都出人头地，在港台电影界独当一面。

我虽然已经拍了《宝莲灯》，但还是个新人，对电影根本不懂，片场的一切，只是觉得很新奇，很可惜没有真的跟他学到什么东西。

《情人石》的主要外景，是在台南安平港拍摄的。我对那里居然一点印象都没有。只记得瘦巴巴的潘导演，整天戴着他那副特大号的太阳眼镜，站在摄影机旁，不时地皱着眉头，抬起头来寻找着乌云中的太阳。

据说，后来潘垒导演在台湾拥有过一个片场，片场里除了摄影棚还有像香港邵氏公司那样的古装街道，那是台湾第一条古装街道。

但是没多久却因为某种原因，他把这一切都赔光了。

如果我们来这个世界上，一切的物质都只是借来暂时用用而已，那么，就算他这一回的"暂时用用"不能用过一世，那又怎么样？至少他曾经用过，那就足以证明他有能力，他不是只有空想，他能把梦想变成现实。

在我做新人的时候，曾经"慧眼识英雄"提拔我，让我一炮而红的潘导演，对当时《兰屿之歌》的另一个女主角何琍琍，却完全是另外一回事，看走了眼。

何琍琍又嗲又真

《兰屿之歌》是我和琍琍第一次合作，但这不是她的第一部电影，在这以前她已经参加过《山歌姻缘》的演出。

在《兰屿之歌》里，琍琍演我的情敌，是一个富家女；而我演的是兰屿本地的土女。这也是为什么我赞潘导演有一双慧眼的原因。你看他角色选得多棒，不管是从前和现在，琍琍永远都像是个有钱人家的千金，一个阔太太；而我，十足的是土女一名。

或许因为自己的个性太像个小男生，所以刚认识琍琍时，对她的嗲声嗲气，觉得好不自在。但是日子久了，发觉她的嗲不是装出来的，是她与生俱来。她天生就是那么嗲，嗲就是何琍琍的招牌。三十年后，那年我们同时被邀请当台湾金马奖的颁奖嘉宾，都已经是四个孩子的妈妈了，她还是那么嗲，从骨子里嗲出来的。

所以，不单是每个认识琍琍的男人无法抵挡，就连我一样被她的嗲驯服。谁能不对一个又漂亮、又嗲嗲的小妹妹让步呢？

偏偏当日拍《兰屿之歌》时，我们的潘导演就不买她嗲的账。

潘导演像很多导演那样，到了现场就变了一个人。这也难怪，像潘导演那么一个温文尔雅书生型的导演，如果不那么大声骂几句，在鱼龙混杂的片场里，怎么能招架得住？

不过骂归骂，潘导演可从来不骂我们女生，唯独对琍琍例外。

八成是何琍琍的八字"冲"到潘垒导演。也不知道为什么，潘导演看琍琍，怎么看都不顺眼，不是这个不对，就是那个不行。

那天不知怎么的，琍琍的口红犯着潘导演了。突然说是涂得太红，一下子又说琍琍把嘴画得太大了。就这样没完没了地搞了整整一个早上。一直搞到琍琍哭了，结果整场戏拍出来，琍琍的眼睛都肿肿的。

琍琍的戏，更是怎么演也不合潘导演的心意。所以，琍琍在《兰屿之歌》里，每个笑的表情都像在哭，可是哭的表情却又像在笑。难怪当日潘导演敢夸下这样的海口："哼！如果何琍琍能红起来，那大概太阳从西边出来了！"

这回可真是"太阳从西边出来了"！潘导演做梦也没想到，后来琍琍到了香港，不但红，而且还红得发紫。不过这么多年来，琍琍从来没有提过这往事，好像从来没发生过那样。

在同时期的女明星里，我和何琍琍是最有缘的。前后我们合作了三部电影，还演出一出舞台剧。除了《兰屿之歌》之外，在《西游记》里我们演一对白骨精。

《西游记》的外景在台湾，内景部分则都是回到邵氏影城里拍，顺理成章琍琍就来到了香港。如果我没记错的话，她也就此移居香港，后来她的全家人包括父母和两个弟弟，也都成了香港人。

我们又做了一次银幕上的姐妹，那就是日本导演井上梅次导的《香江花月夜》。之后，我们还一起演过一出舞台剧，因时间相隔太久，久到连名字我都记不得了。

我一直很喜欢琍琍，倒不是因为她够嗲，而是因为她够真。我认为一个人最要紧的是"真"，就算二十年不见，她的"真"依然流露着。

潘垒导演和何琍琍拍《兰屿之歌》八字有点冲的往事，我在我 1998 年出

我和珮珮合演《三打白骨精》

版的《戏非戏》一书中记载过，现在又差不多过了要二十年了。

但是就在五六年前，我跟潘导演又联系上，主要是我听说文玲姐身体不太好，好像还中风进了医院，那时他们已经搬到台湾定居了。

当时还只是文玲姐一个人住在安老院，潘导演就住在他们的大儿子家里。大儿子家离安老院不远，潘导演就每天像上班一样，早出晚归地去安老院照顾文玲姐。

知道此事后老实说我还真的非常感动。实际上文玲姐大概和我的年纪差不多，但是潘导演起码足足比我们大一轮，谁能想到反而会是潘导演要去伺候文玲姐呢。而且，看到他是那么地心甘情愿、真心诚意，我当时在想，潘导演年轻的时候，外面传说他很花心，然而不管那是真是假，今天在文玲姐最需要他的时候，他不离不弃地守在旁边，这才是真正的夫妻老来伴呀。

这几年每次去台湾，我一定会去探望他们两个。奇怪的是文玲姐的脑子越来越清醒，但是潘导演的情形却越来越差。那次他告诉我他不小心摔了一跤，没多久也住进了安老院。潘导演还是很乐观，他居然开玩笑地跟我说，这下子倒好了，我干脆住了进去，不用跑来跑去那么麻烦了。

有一次我去看他，他突然神神秘秘地告诉我，他不知道怎么样偷跑出去，跑到台湾邵氏公司的后门口，从一堆废纸里边找到了一张 1964 年《情人石》代表台湾邵氏公司，被提名奥斯卡最佳外语片的证书。

我当时都被他弄糊涂了，1964 年《情人石》才拍完，怎么可能参加那年的奥斯卡呢？再说邵氏公司在西门町，安老院在永和，就算是他偷偷跑出去，也不可能走到西门町那么远啊？但是如果是他捏造出来，那么他手上的那张证书又是怎么来的呢？

幸亏那次跟我一起去探访潘导演的，还有台湾电影资料馆的薛惠玲。我跟薛小姐说先别公布，得先去求证清楚了。

不出我所料，果然是假的。

不过这回我再去看他，他一个字都没提。

不管怎么样，当年我确实凭《情人石》得到国际影评人协会颁发的最有前途新人奖，这绝对不会是假的。

我为焦姣当伴娘

我第一次到台湾拍《情人石》的时候，正好是凌波姐主演的《梁山伯与祝英台》在台湾引发空前轰动，在机场我正好碰到了凌波姐受欢迎的热闹场面。初入行的我，当时的心情像是打翻了调料味的瓶子，不知道如何形容。

好不容易走出松山机场，《情人石》的导演潘垒和他的夫人文玲，就把我拖去一个饭局，上了桌才知道，自己还是今晚的伴娘。

我不记得到底自己是怎么走进这个喜宴的，更不明白自己怎么一下子会成了伴娘。新郎新娘都是陌生人，好像受摆布的不只是他们这一对新人，就连我也一起跟着玩这场游戏。

在这场游戏里，新郎是《情人石》其中的一个男主角黄宗迅黄大哥，新娘是我现在的死党焦姣姐，和我配对当伴郎的是《情人石》另一个男主角乔庄哥。

我刚进电影界时，嘴还算是蛮甜的。逢是女的，都是什么姐什么姨的；男的不是叔叔伯伯就是大哥了。反正都是"亲戚"就对了。

既然我一下飞机就被拉去当伴娘，肯定我和黄大哥、焦姣这对夫妻有缘，看样子我们这"亲戚"做定了。

在银幕上黄大哥是一条硬汉，随时随地都保护着他的小媳妇；在真实生活中，焦姣姐是那个不怎么开口的小媳妇。

奇怪的是，整个拍外景的一两个月里，我们这个新郎整天关着房门，和他的新娘子在屋子里。所以当时在我的心里，黄大哥像个神秘客。

一直到拍《兰屿之歌》，我和黄大哥一起去兰屿出外景，这一回，他没把新娘子焦姣带在身边，我们才有机会混得比较熟起来，甚至熟到他还成了我的"狗头军师"。尤其在交男朋友这件事上，不管是哪个对象，每一件事，我都非得先请教一下我的黄大哥不可。

黄大哥有两样最爱，一样是酒，另一样是车。尤其爱他那辆摩托车，他爱得也与众不同，他不只是爱骑它，更爱有事没事不停地擦拭它。

我每次去找我这个恋爱顾问时，黄大哥一定是在擦车。现在想想我们两个当时的画面真是挺有趣的：他一本正经地听我说话，手中仍然不停地擦他的车；而我呢，也在擦，擦那永远擦不完的眼泪。

恋爱是最甜蜜的事，它甜蜜的滋味却是在泪中，所以我更是爱也哭，不爱也要哭，好像不哭的话，就不像是在恋爱了。

在我心里的黄大哥，什么都好。只是有一点最不好的，就是喝醉了酒开车。

起初从台湾来到香港的时候，焦姣姐没跟在身边，这下子没人管，老毛病又犯了，整天不醉不归。直到有一天，他喝得差不多了骑上他的摩托车，发生了车祸。

那次真的好危险，他躺在医院很久都不省人事。就因为这样，公司才把我们这位小媳妇焦姣姐，请到香港这个"东方之珠"来了。

那时候的焦姣姐一直都穿着旗袍。

她结婚的那天，穿的当然是一身红旗袍。后来我见过她穿各种各样不同颜

新娘子不在身边，黄大哥竟敢欺负伴娘（拍《情人石》时）

色的旗袍。

身穿旗袍的她是那么动人。尤其是那天她在医院里穿的那件藏青色的旗袍，是那么淡雅，加上那份焦虑，我从来没见过任何人穿旗袍，有比她更叫人心动的。我想，这该就是小说里写的"楚楚动人"吧。

别以为这只是我个人的主观，迷上焦姣姐那一刻的，还有不少人呢！其中最迷她的，是跟我在"南国"同期，后来还陪我一起去日本学舞的小鬼头吴景丽。那天我和小鬼头去看黄大哥，一出医院大门，她就宣布焦姣是她的偶像。

黄大哥在焦姣姐的细心照顾下，很快就恢复了健康。但是不知道为什么，从这以后，我老觉得，他们之间的距离却越来越远了。

是因为，他们之间年龄距离太大了？黄大哥比焦姣姐大近二十岁呢。

或是因为，焦姣姐到了香港，思想越来越进步了？好像到了香港，焦姣姐就没怎么穿旗袍了。

还是因为，黄大哥不听话，老是酒后飞车，让焦姣姐心灰意冷了呢？

我当时真的不懂，只知道盲目地护着黄大哥，只愿意相信黄大哥永远是对的。而小鬼头却支持她的偶像，我们这两个不相干的孩子，在背地里整天为他们夫妻俩的事在大战中。

后来我嫁到美国，消息传来，焦姣姐帮黄大哥生了个儿子。

我以为这下子，黄大哥会乖乖地听焦姣姐的话了。不为了自己，也该为了下一代，好好珍惜自己的生命啊。

但……1976年，黄大哥在台湾再次发生车祸。这一次，他没能大步迈过鬼门关。

因为这个"但"，突然把我和焦姣姐的距离拉近了。

或许是我长大了，开始懂得什么叫"爱"。

不知道从什么时候起，我每次路过香港的时候，都会主动打电话找焦姣姐。以前黄大哥在的时候，我从来都不会找她，都仅是找黄大哥而已。那时候就算是她在家，她都自动避开一旁，不去理会黄大哥和我的话题。

然而，黄大哥这一走，我们不只是通了电话，约了吃饭，有一阵子路过香

曾江、焦姣夫妇和我参加中央电视台的香港回归十周年访谈节目

港，还住在她家里。我也不再叫她焦姣姐，不知不觉改口管她叫"焦"。我们成了最好的朋友。

我常自豪有这样一个了不起的好朋友。像她这样一个小媳妇，却是那么坚强地，硬是自己一个人，挺直了腰背，把黄大哥留下的儿子给拉扯成人。

我也常为她高兴，她终于苦尽甘来，在黄昏前夕，找到了她的第二春。

曾江大哥的出现，再一次证明了焦姣的贤惠，不只是个小媳妇。

或许这段姻缘，是黄大哥在天之灵特地为她安排的，为了弥补他生前那份内疚。

这些往事对我来说虽然不是刻骨铭心，却一直无法忘怀。直到连焦姣都忍不住警告我，让我别再挂在嘴边，我才开始管着我的嘴巴。

曾江大哥已经成为我的姐夫二十五个年头了，早就成了一家人。当然我不会像我十几岁时那样，把自己的心事毫无保留地向他倾诉，但是这些年我们常常会一起工作，不论是拍电影、电视，甚至于拍广告也会在一起。倒是焦姣已经退休，专心一意地做曾江哥背后的女人。

永远的白马王子张冲

拍《情人石》的时候，我和男主角乔庄哥，被公司宣传部捧为一对"金童玉女"。

偶然翻阅旧时的照相簿，看到那几张"金童玉女"的照片。有一张在台湾野柳的情人石前，我们手握着手，头碰着头，四眼脉脉含情对望；还有一张在台南安平港的那棵大树下，我靠着大树低头沉思着，他面对我站着，一只手在拨弄着我的秀发；另一张是我们两人在沙滩上跳跃。

这几张浓情蜜意的画面，确实叫人看了心醉。当时不知迷倒了多少童男玉女，每个人都希望自己会是那画里的玉女，找到那诗情画意的白马王子。

可是有谁可以知道，这几个镜头在拍时，却是一点诗情画意的感觉都没有。

拍那张"头碰头"的照片时，天气好冷好冷。我握住他的手，一直在哆嗦，他也冷得发抖，尽管他把我抓得那么紧，却一点也没有温暖到我的心。

靠着大树的那张照片就更别提了。我这个人蟑螂老鼠都不怕，就独怕小小的蚂蚁，看见蚂蚁我就会浑身发痒，何况那天一个不小心，踩在一个蚂蚁窝里，你想我这个低头沉思的表情，怎么做得出来。

倒是拍那个在沙滩上和乔庄哥跳跃的画面，十六七岁的我，跳得还真的挺乐的。当然喽，那是因为我比乔庄哥跑得快，我比他跳得高啊！

拍《情人石》的时候，我还小，戏外的我，像个小男孩似的。那时候我最怕的，就是要我化装，能赖掉不化，就尽量免掉了。

其实直到现在，都已经拍了半个世纪的戏了，我还是一样不喜欢化装。

但乔庄哥却正好和我相反。他是个画家，对着他自己的那双眼睛，一笔一笔地，好像是画画那样，可以画上一个小时，害得我每天早起都得等他。

这样的一个男明星，当然绝对不会是我心目中的白马王子。我心目中的白马王子是张冲，和我一块去兰屿岛拍《兰屿之歌》的男主角。

去兰屿之前岳老爷岳枫导演找张冲哥谈了一次话。奇怪了，怎么找他不找我呢？大概的意思是让张冲哥不要欺负我，到了外面我就跟他相依为命了，我年纪还小，有什么不懂的，做得不好的，大家原谅我一下。这些话张冲哥在第一天到了兰屿以后，就在大家面前这样讲了。做惯了大家姐的我，心里顿时暖暖的，从来都是我照顾别人的，突然有人借他的肩膀给我靠一下，怎能不让我感动呢。

这之后我们真的成了一家人。

比如说兰屿的苍蝇特别多，我们吃饭的时候，就得互相合作，他先吃一口，我就帮他赶苍蝇；然后就轮到我吃一口，这回他帮我赶苍蝇。

有一次要表演节目，他说佩佩你会不会唱歌啊？我说歌我不会唱，不过，我可以跳舞啊！他不以为然，看看我，对我用上海说，你可不要乱来啊，献丑难为情的哦！我差一点忘了，他是不是上海人我不知道，却能说一口流利的上海话。基本上我们那个时代，几乎每个人都说上海话，我也只有听到上海话才会感到特别亲切。

后来他看我随便舞了几下，兴奋得不得了，叫我以后有任何表演，你就随便舞一段代表我们香港。

那时拍戏休息时，工作人员会凑上一桌麻将。我不会打麻将，只能在一旁写写字，看看书的，有个场记我管他叫"小法官"的，他是台湾艺专毕业的高才生，跟我很谈得来，他也不会打麻将，爱吟诗作画好不诗意。我没想到这么吟着吟着吟出毛病来了，他突然向我表白说喜欢我。

这把我吓一大跳，第一个反应是，你那么小，怎么可能。我没想到这也算是人身攻击，因为我长得那么高大，他又确实是很矮小。

或许我是说得太白，伤了他的自尊心，他人小，脾气可不小，都没让我把话说完，就一溜烟跑不见了。

这下好，导演发动了所有的人，怎么也找不到他。当年的兰屿岛和绿岛一样是关犯人的，大家都担心会发生什么意外，不用说这种时候，"枪头"都指向我。

这时候我的白马王子就站出来帮我说话了。

他说了些什么我一句都没听到，只是拼命在流泪，什么委屈都化成泪流出来。

我和张冲在《兰屿之歌》中（天映授权）

第二天终于有人把小法官给找到，原来他躲在山洞里，找到他时，他的手中还抱着一只小羊。

许多年之后，有一次我遇到了小法官的师兄，他除了故意说我当年害人不浅以外，还有意无意地透露小法官的近况，他说小法官最后娶了一个跟我差不多一样高的女孩。他想证明什么呢？难道是表示只要真心相爱，高矮不是问题？

从兰屿拍完外景回来，我们开始等内景。那时候潘导演的戏都是在台湾的"中影"搭内景，怎么知道"中影"的厂忙得很，正搭着别的戏，公司并没有让我们回香港，就让我和张冲哥住进六叔在天母的别墅。

虽然是六叔的别墅，可是六叔从买到卖就压根儿没有去看过，这就是所谓占有跟享有的问题。因为是六叔出钱买的房子，是他的财产，但是真正享有过这房子的却是我们。

我忘了别墅总共有几间卧房，但是我却记得除了院子外，还有个游泳池，所以就算没人去住，还是有一对老夫妻看守着。这么大一幢房子，一个女佣加一个花匠来照理是最起码的。

那时候住在天母很不方便，六叔什么都想到，却没有想到得有个车子请个司机，所以我跟张冲哥住在这个别墅进出很不方便。我是无所谓，虽然那个时候没有电视，但是我年轻时候眼睛很好，而且还喜欢看书，只要可以整天捧着一本书，我的日子就很容易过。

但是张冲哥可不行，一个大男人整天不出门怎么可能呢。可是天母离市区那么远，张冲哥不像我，又不能坐其他的交通工具，来回都坐出租车，真还是一笔不小的开销。

所以他就跟我商量，问我是不是可以跟他每天一起去市区，把我放在某人家里，他去夜总会跟朋友聊天，到了晚上再一块回天母，这样我也可以分担一下出租车费用。

是张冲哥提议，我当然说好。但是要把我放在某人那里，这个"某人"能是谁呢？我没有什么朋友在台湾，他也不能随便把我放在阿猫阿狗那里，因为他答应过岳老爷得好好地照顾我啊。

他想了半天，觉得放在"原家"他最放心。原家的主人原顺伯，是我们邵氏公司在台湾的发行经理，一个规规矩矩的生意人。最重要的是，他家里有三个女儿，尤其是小女儿原文秀跟我一样，是学跳舞的。张冲哥想得很周到，他没想到间接还为我做了个媒。

或许你会觉得近水楼台，既然一直待他当作白马王子，居然我们没有擦出火花来。

不管我怎么想，在张冲哥的心里，我一直是个小妹妹，正确地说，应该是一个小弟弟，所以从来就擦不出火花来。

说真的我也不在乎，因为我觉得不一定要有什么火花。重要的是在我心里，永远都有着这么一个人，就已经足够了。或许我清楚得很，我们之间是有一段很大的距离，并不是可以发展的那种。

在我订婚的时候，他是我的伴郎，有他的祝福，我觉得比什么都强。

记得当时还有那么一个小插曲，那是他和凌波姐的故事。现在想想，凌波姐真是一个很知足的聪明女人，她很明白，就算红极一时，也纯属偶然。风头过去了，还得选个能托付终身的伴侣，好好地过日子。

她很幸运地能碰到金汉，就像金汉他自己说自己那样："我没什么好，也没什么不好！"

可是当初，我却是这段婚姻的反对者。

其实凌波姐要结婚，要选哪个人做新郎，关我什么事，哪轮到我来赞成不赞成的。可是那个时候，我却是管定了这个闲事。

我跟金汉一起拍《龙虎沟》的时候，他整天都在泡妞。不过他每次都是雷声大雨点小，可能就因为他叫得太大声了，所以老坏了自己的好事。

当这一回来真的了，他却反而不声不响，把每个人都蒙在鼓里，直到宣布婚讯了才让全世界的人都吓了一大跳。怎么可能呢，金汉居然把这么一个天王巨星给娶回家？

凌波姐嫁给金汉，那张冲哥怎么办？这可是我唯一关心的事，因为这个时候，凌波姐是张冲哥的未婚妻。

当张冲哥的父亲在澳门突然去世，张冲哥匆匆赶去澳门，凌波姐非但没有陪在张冲哥的身边，还一副满不在乎的样子，我在一旁就已经很纳闷了。

这下子，凌波姐宣布要结婚了，新郎不是张冲哥，而是张冲哥的好友金汉，叫我这个爱管闲事的黄毛丫头怎么能不为张冲哥打抱不平呢？

那几天，我天天打电话找张冲哥，可是他把自己关在屋子里，谁也不理睬。我只有骂金汉，说他不讲义气。不过，金汉对我倒是没脾气，如果我只是一个影迷，他大可以不理，但是我还是他戏里的女主角，他只好无奈地回应我："也算个明星，还那么无理取闹！"

"明星又怎么样？我不是人？我就不能有喜怒哀乐了？"我指着金汉的鼻子。

不过，金汉当时的心情太"靓"，无意跟我理论。"你能保证凌波嫁给我，不比跟张冲幸福？"我看着他那个得意样，却愣住了，竟然说不出个所以然来。

四十年后的今天，他还是那句话："我没什么好，也没什么不好！"

我得帮他加上一句，"我却是真心诚意"。所以今天凌波姐的脸上，才会写满了"幸福"两个字。

那么这是不是就表示凌波姐真的嫁给张冲哥就不幸福了呢？这也不尽然，婚姻是一门很大的学问，真的是，得在对的时间遇到对的人，才会白头偕老。

其实两个人能够做一辈子朋友比什么都好，在我婚姻的那段日子里，每次我回到亚洲，不管是回香港也好，去台湾也好，我们都会找张冲哥一聚。

他试吃过我煮的菜以后，曾经有过念头，想找我和他一起开家主打咖喱鸡或海南鸡饭的餐厅，结果因为当时我还得照顾家庭，没成。不久他和他后来的妻子，在台湾开了家西餐店"杜老爷"，非常成功，几乎成了我们圈内好友的落脚处。

他最后的那段日子是在新加坡度过的，说也奇怪，那期间正好新加坡常常有人找我拍戏。在新加坡当我不用开工的时候，我们就会聚在一起吃早餐。

实际上，这段日子是我们这辈子互相交流最多的时候，天南地北无所不谈，真的像一家人一样。过了半个世纪我们还能再相聚，怎么不是一家人呢。

多年后和张冲哥的再次相见

人生经过了高潮和低潮，不管是高潮怎么高，不管是低潮怎么难过，我们能够永远不改变自己，那是最难做到的，却也是最重要的。

有意无意间，我们也谈到了佛法。他知道这些年，我之所以能走过来，是因为我学佛，所以才会那么泰然自若，可能是这个原因，他把人生最后那件事交托给我处理。

这也是我在《花儿与少年》节目中跟大家分享的，最让我感动的一件事。

话说 2010 年我因为听了一个中医的劝告，吃错了药令肝出了毛病，一直躺在家养肝，虽知道张冲哥身体状况不好，却提不起劲儿跟他拜个年。

就在这个时候，突然收到张冲哥的电话，他不是跟我拜年，而是一本正经地要委托我帮他做一件事情。

他怕会吓到我，所以是这么跟我说的：

"我会跟每一个好朋友要一件东西，或者是请他为我做一件事，比如周华健，问他要他的歌。"

"那我能给你什么呢？"我不知道自己有没有把这句话说出来，因为我已经激动得出不了声。

"谁都不知道这会是什么时候，可能是五年十年，可能是十天半个月，反正总有那么一天，那天来临的时候，我希望你能帮我以佛教的仪式来……"

我没让他把话说完，只顾着问他到底怎么了？

还是我那个经理人妹妹保佩比较清醒，她叫我马上跟他的太太通个电话，把张冲哥说的话告诉她，顺便也了解一下张冲哥的情况到底怎么样了。

幸亏我有报备，不然的话，张冲哥交托的重任就泡汤了。

就因为我的肝出了问题，所以我挑选了参与新西兰一部电影的拍摄，不说拍外国电影比较轻松，再怎么说新西兰的空气也比较适合养病。

我才到新西兰就收到保佩的电话，说嫂嫂十万火急在找我，好像是张冲哥的情况不怎么好。

怎么说来就来了呢，我都还没来得及把我们新加坡佛光山的人介绍给嫂嫂呢！

拍外国片有一个好处，就是拍戏前先要彩排，这时正是我们彩排的阶段，所以我还能有时间有精力，山高水远地邀请我们佛光山的人，帮我忙办妥张冲哥委托给我的他人生最后的这件事。

自从张冲哥走了以后，嫂嫂带着他们唯一的女儿回到香港，她女儿准备进香港大学完成她的学业，这时的我和嫂嫂，从陌生人变成了好朋友，尽管我们很少会提及张冲哥，但我知道张冲哥永远都在那儿守护着我们。

《香江花月夜》与轮回

在 1966 年里的某一天，邵老板六叔突然把我和何莉莉、秦萍叫去试片间，放了一部日本影片给我们看。我们三个里就秦萍还能听得懂日文，因为她从"南国"一期毕业以后，公司送她和邢慧、张燕三个人去日本学舞蹈。

幸亏故事还很容易懂，大概是三姐妹三个不同的个性，像星星、月亮、太阳那样，有个不争气的爸爸，本来是在夜总会工作的女郎，却各自有自己的梦想，当然会有三段不一样的爱情，不同的遭遇。

看完以后六叔就问我们觉得怎么样，他准备请这位日本导演井上梅次来香港重拍这部电影。六叔要他把整个团队带过来，包括音乐和舞蹈都从日本请来，要把这部电影打造成香港有史以来最大的歌舞片，最重要的是我们三个将会出演这三姐妹！

我们还没来得及缓过气来，那些日本人就全来齐了。一棚是邵氏影城里最大的厂棚，我们几场大场面的歌舞的景就搭在那儿，应该说是霸在那儿，从我们排舞开始都在现场进行。六叔对井上梅次的待遇，看在邵氏当时的香港导演眼里确实很不是滋味。

我们却来不及去想这许多，因为每天的工作量都已经让我们喘不过气来。我们只顾着记那些舞步已经是晕头转向，所以都无法来得及记歌词。井上梅次要求不高，反正他也听不懂，所以他让我们唱 1234 就行了。哦，我忘了补充一下，我们那时候演戏、唱歌分得很清楚，演戏的叫明星，唱歌的叫歌星，很少过界。所以有幕后代唱这回事，静婷当时是最牛的幕后代唱，她只帮女主角代唱，也就是说如果是由静婷代唱的，你必定是这部戏的女主角了。

想想我们那时候，每天赶啊赶的，真的忙得连看医生的时间都没有。我不能忘记当时曾发生过那么个笑话：秦萍有个牙齿掉了，补了一次，医生给她装了一个临时的，她早过了该去牙医那儿的期限。偏偏遇到紧张的拍摄期间，她想请假却没被批准，因为我们三姐妹的舞蹈场面，可以说是缺一不可。她虽然不乐意，但也没言语。有一天我们正在紧锣密鼓地彩排时，她突然大喊"卡"，原来那假牙终于支持不住，也不知道她张开口唱到哪句时掉了出来。导演没法子，只有暂时停机，要大伙儿一起帮她找牙齿了。

《香江花月夜》的男主角之一是陈厚，他当时是坐着邵氏第一把交椅的男明星，在《香江花月夜》和他演对手戏的是我。能够和他合作是我最大的荣誉。

严格来说，陈厚和我合作过三次，除了《香江花月夜》，还有薛群导演的

《艳阳天》及胡金铨导演的《大醉侠》。

很少有人知道《大醉侠》他也有演，其实当中另有文章。

胡金铨导演在策划《大醉侠》的时候，"醉侠"这个角色，胡导演一直属意于他的死党陈厚。可是公司不同意，认为陈厚不适合拍古装。

公司有意要捧新人岳华，尽管当时胡导演一再反对，说什么岳华连酒也不会喝，让他怎么演醉侠。但是公司还是坚持，结果当然出钱的那个声音比较响，还是用了岳华。而陈厚在《大醉侠》里，只是客串了一场戏而已。

我那时候是陈厚的影迷，尤其是当我发现，我和他不但是同乡，都是上海人，而且是小学校友。只是他读世界小学的时候，还是国民党统治时期；而我读世界小学的时候，中国已经解放了。

来自同一个地方，当然也就特别容易沟通。就连爱吃的零食也一模一样，什么小核桃、香榧子、山楂片，还没有吃到口，两个人就已经对着流口水了。为了更好地与他沟通，我常去尖沙咀买这些零食跟他分享。

我们电影界都是"亲戚"，不是哥哥姐姐，就是叔叔伯伯。我们也不知道是怎么算的辈分，他成了我的小叔叔，我就用上海话管叫他"小爷叔"。

那时候的明星都特别注意自己的形象。小爷叔陈厚的个子不高，第一天开工作会议时，他就发现我是个长腿妹妹，马上提出要求，不许我在戏里穿高跟鞋。

到拍戏的时候，更是每个镜头都加以研究。拍特写的时候，他非得脚上垫个板子，至少得比我高半个头才肯罢休。

要是碰到两个人并肩一起走路的镜头，他就会先去查看路况。他一定要走高的一边，把低的一边留给我走。如果路是平的话，他就算铺，都要铺成一边高一边低的，他才肯拍。反正他的原则是，在银幕上他是一个大男人，就一定得比我这个小女子高就对了。

因为我是他戏里的女主角，所以他对我的要求也很高。尤其当他发现我这个大陆妹很不注意自己的仪态，他就特别为我操心。

有一次，他突然发现我居然没有穿玻璃丝袜，马上又大惊小怪起来。不管多热的天，非要我把玻璃丝袜给穿上不可。

（左起）何莉莉、我、秦萍在《香江花月夜》中

当年邵氏出品《香江花月夜》的海报

我和陈厚在《香江花月夜》中

　　我拿他一点办法都没有，因为他红，他大牌，想在戏里演他的女主角，就只能听他的。

　　那个时候，其实是女明星的时代，一般都是由女明星挂头牌的，男演员反而都是绿叶，在一旁陪衬陪衬而已。只有我这个"小爷叔"不一样，他是唯一有足够分量，可以独当一面的大明星。除了林黛姐和李丽华，还有他自己的老婆乐蒂之外，他都是挂头牌的。

　　他确实是一个很会演戏的大明星，至少比当时其他的男明星都会演戏，既不造作，又不会过火。可惜的是除了胡导演导的《大地儿女》之外，几乎没遇上什么好戏让他更好地发挥。

　　他很瘦，跟好莱坞的大明星弗雷德·阿斯泰尔（Fred Astaire）有点像。所以，公司宣传说他是东方的"瘦皮猴"。他们的戏路倒是有那么一点像，都擅长演歌舞片，所不同的是阿斯泰尔真的能歌善舞，而我们的小爷叔却只是摆个样子而已。

在《香江花月夜》里，和何莉莉演情侣的凌云是另一个男主角。我和凌云不熟，只合作过这么一部电影，而且在整部戏里，我们根本没有碰过头。所以，要不是后来他自己提起，我是绝对记不起我们曾经合作过呢。

另外一个让我觉得凌云很陌生的原因是，年轻的时候，他实在是很稀奇古怪的，眼睛都快长到头顶上了，从来不理睬我们这群小女生。就算偶尔擦身而过，他都可以把我们当成空气，睁着他那双大眼睛，就是没看到。

或许他只是为了表示对他另一半的忠诚吧。他要让大家知道，在他的眼里只有大美人叶枫姐。叶枫姐就是他的另一半，他的情人，他的妻子。

和秦萍演对手戏的是不久前以八十八岁高龄走了的田丰，秦萍和他在里面是师生恋。田丰是好戏之人，演什么就像什么，在戏里他是一个身体有缺陷的芭蕾舞专家，因为赏识秦萍的天赋，所以对秦萍非常严厉，严厉到秦萍不能忍受的程度。很日本人的段子，不过田丰还是把握得恰到好处。

我的老师胡金铨导演非常欣赏他，很久之后台湾的"中影"公司，好不容易有了一个机会让胡导演导戏，《天下第一》里的皇帝，男一号的角色就落到田丰身上。

2014年台湾第五十一届金马奖的终身成就大奖，颁发给了田丰。组委会还特地让我在香港访问田四爷，不知道为什么我们过去都这样叫他。从田四爷口中我才知道，在邵氏年代，我是他合作最多的女演员。

在《香江花月夜》里，何莉莉、我和秦萍有个很不长进的老爸。演这老爸的就是资深演员蒋光超，众人口中的"蒋爸"。

蒋爸可以说是个全才，样样都行。能唱能跳，当然又会演戏。当年他为《大醉侠》幕后代唱，他吟诵"青竹竿，细又长，从南到北把天下闯"的嗓音，至今还萦绕在我脑海中。

当年我们一口气合作了两部歌舞片，不过，我们俩在这两部戏里的关系，却是完全不同。在《香江花月夜》里我们是父女；而在《艳阳天》里，我们的关系就很暧昧了，他是我的老板，说是捧我，却又想占有我，甚至于想强奸我。

这倒是让我想到了一个佛教的故事：有一个出家人，看到有一家人正在摆喜宴，人家是欢天喜地，他却是越看越悲伤。因为他看到的竟然是父亲娶了女儿，母亲嫁给了儿子，宴席上大家吃的，全是亲朋好友。

佛教相信轮回，这一世完了，下一世我们会再来这个世界，我们之间的关系，可能完全已经变了。就因为我们谁都不记得前尘往事，所以一下子全乱伦了，真是非常可悲。

就像我们拍戏那样，这部戏里我和蒋爸是父女，下部戏里他却对我起邪念。这不是轮回是什么？

还有一个更妙的"轮回"。

踏入 2000 年后，天映把邵氏昔日经典电影都买了过去进行数码化复新，我和小女儿原子鏸带着《香江花月夜》，代表天映去出席 2002 年的东京影展，大会特地请了导演井上梅次，和我一起主持电影放映后的观众对话会。差不多四十年不见了，大家见面都很激动，他却抱着原子鏸大叫："佩佩，你怎么一点都没变啊？"我在后面啼笑皆非："嘿，导演呀，我才是郑佩佩啊！"

《艳阳天》，体悟人生如戏

人生就如一场戏。同样地，我们演的每一部戏，也都在反映人生。

当我走过这些日子时，我从未在意过。然而，当我如今提起笔，要把这些往事写下来时，才发现"人生如戏，戏如人生"。

在拍《艳阳天》时，我和野女郎杜娟又碰头了。当然，我仍记得当初她抢了我《山歌姻缘》女主角的往事。

不过这时的我，却是一点也不忍心再去和她计较。

因为此刻的杜娟，已经到了尾声。我指的尾声，仍是她演戏生涯的尾声。以往她那股野劲，早已一扫而空。

杜娟一向是以野女郎的姿态出现在大银幕上的，就像今日好莱坞麦当娜那种坏女孩的形象，也有点像梅艳芳那种调调儿，可惜她早生了三十多年。

我们那个年代，制片家迷信的是"青春玉女"，而观众喜欢的是"乖宝宝"。所以，杜娟这个野女郎，只能叹生不逢时。

不过当时的杜娟，的确够野蛮的，火辣辣的，谁接近她，都会被她灼伤。

我不知道她真的个性是否这样，因为到拍《艳阳天》时，她已经收敛了很多。薛群薛导演没事就把她拉到一旁，进行思想辅导。

《艳阳天》这部电影，好像就在写她，在写我。在这部戏里，她原来是个大明星，而我却是一个新人。有一回，她跟老板跳草裙舞临时不肯上场，正好让我这个新人有了个机会，来顶替她去演出。没想到我就此一鸣惊人，一夜之间成了大明星。

这又是一个老掉牙的故事，但在我们真实生活里，却是重复又重复地出现。甚至于就出现在我和杜娟的真实生活中。

戏里的我成了大明星之后，慢慢也开始因环境而变质了。无法控制地又走回到每个大明星下场的那条老路上。

学佛以后，我的师父星云大师教我的第一课，就是要先"心定"。不管周围环境如何改变，我们的"心"都要能把持得住，决不跟着环境变而变。

这个道理人人都懂，但是当你身在其境，能够做到"心定"，谈何容易？正所谓人在江湖，身不由己，看样子只有进入佛门，才能四大皆空。

我跟杜娟一直都是泛泛之交，我不是一个有心机的人，所以过去的，我也不会记在心里；当然，我也不会故意跟她特别好，也不会跟她不好，我们只是生活在两个完全不同世界的人，有缘擦身而过而已。

《艳阳天》杀青不久，突然传出她自杀的消息。而当时我最无法理解的是，像她这样一个敢爱敢恨的女人，又在男女间滚打了那么久，最后的死，居然会和同性恋扯在一起。

这几年来，我自己经过岁月的磨炼，也尝尽了酸甜苦辣的人生，方才懂得，这原来就是"爱到尽头终成恨"！

为什么我会说《艳阳天》是真正属于我的歌舞片呢？或许我应该从这部戏

《艳阳天》中杜娟和沈殿霞（天映授权）

《艳阳天》中我和陈厚（天映授权）

的导演说起。这部戏的导演是薛群，或许很多人都不记得他，他最出名的作品并不是《艳阳天》，而是由陈厚小爷叔和顾媚姐合演的《小云雀》。而"小云雀"正是顾媚姐的外号。

当时顾媚姐是挺红的歌星，最重要的是，她的弟弟是顾家辉，一个非常有分量的作曲家。谁都知道顾家辉有今天，作为大家姐的顾媚有着决定性的功劳，所以当时电影界的朋友都非常尊重她，顿时顾媚姐也成了众人的大家姐。

所以当时薛导演要拍《小云雀》，可以说是具足了天时地利人和，当影片也大卖时，薛导演就成了电影界的"薛半仙"了。

薛半仙算准了我他日定非笼中鸟，但是却没有算出我是否能在这部《艳阳天》中大放光芒。不管怎么样这部戏却是令我难忘的，到现在我仍然非常感激薛导演对我的信任，让我独自完成了这部非一般的歌舞片。

我才演完由日本导演井上梅次拍的《香江花月夜》，非常卖座，凭良心《香江花月夜》的制作是空前的，到现在为止华语歌舞片里还就没有谁能超越它，就连井上梅次他自己拍的同样题材的日本片，跟这一部比都差远了。

《艳阳天》当然无法跟《香江花月夜》比，尽管还是用了陈厚做男主角，但是在气势上就是差那么一截。幸亏薛导演早已作古，不然他一定会骂我长他人志气。

但是拍这电影的整个过程我都极端地享受，我也不觉得出来的效果真那么差。不过无可否认的是，这不是观众要看的我，观众能认同我的还是我侠女的形象。

我与《大醉侠》

胡金铨胡导演 1966 年开拍《大醉侠》，找我演"金燕子"，这是我的第一部武侠片，开启了我演艺事业的高峰。

从《大醉侠》之后，在邵氏，我的武侠片就是票房的保证，我就成了当然的"女侠"，就再没有机会拍别的类型影片了。

没有胡导演，就没有我这个"金燕子"，没有"金燕子"，也不会有今天我这个"郑佩佩"。

当时公司让胡导演拍《大醉侠》的时候，金燕子这个角色，公司原本属意让一位越剧名伶叫萧湘的来演。因为萧湘像于素秋那样，有着北派根底。但胡导演怎么都不同意，一定认为我才是他理想中的金燕子。

结果公司就让我和萧湘一块试镜。十九岁的我，又怎么能明白胡导演的一片苦心，还老大不愿意，觉得自己怪委屈，真真假假都已经当了好几部戏的女主角了，为什么还把我当成新人似的来试镜。

幸亏我试了这个镜，要不然哪有我这个机会！

拍《大醉侠》的时候，胡导演对男生都很严，但对我却特别照顾。我那时同时还在拍《西游记》，两部戏难免会有撞在一块的时间，胡导演怕我太累，命令场务给我准备了一把椅子，上面还贴了个"郑佩佩专用"的字条，让我可以抓紧时间休息。

其实演大醉侠的岳华也在拍《西游记》，他就没有同等待遇了。

我想胡导演对我特别偏心，可能是因为整部戏差不多只有我一个女生，一直到最后一场戏才加了女兵出现。

记得胡导演离开我们之前不久，在台湾陪我上过一次卫视中文台由赵宁主持的《名人三温暖》节目，在节目中胡导演还提起，当初他为我在《大醉侠》里金燕子的造型，可确实费了一番心思呢。

因为我人高、腰短、腿长，他特别为我设计了长袍，来掩饰我的身形。还有我头上戴的那顶大圆帽，也是因为我的头部太小比例不对，才用那大帽子来平衡一下。却没想到后来成了流行，一直到现在的武侠片里，女侠都得戴上一顶大圆帽，穿上一件大长袍。

《大醉侠》让我红遍东南亚，但实际上我还真演得不怎样，现在重看这部戏，觉得那时我真的太年轻了，什么都不懂，充其量也只是胡导演手里的一个活道具，所以画面上看到的，都是胡导演的影子。尤其是客栈的那场戏，导演让我看左我就看左，导演让我看右我就看右，眼神空空的，里面什么也没有。

记得当时拍的时候，每个镜头摆好了，胡导演一定亲自为我示范。当时我最怕他帮我试打的镜头，因为他属于五短身形，他的马步要比我的马步足足矮上一个头，可是他好像永远都不知道，非说我的马步蹲得不够低："蹲低一点，你别老'单摆幅格'（胡导演常说的上海话，意思是叫我不要光摆个样子）在那儿啊！"

我们那时对导演，哪像现在这些孩子那样，没大没小的，我们哪能回嘴，不管有理无理，都得一口气吞进肚里。

其实我很少挨骂，岳华被导演骂得最多，不过后来岳华跟他的感情也最好，大家心里都明白，如果导演不在乎你，就不会理你，那还是一个"打是爱"的时代。

《大醉侠》会爆冷大卖座谁都没想到，尤其是公司的高层。据当时的副导演，后来成为台湾大导演的丁善玺说，老板六叔差点就要烧掉这部片子，因为它和当时的武侠片不一样，尤其是打斗的场面，完全没法让老板看明白，再加上整部戏只有我一个女人，还一半戏份是男装的打扮，从头到尾也没一件漂亮的衣服，当然还有就是拍摄进度没按原计划，时间上一拖再拖。最后，小丁（丁善玺导演）跟公司谈判结果，是多加十个女兵，保证再拍十天杀青，这部戏才逃过被烧掉的下场。

当《大醉侠》拍完，胡导演不愿再留在邵氏受气，正好台湾联邦电影公司高薪请他，他二话不说就去了台湾。本来他准备把我带去台湾发展的，当年联邦的人都知道，《龙门客栈》上官灵凤穿的服装，都是按我的尺寸做的，戏服上面还都写着"郑佩佩"三个字呢。那是一个遗憾，如果邵氏放人，我走成了，我的演艺生涯会是另一番景象。

不过奇怪的是，一直到现在，还有很多影迷误以为我是《龙门客栈》的女主角，我也没有再去解释。因为不管是也好，不是也好，《大醉侠》也好，《龙门客栈》也好，甚至于包括《侠女》在内，其实都是胡导演"女侠"的影子而已。

虽然《龙门客栈》比《大醉侠》更卖座，胡导演因为《侠女》还得了国际大奖，但是胡导演对《大醉侠》还是有着不一般的感情。每一次他从夏威夷回

《大醉侠》开打

《大醉侠》导演胡金铨指导我表演

国外刊物介绍《大醉侠》

《大醉侠》指点迷津

来，他都会兴致勃勃地告诉我，邵家大小开（大公子）又告诉他，每次戏院票房不好，他们都一定重放《大醉侠》，每次放都是票房的保证。奈何邵氏就是不肯借出拷贝，把《大醉侠》藏在仓底，让想看胡导演第一部武侠经典的国际友人们，都只有伸长了脖子等待着。

有一回胡导演像是寻到宝似地告诉我，他在蒙特利尔市录像带出租店里找到了《大醉侠》录像带。"佩佩，你得赶快把它买下来，邵氏绝对不会自己出录像带的，再过几年就失传了。"

老师那么说了，我这个做学生的当然只有绝对服从。硬是花了三十五美元，把那卷不知道翻录了多少回的《大醉侠》录像带给买了回来。不过当时那还真是个宝，这大概是我那几个孩子第一次看妈妈演的戏，虽然带子真是"残"不忍睹，本来是宽银幕的电影，到了那录像带里两边的画面都给切掉了，所以银幕上的我如果转过头去讲话，都无法知道讲话的对象是哪个。更可笑的是彩色还变成了黑白。

直到 2000 年前后，邵氏突然把仓库里压着的六七百部老片子全卖给了天映，《大醉侠》终于重现江湖。那年原子镬陪我出席戛纳影展，天映把《大醉侠》经过数码复新，作为观摩影片放映，原子镬还以为是天映一格格把彩色涂上去的呢。

可惜这一天，胡导演看不到了。

堕马事故有隐情

我在拍毛毛徐增宏导演的《神剑震江湖》时，因为发生堕马事故，公司答应送我去日本习舞一年。

《神剑震江湖》应该是在《大醉侠》拍完后开拍。这部电影是我和导演徐增宏第一次也是唯一的一次合作。如果没记错，也是张翼的第一部戏，好像也是井莉到香港拍的第一部电影。

我对这部电影的印象不深，最记得的还是那起堕马事故。

从邵氏宣布武侠世界开始，就让我和乔庄、秦萍三个人到沙田学骑马。我胆子比较大，学会以后拍戏都自己骑马，不用替身。

有一年，吴君如和钱嘉乐在他们主持的电视节目《星星同学会》里，提到了我和岳华分手的原因，其实多少与这次堕马事件有关。我的记忆是这样的：

当时公司跟导演们有分红政策，导演们如果没超出预算，导演可以分到剩下来预算的百分比，如果票房卖过一百万元，又可以分到花红。

那时我正在拍徐增宏导演的《神剑震江湖》。有一天我在大树林拍一场骑马的戏。我们公司的马都是马场退下来的，还不很习惯拍戏。我那个镜头得用鞭子缠着个人，还拖着在马后走。那马哪见过这种情景，一惊吓就脱缰了。我穿着古装，一头长发上面还顶着一个假的古装髻，这马一脱缰，那个髻就挂在树枝上。我手上的缰绳还没松，整个人就翻了下来，整条裤子全撕烂了。我二话没说换了替身的裤子就又上了马，继续拍摄，完全没耽误进度。

徐导演当然很感激我，收工后亲自陪着我去医院。岳华知道了就老大不高兴，硬说人家徐导演有目的。那几天我正好同时拍两部戏，又是日班，又是夜班的，岳华看了又不高兴了，竟然不许我拍。我当然不肯，岳华就说要告诉我妈咪。我妈咪那个性，就唯恐天下不乱。我怕妈咪来闹事，求他别跟我妈咪说。我跟他说，如果他说了，我就再也不理他。偏偏他不信邪，不仅跟我妈咪说了，还带着我妈咪闯进片场，把我硬拉回家，不许我拍下去，这可把我给气得不轻。

我妈咪硬说我病了，要带我去看医生，还居然查出来说我是十二指肠溃疡，当然报纸上就登了出来。原伯伯，就是我前夫的父亲，也就是我的公公，他的公司在台湾代理我们邵氏的电影，我在台湾拍《情人石》和《兰屿之歌》时，就是他们家常客。那时我跟前夫正拍拖，偶尔也通通信，当他看了报纸就给我打了个电话，说他父亲给我安排了，让我到台湾的荣总去检查身体。

写到这儿，我刚刚收到了由朋友转寄给我的 1967 年 1 月 28 日的一份剪报。

我在《神剑震江湖》中的骑马照（天映授权）

大标题是《佩佩下周赴日习舞　暂别影坛一年归》。

照片登的是我和岳华出席《香江花月夜》试映记者招待会。看完报道内容大家不难想象前因后果了，全文如下：

　　邵氏女星郑佩佩，最近遵照母亲的指示，决定暂别影坛，暂定下星期离开本港，前往日本研习舞蹈。据悉，这一离开起码一年后才会回来。郑佩佩正当新扎，而且为影迷们爱慕，为何做此决定呢？昨日邵氏影城试映由佩佩、何莉莉、秦萍、陈厚主演的《香江花月夜》，记者巧逢佩佩亲临在座欣赏，由于本版曾经报道，佩佩之母向邵氏公司投律师信，要求提前取消佩佩的演员合同，因此，昨日记者特向佩佩查询下文。郑佩佩对记者这个问题，答得颇为简单，只说已与邵氏协商和解。是怎么和解的呢？当记者进一步追问时，她说："还是不谈这些事吧！"接着话题转到赴日习舞方面去了。

　　原来这次赴日深造舞蹈，是她母亲的主意，她母亲仍旧力主女儿不要拍片。

佩佩表示，做女儿者，应该听从妈咪的教导。郑佩佩并透露，合约之事虽然已与邵氏协商和解，但该机构的主事人，希望佩佩学成归来，重投邵氏旗下。然而在佩佩学成归来之后，会否再投影城呢？据郑佩佩表示，这要待其妈咪今后会不会改变反对她拍片的主意了。记者再向郑佩佩查询，今次赴日研习舞蹈，其一切费用，是否由邵氏负担呢？佩佩对这个问题不允披露，并称，对这一点也不想多谈，否则麻烦又来了。

昨天试映的歌舞片《香江花月夜》，佩佩的演技获得好评如潮，若然从此退出影坛，不但是影迷们的损失，也是影坛的损失。郑佩佩今年只是芳华二十一，她对艺术和工作是那么热衷，对婚姻又是怎么看法呢？佩佩爽直地披露，谓她五年后始论婚嫁，并称，若然结了婚则不再拍戏了，即如在《香江花月夜》一样，她强调婚姻是要比事业重要的。

这次堕马事件最后的结果是公司送我去日本学习舞蹈一年。如果没有这次的阴错阳差，或许得改写很多人很多事情的历史了。或许我就跟了胡导演去了台湾联邦公司，《龙门客栈》的女主角就真的是我了。

张彻找我拍《金燕子》

邵氏公司把我送到日本去学习舞蹈，还允许我带着吴景丽一块去，我们在东京汇合了原文秀（她是后来成为我的小姑子的舞蹈家），我们三个就住在明华公司黄伯伯的日本家里，开始了我颇为惬意的留学生生活。

在这里，我们什么都不用操心，学费有人付，吃住不成问题，每天就安排好一些科目在学习。蔡澜老蔡那时候在日本半工半读为邵氏公司工作，公司就把照顾我们几个的任务扔给他。相信他一下子看见我们几个"包袱"，不知道该如何对待，有点无奈。他说我们若要想在日本待下去，最基本是首先得学习日语。于是每星期的周一周三周五他都给我们请个日本女人教我们讲日语。然后又问我们三个到底想学什么舞，我当然说芭蕾舞，可是原文秀却说现代舞，现代芭蕾！景丽一旁嘀咕着："佩佩姐，你不是说好了要跟《香江花月夜》的舞蹈老师学爵士舞吗？"我看着老蔡，跟他说："我比较贪心，什么都想学，行吗？"

就这样，老蔡把我们的时间表填得满满的，后来不知怎么回事，还加了堂唱歌课，反正心大，什么都想学，所以什么也学不好。况且东京也不是个小地方，光在路上跑的时候，就差不多花了大半天的时间。

反正就我是无忧无虑的，把它当成是来度个假，镀镀金，回到香港还不就是回邵氏继续拍戏。

现在回头想想，那时候还真不懂得珍惜，害得我到现在都不敢大声地告诉别人，我曾在日本留过学。

在日本住到第九个月，有一天蔡澜突然把张彻大导演带来。对于张彻大导演突然来访，我心里完全没有准备，因为张彻大导演向来是重男轻女的，绝对不会找我拍戏吧？

张大导演开门见山游说我接拍《金燕子》。

我一听片名叫《金燕子》，故事都没听，就说不行。

在胡金铨导演的《大醉侠》里，我演的就是"金燕子"，现在你们要拍《金燕子》，那我怎么有脸去见老师啊？

我那个时候才是二十出头的姑娘，怎么能说得过张大导演呢。他说"金燕子"只是一个外号，并不是只有《大醉侠》里才可以叫金燕子。既然我那么喜欢"金燕子"，大可以自称为"金燕子"。他叫我先让他把故事给我讲了再说。

要知道张大导演多会说故事啊，他不但能说，而且还能耗，他就那么跟我耗到半夜2点，我都快耗不住了。

最后我答应他，我说我可以演，但是后来他让罗烈演的那个角色，不可以让岳华来演，不然的话，我觉得有嫌疑，是故意来找茬的。

看见我松了口，张大导更是把好话说尽："怎么会呢？胡金铨导演是我非常尊重的导演，我怎么会跟他找茬呢？"

然后他就把大队人马拉到日本来拍外景。在日本出外景，当然是表示将就我的缘故。男主角是他的心肝宝贝干儿子王羽。

其实我和王羽不只是老同乡，而且我们还曾是隔壁弄堂的邻居呢。上海人所谓的"弄堂"，也就是北方人的巷子。

我们是邻居，却不表示我们从小就玩在一起，只是大家都认识。他的妹妹是我的一个好朋友的朋友，而我那好朋友的哥哥，又跟王羽玩在一起。

其实，我们怎么都玩不在一起的，我从小就太乖，太一本正经。哪像他那样，从小就调皮捣蛋的。

我进了邵氏好几年了，那时候何冠昌还是邵氏宣传部主任，有一天他拿了张照片给我看，跟我说："佩佩，这个也是你们上海来的，他从大陆游泳偷渡来香港，你看，他是不是很棒。"

我看了一下子照片，小鼻子，小眼睛，没错，肯定是个上海小子。

"他叫什么名字？"我随便问道。何冠昌说："他叫王振权！"

好熟的名字，一时间却没法和那张脸对上。后来还是王羽他自己跟我讲起，我才知道，他原来就是我认识的"王振权"。

拍《金燕子》的时候，外景在日本还好相安无事，回到香港王羽的少爷毛病又犯了。每次一打光，哪怕是那么一下，他少爷都得溜出去。然后光打好了，还得四处去找他，还得请个半天，才能把少爷请回来。

为了节省大伙儿的时间，我只好吃一点亏，有话没话都找他聊天，把他缠住在片场，好让他不到处乱跑。

他那时候还没娶林翠，还整天一下子琍琍，一下子小平地乱泡。后来，他突然娶了林翠，虽然一开始他把林翠当成宝那样，不过到底他比林翠小那么多，一时间还定不下来。

最让我生气的还是那个张大导演，多数时候《金燕子》拍的都是中班，所谓的中班就是 11 点开工。我是一定准时，11 点就把装化好，戏服穿好，进棚坐在那儿等开工。

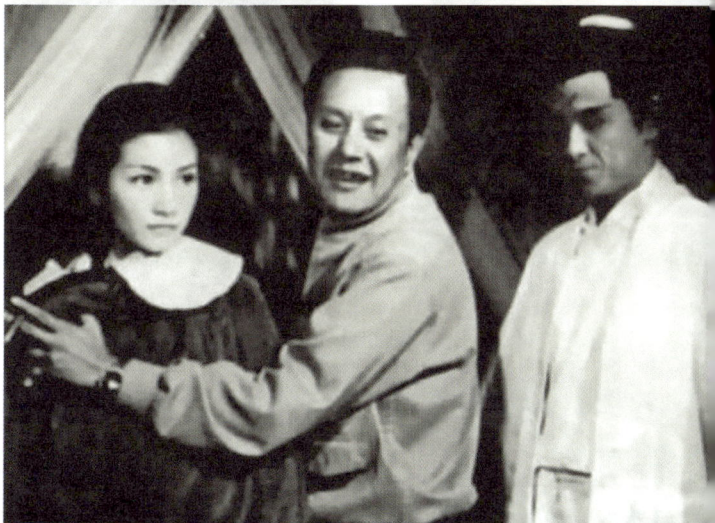

"金燕子"在想什么呀?

拍摄《金燕子》时张彻导演
指导我和王羽演戏

《金燕子》里我和罗烈在小屋旁

荣获"最佳勤奋守时奖"，由香港邵氏电影公司大家长邵逸夫亲自颁赠

说到这儿，我要打个岔，就因为我准时进棚，而且每次都化好装，穿好戏服坐在那儿等，我们的老板邵逸夫，也就是我们口中的六叔，特奖了一只手表给我，并誉我为"最守时的演员"。

话说这组戏虽然发的通告是 11 点中班，但是不见导演出现，只有其中一位副导演熊庭武在那儿张罗。

非得午饭过后，张大导演才在另一个副导演午马的陪同下进组。这时第二男主角罗烈，就会神不知鬼不觉地出现了。

一直要等到两三点，我们的大牌小生王羽才会姗姗来迟。来了以后他先去找张大导演，大声地问："唉，我今天什么时候可以收工啊，晚上我有个饭局，

6点必须放我走！"

张大导演咧着嘴，笑着脸说："没问题，没问题！"

果然不到6点就把王羽放走。这时罗烈就阴声细气地对我说："佩佩，不好意思，今天我……"我没等他把话讲完，就说："随便你了！"

一天这样，两天这样，一部戏下来天天都这样，杀青那天，我跑到邹叔叔办公室里，狠狠地告了他们一状。

我在邵氏的时候，邹文怀邹叔叔是邵氏公司的制片主任，也是我的包青天。大事、小事、有事、没事，我都往他办公室跑，他一看我进去，先把一盒纸面巾放在桌上，用来招待我的眼泪和鼻涕。

我才进去告状不久，邹叔叔就把张大导演叫了进去，我看见张大导演进去，心想这回你怕了吧！

怎么知道张导演从邹叔叔的办公室走出来，堆着笑脸搂着我说："哎呀，佩佩啊，怎么可能呢，你是我见到过最好的一位女演员！"

接着张导演又说："还有那次跳窗户的事，我真的是为你好，我怕你再这样下去，没人敢娶你了。"

不提也罢，讲起那次跳窗户的事，我还真生气了。

事情是这样的，有一场戏坏人马上打进来了，我们三个大侠王羽、罗烈和我要追出去，张大导演让他们俩从窗户飞身而出，而让我从门口走出去。

这算什么话嘛，我们三个都是大侠，要不就一块从窗户跳出去，要不就一起从大门走出去。

我就赖着，不给拍，除非大家一块跳出去。最后当然还是依了我，让我们一起从窗户跳了出去。

多少年后，我们一大群人一起看《金燕子》，也不知道谁说了一句：佩佩，你应该觉得很得意，因为在张彻导演的戏，很少女孩的戏份那么重。

相比之下，罗烈就是一个"四海仔"了。

一直到外景拍完快回香港的时候，他突然一本正经地找我，说是有事要找我帮忙，而且还只有我可以帮得了他。

他当时太过一本正经了，还真把我吓了一跳。原来是张彻导演的下一部戏《飞刀手》，有意捧他做男主角，但唯一的条件是要我出任女主角。

罗烈比我还明白，我是属于那种"吃软不吃硬"的性格，有时还会真以为自己是个侠女，讲义气。

没等我开口，我们罗小生又接着求我了。

他一副可怜兮兮的样子："佩佩！如果你这一回不肯拔刀相助，帮我挎刀当这个女主角的话，我这一辈子也当不了男主角了。"

这么一顶大帽子压下来，当然我一定是义不容辞啦。

我连剧本都没看，就一口答应了。我心里想，你让我当女主角，戏份总不会差到哪儿去吧。哪知道我这部戏，还真是在为他"挎刀"。那女主角几乎没有戏，他要的只是我"郑佩佩"三个字来帮他撑场面的。

这部戏也没让他一举成名，只是让他升了一级，变成第二男主角。要到后来他拍的《天下第一拳》，才真正让他扬眉吐气。

不倒翁何梦华导演

何梦华是当年和我合作最多的导演之一。

他是一个非常有弹性的导演，可以随时跟着公司政策走，公司想拍什么戏，他就拍什么戏。虽然不一定会了不起地好，可是中规中矩，完全符合公司多快好省的原则，所以，当时我们开玩笑，管他叫邵氏的不倒翁。

邵氏武侠世纪开始后，我一连拍了好几部由他导演的武侠片，像《荒江女侠》《玉罗刹》，以及我在邵氏的最后一部电影《钟馗娘子》等。

那时的邵氏是分派系的，你拍了这个导演的戏，就算是这个导演班底的人了，别的导演基本上就不会找你拍戏。

不过我当时还是比较特别的一个。我出道时拍的是岳老爷的戏，他后来去了韩国，我跑到台湾去，拍了两部潘垒导演的戏。后来又拍胡导演的《大醉侠》，还创了当时的卖座纪录。怎知道胡导演拍拍屁股，跑去台湾组联

《玉罗刹》夜行

《钟馗娘子》是我婚前
最后一部为邵氏拍的电影

我在《荒江女侠》中的一个造型

和何梦华导演在讨论下一个镜头的工作（邵氏授权）

和何梦华、何太太在一起

邦公司了。幸亏他走的时候把我拍红了，所以非但不会没人要，还抢手得很呢！

抢得最厉害的，要数罗维罗叔叔。因为他当时的夫人兼制片刘亮华够"凶"，一手就把我抢了过去。但是公司却不愿在我当红的时候只拍他一组戏。好在他们不怎么把何导演放在眼里，所以他们不介意和何导演一块合用我。结果我在邵氏最后那两年，就只拍这两位导演的戏。

罗叔叔没把何导演放在眼里，倒也不一定是看不起何导演，而是因为何导演是一个与世无争的好好先生，拍戏只是为了工作，为了生活。

其实这样也没什么不对。他的理想不一定是要当什么大导演，只是想脚踏实地，为他一家四口的小家庭，为他孩子们未来的前途，为自己今后的退休生活，都提前安排得好好的，不用为下半辈子的生活而担忧。

然而，像他这种想法，在当时的导演中是很少有的。一般的导演，在风头上的时候，家中就好像开饭馆、开赌场似的，家里的门永远都是大开着的。等风头过了，情形可就悲哀了，连串门子的影子都没有了。

何导演就不太一样。我拍了他那么多部戏，他最多请我饮饮茶，可从来没请我上他家去坐坐。当然主要是我不会打麻将，去他家也没事做。不过他也不是阿猫阿狗都玩在一块，他有他固定的几个牌搭子，这些牌搭子，一直到退休以后，还是和他经常聚在一起，摸摸卫生麻将。

他之所以能如此安定，我想这与他娶的这位何太太大有关系。不管何导演在邵氏有多红，何太太还是何太太，她每天上她的班，而且她的工作跟电影完全没有关系，他们俩一直都保持公一份婆一份地来维持这个属于他们的家。

罗维、岳华和我铁三角

我永远记得第一次见到罗维大导演罗叔叔的时候。

那次公司给了我一个我还挺喜欢的剧本，因为一个人演两个角色，妈妈是我，女儿也是我。

第一天我演的是女儿。我不记得拍戏之前，我有没有见过罗叔叔，就算是见过也是很客气的那种。

那天的见面礼，可是一点都不客气。那天好像是早班，但是一开始还没有我的戏。我化好装，穿好戏服，带上宝剑，就进棚坐着。这堂景还挺大的，是一间客栈，还有个院子。他们已经在客栈里面拍了半天了，看起来还拍不到我，但是我一动都不敢动，规规矩矩地坐在那儿。

突然从客栈里面飞了一样东西出来，然后看见我们的制片，也就是罗叔叔的夫人刘亮华（后来我一直管她叫姐姐），几乎连滚带爬地摔在我面前，我屏着气一动都不敢动，真是进退两难。

结果不论是我说罗叔叔"摔得人惊"，还是罗叔叔说我"乖得人惊"，我们都对当时的情景留下深刻印象。

这一部电影就是《毒龙潭》。戏里我一个人演母女两个角色，出来的效果非常好，因为姐姐把我的造型弄得跟之前完全不一样，当然我一人演两角，如果不在造型上花心思，我再怎么演也没用。

我这时嘴中的姐姐，是刘亮华，也是罗叔叔当时的夫人，同时她也是这部影片的制片，兼美术指导和服装指导，反正就是里外一脚踢。

你们或许觉得我称呼得有点怪，如果我称罗维导演是罗叔叔，而他的夫人刘亮华怎么又变成了姐姐呢？

这就是演艺界，演艺界女的往往比男的要小一辈，所以一个是叔叔，那他的妻子当然就是姐姐了。

罗叔叔虽然是个大导演，却并不是一个什么了不起的好导演。他自己也承认，他没读过什么书，当然就不可能像那些读过书的导演那样，在戏里去做什么学问了。就算是写剧本吧，如果你让他真的自己拿起笔，一个字一个字地写一个剧本，可能就不太容易了。但是每个剧本经他那么一改，倒也都会改得特别有卖点。因为他本身有丰富的人生经验，点子又多，再加上他这一辈子运气实在是太好了，所以一直以来，讲到罗维导演，大家都会说他是个"福将"。

《毒龙潭》拍摄现场

《毒龙潭》现场，中为罗维，右二为岳华

我在《毒龙潭》中分饰母女（天映授权）

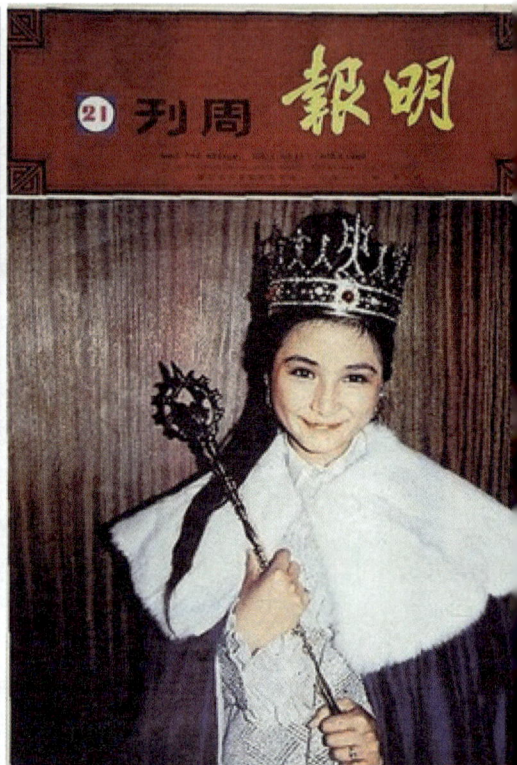

我凭《毒龙潭》获得"武侠影后"的头衔

罗叔叔最大的特征是善用大明星。就算本来不是大明星的，经他一拍，也会变成了大明星。要想让别人承认自己是个大明星的话，就非得演过罗叔叔导过的戏才行。

虽然，罗叔叔心地好，但是他脾气却很大，常常一个不对，就破口大骂。也不先问清楚，到底是谁对谁错，所以常常得罪人。

姐姐做人就比他圆融得多了，常常这边罗叔叔把人得罪了，姐姐就那边为他打圆场。就这样，大事化小，小事化无。

他们俩夫妻正好是一个做好人，一个做坏人；一个唱白脸，一个唱红脸，每件事都配合得天衣无缝。

罗导演每次骂人，第一个被挨骂的人，往往是姐姐，因为姐姐是他的制片。先拿自己老婆开刀，在别人的感觉上，就比较好多了，就算是那个被骂到的人，本来是要发火的，这时的气也会消。

别看罗叔叔在片场里凶得像只老虎，可是让他去应酬那些老板们，他是一点办法都没有的。他是属于那种见了老板什么话也说不出口的人。

这些方面又得全靠姐姐了，本来很多事，女的说起来就比男的容易很多。尤其是经姐姐那么一说，死的也会说成活的了。

所以那时候，我们的罗叔叔只要一门心思，把戏拍出来就行。其他里里外外、上上下下、大大小小的事情，全由姐姐一手包办。

当然，这倒也不是表示罗叔叔没姐姐就不行了。他没有姐姐照样可做导演，戏也照样可以拍，只是在行政工作上少了这么一位得力助手，工作进行起来，就不会那么得心应手。

同样地，姐姐没有罗叔叔在后面撑腰，就算她是一流的制片人才，却也没法子一手顶天，英雄无用武之地。

因为他们夫妇这对钻石搭档，再加上我和岳华的配合，所以，当年我们这一组人才能有机会和张彻、王羽他们比个高低。

我这么一讲，他们两个好像应该完全没有矛盾才对，那倒也不见得。

姐姐最不高兴的，就是罗叔叔赌马。姐姐自己也打小牌，却怎么也不肯上马场，大概这就算是一种无言的抗议吧。

其实，姐姐一直掌握经济大权，罗叔叔赌马用的是私房钱。这私房钱的来源除了每个月姐姐给他的零用钱之外，还有改剧本的钱。所以，看见罗叔叔又在那儿用功，就知道他老先生的马输得差不多了。

说句老实话，姐姐也并没有那么霸道，如果跑马的那天正好不用拍戏，姐姐还是会主动帮罗叔叔找好马友，陪罗叔叔上马场。姐姐不喜欢罗叔叔一边拍着戏，一边赌马。其实姐姐有所不知，对罗叔叔来说，那样才是人生最大的享受。

因为罗叔叔没有太多的嗜好，除了拍戏，就是赌马。这两件事能够同一时间进行，他怎么能够不快乐呢。

我自己虽然是很一本正经的人，一向把拍戏当作一件大事情做。但是我对罗叔叔一边拍戏一边赌马，不但接受，还非常支持。老觉得姐姐不该把罗叔叔这唯一的嗜好给剥夺掉。

跑马的那一天，罗叔叔一定带着收音机来拍戏，用耳机塞在耳朵里听赛马。拍着拍着戏，突然会听见罗叔叔一旁大叫："死啦！死啦！"原来是他的马儿又不听话了。

说真的，罗叔叔的马，还多半是不怎么听话的。所以听他大叫"死啦！死啦！"的时间，要比"得咗！"的机会多得多。

他倒也还好，绝对不会因为输了几个钱就闹情绪。反而输光了，他也就安心拍戏了，心甘情愿地写剧本了。倒是我们这些旁观者看了心疼。姐姐和我两个人在那儿研究了半天，恨不得做罗叔叔的外围。只是又怕万一真跑出个冷门，我们赔不起，准被罗叔叔骂死。唯有眼睁睁看着罗叔叔把辛辛苦苦存的那点私房钱，全孝敬了他的马儿。

《毒龙潭》还让我赢得《星岛日报》举办的读者票选出来的"武侠影后"的头衔，同一时期又被台湾媒体加冕为"武侠影后"。

因为《毒龙潭》的卖座，罗叔叔、岳华跟我成为票房的铁三角。此后我们合作的影片，部部都过百万元，那个时候过百万元就等于现在过亿元一样。当时片子一上映，我们一定一起去看午夜场，看午夜场观众的反应，我们就差不多心里有数这部片会卖多少。

不过罗叔叔和姐姐最得意的一部电影，应该是《五虎屠龙》。因为这部电影把当时邵氏挂头牌的几个打仔小生，几乎一网打尽。

当然，张彻的几个契仔，像王羽、狄龙、姜大伟不包括在内，但是罗烈却还是榜上有名。所以我才说罗烈是"四海仔"，他不但能做到双方都不得罪，而且还让大家都很欢迎他。

五虎除了罗烈以外，当然一定有岳华。另外的三虎是：金汉、张翼和高远。其中高远与我合作过；张翼虽然不像罗烈那样"四海"，他却是什么都无所谓，反正公司派到，有戏就接嘛；金汉本来是不该属于打仔小生里面的，这一次肯拔刀相助，完全是因为姐姐和他的老婆凌波是牌友。

千万别以为男生就会好侍候一点，他们可麻烦着呢。别的不讲，首先排名就够伤透脑筋了。

我倒是不用担心的，既是唯一的女主角，又在当红，当然是把我另外单独挂，这样做谁也不会有意见。

我在邵氏那些日子，只有一次为了排名上去找过邹叔叔。那就是跟王羽拍的那部《金燕子》。

《金燕子》海报出来，居然是王羽一个人挂领衔主演，把我的名字和罗烈放在下面联合主演，你说我看了怎么能不生气。

不用说，我当然第一时间又往邹叔叔的办公室跑。

邹叔叔对付我们这些小萝卜头，最有办法了。"哦！有这种事？别哭，我叫他们拿来给我看看。"他好像是完全不知道似的。

真不知道、假不知道都无所谓了，反正过几天真正的海报出来时，我和王羽的名字不但是并排放，而且是两边都挂上"领衔主演"，表示排名不分先后，也就是说，是双头牌。

这部《五虎屠龙》就采用了同一种模式。这当然是姐姐出的主意：把岳华放在中间，一边是张翼、罗烈；另一边是金汉、高远。然后两边都放上"领衔主演"，你可以从左边念到右边，也可以反过来从右边念到左边。

所谓先小人后君子，这样一来，就把最基本的问题给摆平了。

天下无不散的筵席，我还没离开邵氏公司，铁三角就已经散伙。直至后来到了嘉禾，罗叔叔和我又再次"合伙"。

我本来说好了结婚就息影，但是前夫因为他父亲的关系，答应让我为嘉禾再复出拍两部电影，所以不久刘亮华就顶着制片人名义到洛杉矶看我了。

她来的任务是请我出山跟罗叔叔一起，为嘉禾拍一部电影，去跟邵氏的《十四女英豪》打对台。

没想到碰了个钉子，前夫说我刚生完老大，不能离开孩子。刘亮华没辙啦，又不能空手回去，这时想起了李小龙。李小龙本来是要签给邵氏的，但是因为价钱没有谈拢，正好给刘亮华领了这个功。因为刘亮华在洛杉矶，住在我们家，李小龙和刘亮华谈合同的时候，是从我们家把姐姐接走的，所以这么七传八传的，就变成了李小龙进嘉禾跟郑佩佩有关系了。

在邵氏那阵子，每一部戏拍完了以后，我们四个人（罗叔叔、姐姐、岳华和我）都会去佐敦庙街那位老先生那里去算命，当然最重要的是问这部戏会不会卖座，但是有时还会问问别的。那个算命的曾经说过，姐姐最后是不会送罗叔叔终的。不幸而被言中了。

还说岳华将来肯定会怕老婆呢！竟也言中了。

说我会出家。哈哈！也差不多了。

话说我后来还是为嘉禾拍了两部电影，罗叔叔的《铁娃》，和丁善玺的《虎辫子》。前些日子原子镱排了一部她的个人小型歌唱秀，还放了段《铁娃》的片段，直见当时还没走红的成龙，被我打得落花流水。

成龙倒记得他们曾差点断送掉我的脚！因为我跳弹床不小心扭伤了脚，他们几个兄弟，明知道用干冰会更伤害我的脚，却为了赶进度，就拿我的脚当牺牲品。所以很多年后我们再相见，成龙第一句话就问我："佩佩姐，你的脚没废掉啊？"

可能是换了一个男主角，从岳华变成欧威，尽管《铁娃》拍得不错，但是票房不尽如人意。

丁善玺的《虎辫子》就更不怎么样了。所以拍完《虎辫子》后，我就回家，专心去完成为原家传宗接代的重大任务了。

第三章　十九年婚姻一个使命

(1970—1989 年)

夫妻不在同一条线上

在邵氏七年的日子里，因为后面几年的所有酬劳都交给了母亲，让母亲带着弟弟妹妹跟随继父移民澳大利亚，所以我开始靠配音、教舞来维持生活。

那时候有很多日本的电影配了普通话拿到东南亚各地去放映，但是我带上海话腔调的普通话还没资格配角色，为了挣钱我连杂音都抢着配。

"南国"剧团的团长顾文忠顾伯伯，对我非常好，我在"南国"二期毕业后，顾伯伯请我回去当舞蹈老师。我并没有放弃继续学芭蕾舞，同时还为了日后嫁去美国做好准备，开始积极地学习英语和裁剪。

学英文嘛，或许每个人都能够明白，因为既然我要嫁到美国去，当然非得把英文学好，不然到了美国就成了哑巴。但是学裁剪听起来就有点怪了，怎么，难道你嫁到美国去还要当裁缝不成？每个人听到我的决定，都会这样笑我。

我才不在乎别人怎么说呢，我自己早就计划好，第一堂课就跟老师说，我希望能在毕业的时候，亲手做一件新娘礼服。果然我结婚的时候，穿的新娘礼服是我自己做的。

在我们那个年代，男大当婚女大当嫁是理所当然的事，所以才二十三岁的

这件新娘礼服是我亲手缝制的

保佩是我的伴娘

舅舅特地从香港赶到台北为我做女方主婚人

胡金铨导演参加我们的婚礼

严俊导演做女方主婚人

我，虽然事业正在高峰，却连想都没想就嫁到美国，开始我将近二十年的婚姻生活。

关于我的前夫，这个在我生命中最重要的男人之一，我们是怎么认识的呢？

前夫的父亲原伯伯，专门负责邵氏公司在台湾的影片发行，是明华公司的主持人之一。1963年我在台湾拍《情人石》的外景，原伯伯为了尽地主之谊，几次三番邀请我到他们家做客。他告诉我他三个女儿之中，小女儿文秀也学跳舞。但是我天生怕生，所以迟迟没有上门拜访，一直到我母亲来台湾陪伴我。

听说我母亲会到台湾陪我，原家上下都很兴奋，原妈妈特别为我母亲安排了牌局。我母亲一听有牌打，那天一早就开开心心去原家打牌了。

我又不懂得打牌，所以只是坐在酒店干等。

左等不来右等还不见人影，正有点着急，母亲电话来了，开口问我身上有多少钱，显然大事不妙。

我把身上所有的钱全都带上，赶快打个车就往原家跑。

去到原家发现情况并没想象的那样糟糕，我稍微定下心来。正感到无聊，突然出现了一个比我大一点的男生。

没想到七年后，我居然嫁给了这个男生！

当天只有他一个人留在家里，据说其他三姐妹都去看电影了，他之所以没出去，是因为刚好要大考，留在家里温书。他发现有客人来，就出来陪陪我这个小客人。

我们就有一句没一句地话起家常。

他突然问我，好好地为什么会想到当明星？

这差一点把我问倒了。"怎么，当明星不好吗？"

他居然很坦白地对我说："我觉得你也长得一般般，和我们家几个女孩也没什么不一样，当明星太不实在了，如果将来红不了怎么办，把大好的时光全浪费了。"然后就告诉我，他是读电机系的，像他们班上的那个班宝，也就是他们班上唯一的一个女生那样，多聪明、多实在、多有前途。

我当时心里很不是滋味：我可是当演员，不是做明星，更何况行行出状元，谁知道会怎么样。

不管怎么样，他的"反调"让我注意到他。尤其后来当我越来越红，身边的人都把我说的话当成"圣旨"以后，更觉得他的不一样，很可贵。

最近有一则报道说我当年嫁了一个比我大十一岁的富商，是错误的。我嫁给前夫时，他只是一个普通的留学生而已。当然我当时觉得自己的择偶标准正确，他又是百分之百地符合我的要求：他属马，比我大三岁，来自一个很好的家庭，虽然不是什么大富大贵，但是一家人和和睦睦，尤其是原伯伯很和善。从小就缺少父爱的我，非常羡慕他们家的几个孩子，再加上他是一个很上进的青年，我们订婚的时候，他已经拿到硕士学位。或许我们感情不深，交往以来都是靠书信来联系感情。但是那又有什么关系呢，古时候的人还不是婚后生活在一起才培养出感情的吗。

没想到单是对通信这件事情，我们就已经不在同一条线上了。他的感觉是我不够认真，不像他把"通信"当作一件大事那样看待。他每次给我写信，都得找到一个环境优美的地方，开着音乐，认真地一笔笔写，就算是天涯海角各自一方，但仍然像是在面对面一般。

后来他发现我完全没有这样，只是把他的信，当成一般影迷信一样，随便那么鬼画符就写出一封信来了，心里当然就觉得很不爽。

其实我觉得怎么写信不很重要，而且我觉得自己也特别认真的呀，如果我不认真，怎么会拍戏那么忙，我还去学那么多东西，还不就为了要做这个新娘子？

说真的在我心里，总以为他应该会觉得，我已经牺牲了很多，他应该很满足了，把我当成宝贝才对。

一开始他确实是很有心的，常常想给我制造点惊喜，但是偏偏我是一个非常没有情调的人。有次他带我去海边看日出，冷得我要死，加上正在怀孕，哪还有看日出的心情。况且说实在的，那日出怎么都不会比我们镜头拍出来的美。最要命的是，我还老实不客气地对他实话实说了。

其实夫妻间是需要一点情趣的，但是偏偏我是非常不讲究情趣的人，而且我也不知道自己是从哪儿学来的，我以为做一个好妻子，就是能够对丈夫完全地信任，而我所谓的完全信任，即是不闻不问。

譬如丈夫没有告诉我说晚上不回来吃饭，但是我已经准备了一桌子的菜在等他回来。这个时候我觉得一个好妻子，就应该给他完全的自由、完全的信任、完全的空间，所以我让孩子们先吃完以后，把菜还是继续放在桌子上等他回来。

当他看见了这么多菜放在桌子上，当然是表示非常抱歉，说他自己因为忙，或者是忙着应酬，所以忘了通知我一声。我什么都没说，把所有的菜放回冰箱里，要知道我也没有吃，却非但没有生气，还切了一盘水果递给他。

谁知道久而久之，他非但没有觉得我很了不起，反而觉得我不关心他，不在乎他。

当时我还和我的婆婆、公公，还有他的姑姑住在一起，每一次他出差回来，所有人都叽叽喳喳地问东问西，就唯独我从来不发任何问题。因为我知道他出差回来一定很累，他想说什么自然会说，我以为不去烦着他，他会对我更加感激。

难道不闻不问就不是个好妻子吗？男人最怕女人啰啰唆唆的，所以我才会这样做。我以为自己做得非常好，应该是每个男人都会希望自己的妻子像我那样。

每逢他出差了，我会带孩子们一块去送他，然后就带孩子们去麦当劳玩，所以那个时候我的孩子特别喜欢爸爸出差，因为爸爸出差了妈妈就会带他们到处玩。

当他要回来的时候，我一定会给他一点惊喜，譬如为家中的沙发做个沙发套，或者给大伙儿打件毛衣，或者为几个孩子打扮一下，每人做一件同一个颜色的衣服去欢迎他。

我没想到就因为这样，把我们之间的距离越拉越远。我以为自己很伟大，就算他出差把我一个人留在家里，我一个人也可以好好带孩子，好好地生活，不用他来担心，不会给他增加任何麻烦。我万万没有想到的是，从另一个角度来看，在他的感觉里，我表示他是多余的，没有他我照样可以生活得很好。

还有一件最重要的，是让我都觉得自己很了不起的事，就是关于我生孩子这件事。

年轻的时候，我一直认为结婚生子是一个女人必经的阶段，尤其当嫁进原家，知道他们家是三代单传的时候，更觉得自己有一种使命感。从结婚的那刻开始，就已经下定决心，要把自己的肚子借给他们原家来播种。

我嫁过去没多久就怀孕了。怀孕这件事我觉得会"传染"的，至少，我觉得对我是这样。比如我嫁过去在美国没多久，他的大姐刚好怀孕，所以我很快就怀上，这样也方便，反正我们什么都不懂，他大姐去哪个医院生，我就去哪个。

第一次怀孕或许我还年轻，真的没什么反应，就只会整天饿，整天想吃东西，所以一下子就胖很多。

不过也不是说我想吃什么，就能吃得到什么的，因为那个时候洛杉矶买不到那么多中国食品。我是上海人，最想吃的早餐是粢饭、油条，但是在洛杉矶哪有可能找到现成的买。他有个朋友自告奋勇教我怎么做，一时怎么都买不到糯米，好不容易弄到那么一点糯米，又不知道该浸泡一个晚上，反正忙活半天做出来四不像，我还不敢吭声。想想在邵氏那段日子，拍戏拍到半夜想吃童子鸡，可以去餐馆敲大师傅的门，大师傅硬是给叫起床，为我做童子鸡。可是这个时候，我前夫居然说："没得吃就不吃，不吃会死吗？"我竟觉得他讲得还蛮有道理。哎！这算什么话嘛！要知道我还怀着孕，怀孕应该是最大的，怎么可以跟我说这样的话呢，所以这一个回合我输得好惨。

不过实际上他对我第一次怀孕还是蛮在意的，他的朋友都笑话他，就因为我怀孕，他车子开得特别慢，特别小心。但在我看来，他小心是应该的，哪有做老爸是容易的，他当然应该处处小心。

怀第一胎的时候，我体重增加得特别快，那时年轻又不懂，不懂得怎么去控制体重。而且向来我都吃不胖，因为在邵氏的时候我是个打女，打女消耗的体能多，当然就吃得特别多，吃再多也都不长肉，所以从来就没有这个戒心说要减肥要少吃。但这个时候就不一样了，因为我一个人吃，是两个人长肉，不但我拼命地长肉，我里边的宝宝也长得特别大。大到连医生都怀疑我怀的是不是双胞胎。医生就让他管着我的吃，不让我乱吃东西。

说到不许乱吃，罗叔叔看了最心疼。当年我拍他的戏，每拍完一个场景，他就一定请我大吃一顿。我最爱吃的就是韩国烤肉，还有大闸蟹，可以一口气吃五只大闸蟹，还外加一碗特大的打卤面。最过分的是每逢我拍打斗场面，都得为我准备一打的可乐，再加一大茶杯的冰。

但是前夫说可乐有害不让喝可乐，我只能喝牛奶或白开水。所以当我再看见罗叔叔的时候，听说我已经戒了可乐，他就觉得前夫对我太残忍。

其实我倒不觉得那是残忍，残忍的是我无事可做，结果前夫说那你应该上学啊。一开始我只是去学英文，我觉得学英文是应该的，竟然连电视都看不明白，那怎么行呢。后来也不知道怎么的，他忽然查到，说是在美国每个人都应该至少接受大学教育，他还说在美国连一张大学文凭都没有是不可以的。所以他就把我送到城市大学去，要我先把基本的学分给修了，然后再看看我应该读哪一个科。

他的想法是，他已经是硕士生了，正在进修博士，作为一个准博士的妻子，连个大学文凭都没有，两个人的差距会太远。他觉得为了要把我们之间的差距缩短，得先让我去完成大学。

说实在的，我实在不是块读书的料，那怎么办呢？他想应该让我选一些比较容易的科目。譬如中文，我是中国人当然中文难不倒我。又譬如数学，他很快就发现，不管我怎么不是念书的材料，我的数学还是比美国人的好，所以在我还没选好主科的时候，他已经帮我把数学列为我的副科。

他说他不反对我喜欢拍戏，但是他认为先得读书，等有了文凭再拍戏就不一样。换言之，在他眼里没有文凭就不会演戏了。

后来当他发现如果戏剧是我的主科的话，可能我一辈子都拿不到文凭。当我转到州立大学去上课时，他就建议"舞蹈"为我的主科，这是我最受不了的。

大学的舞蹈课都是些理论的东西，真正跳起舞来的话，很多老师都不见得会跳，当然我指的是不见得比我跳得好。这时我开始反对他这种为拿文凭而读书的理论。

幸亏那时我怀着孕，大着肚子每天在高速公路上差不多要开四十五分钟的车去上课，实在是有点危险。尤其我开的是辆小车，那些大卡车在公路上不断地欺负我，前夫终于答应不让我再冒这个险去上学。

接下去的日子我就安心养胎，平时打打毛线，不过已经开始在教舞蹈，就在加州大学洛杉矶分校（UCLA）和南加州大学（USC）两所大学，一星期一边各一堂课，教大学里的中国同学跳中国舞。

就在那年的10月底，江青和我终于联系上。把我们联系上的是"南国"第一期的同学会会长林慕冬。他一期毕业以后，改了个艺名叫凌凡，好像也没怎么拍戏，却认识了何梦华导演。何导演听说他家里希望他到美国读医，就极力劝他还是到美国来，所以他比我先移民到洛杉矶。凌凡不像我，他交游非常广泛，江青从他口里知道我的下落，然后就约好在凌凡家里碰头。

那时候我们的江青小姐刚好发生婚变，千里迢迢地避难到美国。她是非常坚强，不过看到老朋友我，难免要痛诉一番。

凌凡当时房子没有现在大，但是凌凡一向好客，当然就请江青在他们家挂单。当天我的前夫跟我一块儿到了凌凡家里，他们都很通气地留在客厅聊天，让我和江青在房间说悄悄话。

不知道为什么江青没有坐在她的床上，偏偏喜欢整个晚上就坐在地上跟我聊，我的预产期在圣诞，那天是10月25日，离预产期还有两个月时间，所以我没有在意，也跟着她坐在地上，陪着她聊，陪着她哭，为她难过。

就这样从晚饭前坐到晚饭后，只有吃饭时间我们才离开过房间。最后前夫开口说话了，他说第二天他还得上班，而且我大着肚子也该休息，我们这才依依不舍地说再见，回到家里差不多已经是半夜了。

那个晚上睡得很不好，我还以为自己是因为听了江青的故事，心里很为她难过。没想到辗转反侧之间，觉得肚子好痛，后来发现竟然还流血了。想推醒身边的前夫，又怕他会笑我大惊小怪，就一直忍到天亮。

好不容易等到天亮，马上第一时间就跟前夫报告了我的迹象。他听了以后打电话找医生，好不容易找到医生，怎么知道医生和前夫的想法一样，就是认为我们女人大惊小怪。医生还说多数女人生前都会有假痛现象，如果我的预产期在圣诞节的话，这两个月我的前夫可有得受了。虽然如此，幸亏那医生倒没有坚持，还是让我一早就去做一个检查。

这一检查，医生就跟我前夫说，看样子这回是真的了，今天你们的宝贝就会出世了，不过……他居然还来个"不过"！

接着这位医生就慢条斯理、很专业地叫我的前夫不用着急，去把办公室的事情办一办，吃个中饭，然后再过来。他认为我是头胎，第一胎通常不会那么快生。

偏偏我就不属于那个"通常"。就午饭的时候，我已开始阵痛了，而且阵痛相隔的时间越来越短，越来越痛。来不及等我前夫回来，就把我推进了产房。

这竟然是我唯一的一次顺产，唯一的一次看着孩子从我的身上拉出来，那种感觉真好！

我记得我身边有一位护士，叫我拼命大叫，让我用力地帮着孩子来到这个世界。

虽然已经用尽了浑身的力气，但是我脑子还是很清楚，我抬头看着顶上的那面大镜子，清楚地看到我的孩子，血淋淋的。再回到眼前，护士并没有把孩子给我，只是从我眼前递过来，然后把孩子翻转身去，拍打孩子的小屁股，孩子"呱呱"哭起来。

一切是那么美，那么不真实，像是在梦里，像是在电影中。

好久好久我都不敢相信，这是我身上掉下来的一块肉，这是我的孩子，我是一个母亲了。

四个孩子和四个流掉的孩子

回忆中我最兴奋的那一刻，就是生孩子的那一刻，看着孩子来到这个世界，真是人生最美好的体验。但是孩子出来以后，因为不足月老爱哭。原家的规矩很多，孩子哭不许抱，说是抱着长大的孩子长不好。"听话"基本上是我的本能，所以看着孩子在小床上哭，我就在旁边猛流泪，还硬是始终不敢抱，结果孩子把嗓子都哭哑了。幸亏她长大以后嗓子没事，不然的话我真会遗憾一辈子。

因为大女儿琪琪生出来爱哭，婆婆就认为前夫之所以迟迟不能够拿到他的博士学位，是因为女儿让他分心。为了表示支持丈夫念书，我忍痛把孩子交给婆婆带回台湾半年。然而就因为这半年，大女儿到现在都不能原谅我，认为我这个妈妈怎么能这么忍心，把她一个人扔在台湾。

但就因为他跟爷爷奶奶住过一段时间，所以爷爷奶奶特别疼她，后来一起回到美国，我们一大家子住在一块，有爷爷奶奶，还有她的姑姑姑父，再加上我们一家三口，姑姑姑父那时还没有小的，就只有她一个孩子，她每天晚上站在家里的楼梯台阶上，给我们大家表演。

其实我前夫根本就无心读书，每天就拿着报纸杂志躲到马桶间去阅读。他的志愿已经不是拿博士学位，而是一心想做生意，基本上已经不想浪费时间，或许他这时已经不觉得博士是他的人生目标。

关于这个问题，他从来没跟我说过，我也从来没想过问他。因为我觉得他是个成年人，他应该有自己独立的思想，他想做什么我不应该去干涉他，一切后果他自己会承担。

现在对孩子们我也是一样的想法，不管他们想做什么，我不会干涉，但是一定会支持，百分之一百地支持他们。后来我才知道，婆婆对我这种想法很不以为然。要知道那年头"博士夫人"有谁不想做呢？他们不能接受我这种满不在乎的样子，他们不能明白我的想法，所以他们认为我是在嫉妒。

我嫉妒他？这是什么话呀，我为什么要嫉妒他。

我怀上第二胎的时候，前夫已经开始做起进出口的生意了。当然他的亲朋好友都支持他，其中他的大妹妹，更辞了职到他公司，跟他一块上班。

那时候我们两家人家住在一起，那么亲密，不用说她怀孕，我当然就被"传染"，也怀孕了。

她是头胎，怎么知道一不小心就小产了。说也奇怪，我跟着没多久也小产了，这是我第一次小产。

其实真的要怪我太不小心，我不知道居然我会小产。

那时候我们两家住在一块，我那个二姑每天到前夫公司去上班，家里的事就包在我一个人身上。说实在的，我一向体壮如牛，这点家务对我来说算不了什么。

我们的房子是楼上楼下的，美国不太容易脏，我大概一个星期吸个一两次尘。我们家铺地毯，连楼梯也铺满了地毯。那天不知怎么的，我居然从楼梯上摔了下来，可能是因为我穿着袜子，太滑的缘故吧。

因为二姑才小产，所以我心里就有点嘀咕。可是我婆婆说不会，绝对不可能，说这已经是我第二胎了，而且都差不多已经有三个月大了，哪儿那么容易会小产啊？

到了晚上却有一点流红，我就跟前夫说好像有点问题，但前夫当然觉得他母亲比较有经验，所以对我的话并没有在意。

这样又拖了一天，我真的觉得有点不妥，就要求去检查一下。但是我们家住得离医院比较远，如果我要出去看医生的话，就必须一大早随他们去上班时坐他们车子一块出门，然后等到下班的时候，才跟他们一块儿回家。也就是说，不能留在家里带孩子，得把带孩子的工作交给公公婆婆两位老人家。

可是身体不舒服，当然还是得看医生。医生一检查，说是这个"蛋"不太好，可能随时会小产。听他的口气是一点希望都没有了。

我也不知道什么情况，只有乖乖地在家守着。碰巧那一天有亲戚从台湾过来，他们把孩子们留下，全部都跟客人出去吃饭。我之所以说"孩子们"，是因为除了我的琪琪以外，还有一个小孩，跟我的琪琪差不多年纪，好像也叫琪琪。

这样也好，有两个孩子他们自己就可以玩在一起，用不着我去关照。

奇怪了，过了那么多年，我还是非常清楚地记得这一幕。

那时候我突然觉得有点不妥，就跟琪琪说你们两个在那边玩，千万不要过来，我把自己一个人关在洗手间，就这样把这颗"坏蛋"生了下来。

马桶里除了那颗"坏蛋"以外都是血，我当时有点紧张，又怕孩子们冲进来给他们看见，就匆匆忙忙把这颗"坏蛋"给冲掉了。

第二天回到医生那里去检查，他第一句话就问我那颗"坏蛋"呢？我说被冲掉了，他居然还奇怪都已经三个月了，应该已经成型，我怎么可能冲掉！

生孩子的任务没完成，我当然不可能停产啰，所以当二姑生下了她的老大以后，我又怀上了，这是我第三次怀孕。

怀这个孩子的时候，我的公公婆婆开始跟我提出，希望我能够教会他们开车，这样的话，我生小孩子没有时间当他们的司机，他们也可以自由行动。

在美国和在中国不一样，只要有驾照的人满二十五岁，就可以充当驾驶老师，也就是说不用到驾驶学校去，我就可以教他们开车。

别看我车子开得不怎么样，我当驾驶老师可是一流的，家里的成员基本上都是由我教会他们开车。

公公还可以，很快就学会，而且拿到了驾驶执照。可是我婆婆啊，那可真是大工程。如果我没记错的话，单单是笔试，就考了六次，到第六次才总算通过。她学开车，足足学了一百个小时。

我可是一句话都没讲过她，不管要花多长时间去教，我都是耐着性子。那时候我怀着珍珍，挺着个大肚子，就算是她闯红灯，我也不敢大声叫"停"，我只是轻轻地说："妈，当心！这是红灯，这是红灯！"我是怕大声会把她吓着了，后果不堪设想。

不知道前夫对此怎么想，他什么也没说，当然也没有称赞我，只是有一天，好像是个星期六还是星期天，他不用上班，就跟他妈妈说："老娘啊，今天儿子来教你！"

然后母子俩兴冲冲地出了门，不到五分钟两个就吵架回来了。

回来以后他非但没有说我不容易，反而怪我这个老师："佩佩，你是怎么教的，像她这样，怎么开车啊！"

这一点我还是比较欣赏他母亲，她非常有毅力，不管怎样还是在我生珍珍之前，考到了驾驶执照。反正今后开车的时候，又不会有人知道她学了一百个小时才考上驾照。

　　生琪琪的时候我是什么都不懂，但是生珍珍的时候我是非常讲究了。因为二姑已经生了个儿子，我心想这一胎一定是男孩，生了就完成任务可以收工。我首先自我检讨了一下，生琪琪的时候实在太馋嘴，放任自己吃得太多，所以体重也增加得非常快。这次就非常注意自己的体重，还有更注意吃有营养的东西。

　　我也不知道哪里去弄来的菜单，反正吃得非常清淡，鸡蛋也是吃白煮蛋，平时肚子饿的时候，就来根胡萝卜或者是来一条芹菜，喝的是白开水和脱脂牛奶。虽然公公婆婆学会开车，但是家里离医院还是有点远，他们最多只能够帮忙接送琪琪。有琪琪早产的先例，大家都有点担心，经过家庭会议讨论，决定让我在接近预产期的最后几个月，每天到前夫公司去待产。为免我无聊，在公司我加入到女工们的行列，一起帮忙检验物品。

　　珍珍倒是足月生，只是到了产前最后一个月，我老是觉得不太对，好像整天有人在踢我下面。去检查，医生却什么也没说，只是说孩子特别小，问要不要开刀生，因为有了生琪琪的经验，我特别喜欢自然生产的感觉，所以根本就没理会。

　　我的前邻居是一个从台湾来的留学生，她的预产期跟我差不多时间，到了3月5日那天，我们两个都觉得有点像要生了，结果那天她生了个儿子。

　　我一直等啊等的，一直等到3月6日的下午，开始觉得有点不妥，所以前夫没等下班就把我送去医院。

　　到了医院，正逢他们在交班，护士把我扔在病床上，也没人理我。我吵着要见我的主产医生，他们也没怎么理会，就说已经通知他了；但是我仿佛听到几个护士在那里议论着，好像是说什么已经摸到脚。我就知道情形不对，但是他们谁也不跟我说实话，就说要等我的主产医生。

　　好不容易等到主产医生，他过来给我检查，但是什么都不跟我说，只问我的前夫在哪里，然后两个人就在那里嘀嘀咕咕地讨论着，当我是真空的一样。虽然我的英文不是那么太好，但是他们说什么我听得一清二楚，知道医生在问我的前夫，如果出了什么事，要保小的还是大的。

　　前夫就过来告诉我，他说医生说因为孩子是站着的，他的小脚已经出来了，他们又把小脚塞了回去，所以情形非常危险，决定要帮我剖腹生产。

不是前两天才做检查吗？为什么医生没有检查到这个问题呢？

前夫说最近医生们因为医疗保险问题，比较主张剖腹生产，这样的话就可以有保险来承担风险。

前夫不告诉我还好，告诉了我，我真的气疯了，尤其是不让我自然生也罢，还不问我到底想怎么样，太不人道了。

虽然当时气得都快爆炸，但是我还是忍着，心想只要把儿子生出来，任务就完成了。

然而事情并没有想象的那样能够尽如人意。

大概是先清理干净了，麻醉医师就来帮我打麻药。他告诉我只是帮我半身麻醉，所以我还能很清楚地知道发生什么事，这倒是让我很高兴，心里想就算不能像生琪琪那样看见整个过程，至少可以听见他们在干什么。

到了手术间，护士把我搬到手术床上躺着，双手绑在床上，在我面前拉条窗帘，这就是他们所谓的看不见却能听得到吧。

可是他们却没告诉我，不单是看不到听得到，也能嗅得到。没多久我就嗅到了一股皮被烧焦了的味道来。

我当时有点怕，浑身都在颤抖着，为了不让自己那么紧张，我竟然唱起歌来，把整个手术间的人都吓了一大跳。我想他们从来没有见到过一个女人，在开刀的时候会是这样的反应。

把他们吓坏的还在后面呢，等到手术完毕，当护士告诉我，说是个女孩，我开始大哭起来，而且不能停止地哭。

到他们把我推进护理病房时我还在哭，前夫进来陪我，我没理他，还是继续哭我的。他有点急了，跟我说："你别哭了行不行啊，别人看你这样哭法，还以为我在骂你呢。"

他是没有骂我，我是在那儿骂自己，怎么那么没用，居然生不出一个儿子。或许在这以前，在我的字典里，只要是想做的，没有什么做不到的事，然而这个时候，我那么想生个儿子，我都已经准备好一切生儿子的装备，居然我就是没生出一个儿子来。

其实我完全没有重男轻女的思想，想生儿子完全为了他们原家，就因为他们三代单传，完全是一种使命感，任务没完成，还得继续努力啊！

也不知道哪里来的那么大劲，别人打了麻药要睡上半天，而我就这样，整整哭了三个小时。

让我更生气的还在后面，回到家里我发现珍珍跟其他孩子有点不一样，她的脖子有一点歪，眼睛一只大一只小。是个女孩也就罢了，还那么丑，你说我当时心里有多气，有多急。

幸亏我的儿科医生是台湾来的华侨，他教我在月子里，当我喂婴儿吃奶的时候，揉揉她的脖子，可以纠正婴儿在母体中出现的问题，他还说这只有在月子里做才会见效。

我问他是不是很多婴儿都会有这种现象，他说是因为孩子倒生，基本上最后一月都是站在那儿，又长得比较长，胎盘的位置不够大，所以她的头就一直歪在那儿。

我突然想起，最后一个月我老是觉得我的下面被踢，可能就是这个缘故。所以说那个医生在帮我检查的时候，就应该知道婴儿的位置不正，但是就因为保险的问题，他们医生正在罢工，差点我的珍珍就成了这场罢工的牺牲品。幸亏儿科医生的方法有效，不然的话我想这一辈子都会跟他打这场官司。

没有记错的话，应该是搬了新房子，我才生珍珍。这之前我们是跟二姑一家人，还有公公婆婆住在一起，这时我们同时买新房子，为了方便照顾，就买在同一个社区，正确地说是打对门住而已。

这是一个新的社区，全新的房子，什么都没有。在美国请人做窗帘，是一笔很大的费用，我们买了这个房子，付了首期就没有钱做窗帘。没想到的是，这时我的裁剪功夫还真大派用场。整幢房子包括四个房间，外加客厅和饭厅的窗帘，都是我亲手缝制。

为了方便我教舞，前夫特别挑中一间车房能停放三辆车子的房子。搬进去后，公公就跟我一起动手把可停放三辆车的车房，改成我的舞蹈工作室。在美国这点还是很方便，什么材料都可以买到，什么都可以自己做。公公的手特别巧，我们买了木板在水泥地上铺上地板，壁上装了跳舞的扶把，镜子倒好像是找人装的。当然也发挥了一下我的缝纫功夫，整片纱布的窗帘是我自己裁剪自己缝的。

我的舞蹈工作室，也就是原来的车房，紧连着游戏间，然后是厨房。这个设计非常理想，刚好把我的舞蹈工作室和住的房子隔开，成了我的另外一个世界。

在美国教跳舞非常不容易，因为大家都住得非常分散，我必须每天在接自己孩子放学的时候，把那些学跳舞的孩子也接回家。教跳舞的同时，也等于帮着家长们看孩子。厨房里我也同时在煮饭，孩子们的母亲上完班，就到我们家来接孩子，我通常就在游戏间里，跟大伙一块研究今天晚上吃什么。

那时候我开着一辆旅行车，可以接载很多个孩子。在孩子们放学下课的时间，就一个个挨着到不同的学校去接他们，一车大概有八九个孩子，你说这八九个孩子在车上有多闹啊。

有一次孩子们在车上又闹又跳的，我大声叫他们都听不到。我说我要倒车，不要挡住我的视线，话还没说完已经来不及了，我把车子倒到隔壁人家的车道上，把他家的信箱杆子给撞倒了，那屋子的主人正从二楼的窗口往下看着，我只有厚着脸皮不慌不忙地下车。说也奇怪，我居然把那撞倒的信箱杆子给拉直了，那信箱杆子不是钢的，也得是铁的，我怎么就轻而易举地把它拉直了呢？我自己都觉得不可思议，再抬头看看那二楼窗前的主人，给他做了一个手势，赶快上了车。不用说包括二楼的主人，以及车上那八九个孩子，一个个都看傻了。从此以后没有人敢说我不是"女超人"。

当时教跳舞只是我一部分的工作，白天我还得帮前夫进出口公司验验货，做一般女工的活，这倒没什么，工作不分贵贱，况且他的母亲也出来帮忙验货。后来他觉得这个难不倒我，就在唐人街文华商场找了个铺位，把一些多余产品卖出去。但是铺面太大，货品没有那么多，怎么办呢，他居然还说我应该自负盈亏，所以我不得不去找各式各样的东西来卖，最后这个专卖店变成小百货商场了。

有一天有一家规模相当大的唐人街餐馆老板走过来问我卖不卖碗盘，我想了一下，不卖白不卖，就开始找货源了。

中国很大，但是唐人街却很小，尤其是大家都来自中国，不管是台湾也好，香港也好都显得特别亲近，我三下两下很快就找到台湾的"大中"厂家。大中的碗盘虽然不是最高级，但是他们的产品最适合餐厅用。

不管是盘也好，碗也好，他们的产品都是用数字编号，那段日子我满脑子都是号码，走进餐馆去吃饭，看到的不是那盘子上的菜，而是装着菜的那个盘子，想的是那个盘子应该是属于哪个编号。

最疯狂的时候，应该是卖电视机的时候。我也不记得我们怎么会开始卖电视机的，幸亏当时电视机最大的尺寸不过是三十四英寸，要知道我们注明还带送货，而我是一脚踢，在家是一脚踢，在外也是一脚踢。如果有人买一台三十四英寸的电视机，下了班我就把它装进旅行车，到了买货的人家门口，就会大声嚷嚷："哎，家里边有没有男生啊，有男的请出来帮个手。"别人一看我是女的，而且大家是中国人也知道我是谁，所以都还算很顺利。

琪琪要上学，但是珍珍那么小，我怎么处理的呢？

这就是我们家里比较特别之处。我们家里不一样，虽然是我带孩子，可是规矩都是我前夫家里的人立的，包括我婆婆，还有前夫，他们只要一开口，我就得照他们的规矩去做。

前夫认为孩子天天在家黏着妈妈，缺乏独立性。但是孩子太小托儿所都不收，怎么办呢？所以一开始只有送去给专门看孩子的老年人带几个小时，这几个小时我得做工，才能付得起给保姆的工资。同时为了要让孩子早点进托儿所，首先就是要去掉她的一些"坏毛病"，比如说要戒掉用奶瓶喝奶，最困难的是不再用尿布，自己能大小便。

珍珍小时候特别乖，特别听话，也不爱哭，所以她就像个箱子一样，被我整天放来放去的，但是偶尔也会出个意外。

最严重的一次，那天我像往常那样，把她放在给她吃饭的高椅子上看我煮

琪琪小时候

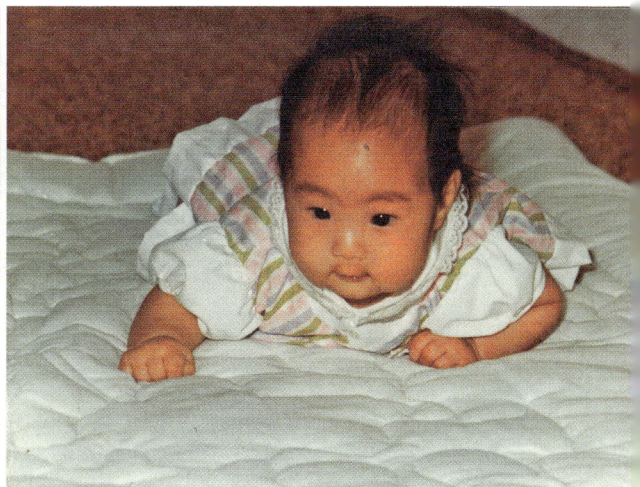

为了刚出生的珍珍我差点没跟那医生打官司

饭。基本上应该怪我，没有把那张小桌子固定好，她一摇一晃掉了下来，撞上饭桌那块金属板，小嘴上穿了个洞，流了很多血。我急急忙忙把她送进医院，医生怕她乱动，把她绑了起来，缝了好几针。那次好像前夫正好出差不在家里，回来狠狠地把我教训一顿，他不知道我的心里比谁都痛。

这些点点滴滴的往事，居然被一位留学生，后来成为导演的但汉章看在眼里，他用了我这段日子的故事，拍了下来作为他的硕士论文，命名为《郑佩佩的世界》。

其实我老二珍珍和老三原子鏸中间只差两岁零一天，可是居然我在她们中间还怀过一胎，可见我为原家传宗接代的使命感有多重。

这孩子来得完全不在计划中。实际上我每次怀孕都不在计划中，反正我只是借个肚子给人播种，本来就什么计划都没有。

这次我想我是因为那段时期，我跟琪琪的干妈走得很近，她怀孕了，我就知道大事不妙。果然不久就中招了。那个时候一个琪琪、一个珍珍已经把我忙得晕头转向，尤其琪琪她特别黏我，每次托儿所放学时，如果抬头看不见我，就会开始哭，而且是那种号哭，好像我把她扔掉似的。

珍珍那个时候还是个婴孩，这个时候再来一个更小的婴儿，我实在是有点吃不消。要知道在美国，做老婆的什么家事都得一脚踢，不像在亚洲般容易找到人来帮忙，所以现在讲起来，原子鏸都会告诉别人她妈妈是"女超人"。

但女超人也有无可奈何的时候，结果不是我不要这个孩子，是医生说又是一个"坏蛋"，而且还长在子宫外面没长在里面，是宫外孕。

医生看我满不在乎的样子，就开始吓唬我，说别小看它，如果不赶紧处理干净，以后就怀不上了。那怎么行，我任务还未完成，不能生了那还了得！所以虽然我没有把"他"生下来，但是动手术流掉了。

教舞、养孩子同时进行

写到这里岔开一下，虽然到现在我才说了一半，说到生了两个孩子和两个未出世的孩子，但是我得暂停，说说我的教舞生涯，因为这是和我养育孩子同时进行的事情。

我的婚姻生活里除了相夫教子，还有教舞。教舞的工作是前夫所认同的，所以一开始他就组织起来，让我到 UCLA 和 USC 两所大学去给留学生们教中国舞。他表现得非常积极，不但帮我找学生，他自己也当起我的学生，可以说他应该是我当时最用功的学生之一。

他和其他学生一样，天天拉筋。还记得第一回学生汇报演出时，他还参加表演，和我一起跳牛郎织女以及苗族舞。

买新房子的时候，虽然他因为生意太忙，已没有参与我的教舞工作，但是他却第一时间让我扩大舞蹈工作室。

只是理想归理想，现实还是不尽如人意，我的舞蹈工作室不但不赚钱，而且还花我很多时间，最后能够打平已经是上上大吉。尤其是我希望像 Miss Wong 王仁曼老师那样，让我的学生都能考英国皇家芭蕾舞文凭，就必须在上课的时候有钢琴伴奏，那就多一重开销。

前夫的小妹妹原文秀是中国有名的舞蹈家，在美国纽约发展。就在我怀老三原子鑱之前，她突然来洛杉矶找我，说是很希望能够跟我一块合作，以三个中国古代的名女人为题，做一场巡回演出。除了会在洛杉矶表演之外，我们还打算去香港和台湾演出。

在洛杉矶的那场演出，我还清楚地记得跟学生们一块跳了一场由我编导的敦煌壁画舞。

后来不知怎么的，我的小姑子好像没有在香港演出，所以我就和吴景丽合作，还带了一些我的学生一起表演。

我也没去成台湾，正当要去台湾的时候，我发现我又怀孕了。其实我应该想到的，因为离开洛杉矶的时候，就已经得知二姑怀孕了，我是不可能不中彩的。

因为我们已经到了香港，又去不成台湾，所以前夫就带了我和琪琪、珍珍，一块去澳大利亚，这是我婚后七年第一次回娘家。

这次回娘家可热闹了，简直是"怀孕大传染"，就发生在我们家。

那年姑嫂同台

我的《敦煌壁画》

我妹夫是一名医生，听说我怀孕，他就说要帮我验孕，结果那天不止我一个人验，我弟妹说她好像也有了，还有我妹夫的弟妹也好像有了，紧跟着妹妹保佩也来凑热闹。结果除了保佩全部都中彩了，而且后来都是生女儿。

生男生女当时我们谁都不知道，不过我妹妹生了两个儿子，我看见我妹妹和妹夫那么想生个女儿，我就当着我前夫的面，跟我妹妹说如果我生的又是女孩的话，就过继给他们。

我可是真心的，因为我已经生了两个女儿，再来一个女儿的话，实在是有点多，可是我妹妹妹夫他们不一样，他们肯定会把她当成宝一样。但是后来真的生了个女儿，我前夫说他从来没答应过继，说什么都不肯。怎么办呢？也算是没办法的一种办法吧！于是原子鏸就认了我妹妹妹夫做干妈干爸了。

我们常说，同一个父母生的，为什么四个孩子会有四个不同的个性呢。我生了那么多个得出个结论是，因为怀每个孩子的时候心情都不一样，当然生出来的孩子个性也不会一样。

生老三的时候，感觉有点豁出去，不像生珍珍的时候那样，一心以为会是个男孩，生完就收工，所以什么都特别仔细，那么讲究。我这个时候反而管他是男孩还是女孩，真的又是一个女的，生完了就往保佩那里一送，反正我这肚子是借给人的，借给自己妹妹也没什么不好，万一是男的呢？我还真没想过，其实可能在心里，已经认定又是一个姑娘了。

这个时候我也没什么心思注意自己的身体，两个孩子已经够我忙了，还得帮前夫看店，还要教跳舞，加上前夫已经下"圣旨"，一定要在小的出世之前，把珍珍大小便训练好。珍珍的奶瓶倒是戒了，因为前夫早就说话了，说她这么大了还拿着奶瓶喝奶，难不难看啊。所以我就下定决心，要在珍珍两岁生日之前，把她大小便训练好。

训练小孩子大小便可是得很有耐心，就跟我当时教我婆婆开车一样，少一点耐心都不行。

正好大妹妹小佩全家从英国过来度假，尤其她的第一任丈夫，看见我挺着个大肚子，跟在珍珍后面走来走去，觉得实在是太好玩了，他是英国人，所以他说他在英国从来没有见过女人这样子训练孩子大小便。

又正好是赶上了 3 月 6 日，我给珍珍办两岁的生日派对。他看见我挺着大肚子，没有人帮忙，还做那么多菜，弄得那么隆重，也是件怪不可思议的事情。但是事实就是这样，不知道为什么，不管是哪个孩子生日，在我们家都是件大事。就算是我的前夫要出门，也得过了女儿的生日派对，才能上飞机出差。

不管我多累，不管我肚子有多大，丈夫要出差，送飞机仍然是我这个做妻子的责任。

好不容易把前夫送到飞机场，回来把家里整理干净，该走的客人都送走了，孩子们也都弄上床睡觉了，这才有机会和我的妹妹小佩，以及妹夫话家常。

我们家里游戏间和厨房是连在一起的，之间有一个吧台，所以是我坐在厨房这边的高椅子上，他们夫妻俩为了跟我对坐，就在游戏间那边的高椅子上。

我不会喝酒，这时我大着肚子也不可以喝酒，所以他们两个也就陪我喝着冷饮，吃着零嘴，完全是最轻松的状态。

我们聊着，笑着。

我发现自己这个时候，已经开始会笑了。小时候的童年，是不会笑的童年；在邵氏那七年，也整天一本正经的，也是没时间笑；反而嫁到原家，生了孩子以后，我整天笑，是也笑，不是也笑，奈何笑，无奈何更笑。

这时候已经是半夜了，正所谓的夜静阑珊，我们姐妹俩畅所欲言，尤其是我那英国妹夫根本听不懂中文，我们时而英语，时而中文的，他似懂非懂，把我们姐妹俩逗得更乐。

我们这下子笑得更大声。

大笑之下，突然听到"嘭"的一声，像是放炮一样。

声音来自我，他们两个笑得更起劲了，都以为我在放屁，小佩还说，大肚子的人，放起屁来特别大声。

可是我忍不住地要上厕所，上完又上，上完了又上，而且还停不了。

这时小佩跟我都觉得有点不妥，但是我那个英国妹夫却认为我们这些女人有点大惊小怪，预产期不是 5 月吗？还有两个月呢，急什么啊？

现在不是我急啊，是我肚子里面那个急啊，她急着要出来跟我们一块笑呀。

这下把我英国妹夫给吓坏了，他想想这屋子里就他是男的，但是他在洛杉矶人生地不熟的，这该怎么办呢。

我唯有拿起电话给住在对门的前夫二妹打电话，她才生了她的第二胎，还在月子里，是二妹夫听的电话。"我刚送走原文通，但是我觉得好像要生了，因为羊水已经破了。"我说得有点吞吞吐吐，一来是我真的不舒服，再加上半夜三更的，他老婆还在坐月子。但是我实在是没办法，只有厚着脸皮请他送我去医院。

小佩陪着我们去的医院，留下我那个英国妹夫看孩子们，他们有两个，再加上我的两个，够他手忙脚乱的。

这时天都快亮了，前夫的二妹夫帮我办完了入院手续之后就回家了，他得回家看看，还得准备上班呢。反正有小佩陪我，应该可以放心，他关照小佩说，我生了以后就给他打电话。

虽然羊水是破了，但是好像还没什么动静。我这里指的动静是，医生还没有让我生的样子。我当时已经很不舒服，一阵阵地阵痛，但是护士说阵痛的密度好像还不够。

小佩也急了，拼命让我大声叫，她告诉我她生孩子的时候，就是这样大声叫的，一叫她就晕倒，他们就帮她生了。

我没听懂，别人怎么能帮你生呢，况且她是我妹妹，不管怎么样我怎么好意思在妹妹面前叫呢？

后来小佩等得不耐烦，就去找我的医生，看看到底怎么回事。结果小佩回来说医生回话，因为我曾对他要求说想自然生。

这算什么嘛！生珍珍的时候那个医生完全不顾我的想法，把我当真空一样。因为那个医生那么没有职业道德，我已经把他列为"永不录用"，而这个医生完全相反，现在都什么时候了，还在那儿满足我的欲望。

我记得第一次见到这个医生的时候，第一句话就问他以后还可不可以自然生产。前夫紧张的是剖腹生是不是只能生两胎，医生让他放心，说什么像我这

阳伞下的小 Marsha（原子镱）

显然生了三个女儿，对三代单传的原家仍然有欠美满

样的体质，十胎八胎不成问题。

这时医生进来看我了，我就跟医生说羊水从昨天半夜三更就开始破了，流到现在差不多已经完全干了，再下去得出人命了。

我这样说了，医生就赶快把我推进手术间，匆忙之下给我打了麻药，这已经是我第二回剖腹生产了，所以应该是很有经验了。

但是小佩确实有那么一点紧张，后来她跟我说，当时她觉得自己责任重大，姐夫不在出差了，还有两个小的在家里，万一我真的出了什么事，她该怎么办？

我能出什么事，不就生个孩子嘛，不就开个刀嘛，又不是没开过。

奇怪，我这说话的语气，怎么越来越像前夫了呢，是跟着他太久了，连说话都像他？

当然过程还是一样，上了手术台，打了麻药，我还是躲在小窗帘布的后面，嗅到一点皮糊了的味道，跟着听到叮叮当当的声音，我知道他们正忙着剖开我的肚子，我也就哼起五音不全的烂调子来。

突然，我觉得不对，怎么好像有点感觉了，急忙跟医生说对不起，对不起，医生啊，我好像有点痒痒的感觉。

在手术台上要打麻醉针，这种感觉不太舒服，不过不管怎么样，总比有了感觉之下，继续动手术要来得强。

这个医生实际上比较好，至少他把我当作一个人，手术完了以后也有个交代。他告诉我手术有点危险，不过还算是非常成功，主要是因为羊水破了太久，整个胎盘都干了，幸亏孩子很小，后来他们是把婴儿吸出来的。

晚上前夫来电话，看样子他早已听说又是一个女儿，没问我感觉怎么样，却问女儿长得像不像我，漂不漂亮。

带李翰祥看房子

嫁到美国以后，我不只是相夫教子，除了做一个全职家庭主妇，我还教跳舞，帮着在前夫的进出口公司验货，为了处理过多货品还开了零售店，后来发展成小型百货商店，一直没有停过。这也算是完全符合在美国做家庭主妇的角色，因为在美国维持一个小家庭，普遍上都是公一份婆一份，虽然我这个婆赚得不多，但是也没闲着。

后来我突然之间开始做起房地产来，可能是因为我们又搬新家的原因吧。我们住得好好的怎么突然会搬家呢，我还没来得及弄清楚所以然，前夫已经在看房子准备搬家了。

我也是听前夫跟别人这么说，既然生了三个孩子，就必须考虑孩子们的读书问题。与其花钱把孩子们送到私立学校去读书，还不如把钱花到房子上，买一幢比较好的学区房更划算。他一直比较赞成孩子们读公立学校，要是希望孩子们就读好的公立学校的话，就必须要找一个比较好的社区。

怎么那么绕口啊，反正一句话，我们得搬家了。搬家的话对我来说，也意味着舞蹈工作室也得"乔迁"，通常这种高级的住宅区，不可能容得下我的舞蹈工作室。那个时期，我的学生们也跟着我这个老师到处流浪，这里跳两天那里跳两天的，不用说学生很快流失了。

就在这个时候，有个学生的父母，谭氏夫妇在做房地产，他们就开始游说我，问我要不要去考个执照做房地产。

他们倒是好心，看见我教舞那么辛苦也挣不到钱，现在又整天在那儿瞎撞，他们觉得以我的干劲，以及人脉，做房地产应该很有前途，可以挣到大钱。

我当然是要跟前夫商量一下啰，怎么知道他一听到这个建议居然举双手表示赞成，而且他说他也跟我一起考执照，还跟我比赛看谁先考到。

我的妈呀，意思是我又开始要读书了，还让我跟他比，虽然他后来放弃了博士学位，但至少还是个硕士，我这不是自投罗网啊！

幸亏我的老板谭氏夫妇是香港去的华人，是华人嘛考试当然自有一套，所以我就用我们华人的方法考到了我的执照，好像是我的前夫过分轻敌，还没准备好要考呢，我就已经拿到了我的执照。

刚开始的时候，我的前夫让我在谭先生夫妇的公司熟悉环境，我还觉得挺优哉游哉的，一直到我前夫也拿到了执照，优哉游哉的日子就此结束。

前夫说一个成功的计划一定要有策略，我们的策略是他跟我两个人是一个组合，我们得这样分工：我比较有耐心，所以由我来带别人看房子最合适，等看中了房子再由他出面去谈判，当然他的意思是，由他出面去谈判成功率也比较高。

说实在的，这样的组合还真是天衣无缝。

当然家里面还是得安顿好。到底我还有三个孩子在家里。琪琪已经要上小学了，珍珍还在托儿所，还有更小的 Marsha 原子鏻。很巧的就在这个时候，前夫的姑姑从大陆来了洛杉矶，本来他姑姑是来探亲的，我就跟公公商量了一下，让她以帮我们家看孩子为理由，留下来并帮她申请身份。这下子皆大欢喜，她可以留下来，家里也有人帮个手，我就可以和前夫一块，积极投入做房地产的工作。本来好像做得还不错的，虽然带人看房子是件非常琐碎的事情，常常会遇到一些客人，他们的目的不见得真的会想买房子，他只是想利用有个人开车陪他到处跑跑，况且这样一来他就可以名正言顺坐顺风车，而且不需要花钱，想到哪儿就去哪儿。要知道在洛杉矶没车等于没脚，寸步难行。遇到这种情形回到家我还不敢对前夫言语，一来怕他怪我不懂得如何去应付客人，二来他肯定会怪我没有长记性，什么事都做不成。

就在那年，我的师伯大导演李翰祥，因为刚做了心脏搭桥手术，跑到美国来作检查。最重要的是，这时他正面临事业的转折点，他不知道前面这条路应该怎么走。

李导演那个时候，应该是在台湾国联公司结束以后，回到了香港邵氏公司，这个时候又正想离开邵氏公司。

他在那儿犹豫，不知道是否应该像我的老师胡金铨导演那样，留在美国向国际发展，还是接受内地的邀请回内地发展。

就在这个时候遇到正在转行做房地产的我，所以正好让我陪着他去看房子，他在我前夫那里拿了"通行证"，就名正言顺天天由我开车载着他到处跑。

应该这么说吧，如果不是有"任务"在身，陪我这个师伯看房子是件很好玩的事情。香港和洛杉矶住的环境很不一样，在香港寸土寸金，住的多半是公寓房子，可是洛杉矶的房子就是意味着一栋栋独门独户的小洋房，有花园，说不定还有个游泳池。所以我们的李导演每看一个房子，都会编一个故事。他还说，如果把这个房子买下来，他就一定先拍一部电影。

我们每天去看一栋不同的房子，每天就编一部新的剧本。

在洛杉矶看房子，有时他们会在门外放一把钥匙，以便经纪人带人去看房子，但大部分都要预约。我们这个李大导演性子可急了，每当开车经过哪里看见有牌子说房子待售的话，他都会有兴趣去看。我当然第一时间会帮他预约，但有时候由于种种原因没立刻约到，他可就等不及，有一次他居然让我翻墙帮他开门进去。

那么千辛万苦，你一定想知道，到底李导演有没有买成房子？答案是，他有看中的，都已经开始办交易了，临了却又反悔了。

幸亏我们的客人不是每个都像李导演那样，不然的话我们真的是吃力不讨好，在我的记忆里，我们那年还是做成了好几单生意。

不过……

问题就出在这个"不过"。

我满心欢喜以为每逢做成一单生意，都会有一笔佣金的收入，我倒从来没想过要分这个佣金。在整个婚姻生活过程里，管钱的永远是他，不管我赚多少，都是放在我们共同的账户，我从来不问，也从来不清楚他赚多少，我们有多少。反正我要用钱的话就开支票，支票当然是我们的共同账户。我虽然不太清楚我们到底有多少，但是自问自己并不是一个爱花钱的人，几年了都没买过几件新衣服，花来花去还不是花在孩子们的身上。

这一点他跟我完全不一样，他账目算得很清楚，所以他也要求我算得清清楚楚。我曾开玩笑跟别人说，他会为了我少算了一毛三，把我拉起来不许我睡觉。可见得我们的价值观有多大的分歧。

这不是谁对谁错问题，是观点和角度的问题。

当时我觉得既然做成了一单生意，没有功劳也有苦劳吧，我要求不多，带我去看场电影，又或许到餐馆吃顿饭，不算是很过分吧！没有，什么都没有，还被他训了一顿。最气的是，他认为我什么都不懂！在人背后这样说我也罢了，当着我们客人的面也这样说我，终于把我惹毛，于是，老娘不干了！

把"健康舞蹈"带到东方

就在"老娘不干"的时候，林翠和她的朋友咪咪从旧金山过来洛杉矶找我，邀我把简·芳达的有氧舞蹈，经过改良再带回香港。

实际上我和林翠并不是很熟，在邵氏的时候，她还是王羽的老婆，就住在导演罗维罗叔叔家对面。她和罗叔叔的太太刘亮华是牌友，我又不会打麻将，充其量就是那次王羽和岳华打架，我们在一旁劝架，那算是最亲密的一次接触了。

倒是这回李翰祥导演来洛杉矶看房子，从李导演的口中听说林翠已移民到旧金山，生活过得还很不错，开了家卖早餐的小吃店，优哉游哉的。

这下子她突然专程开车来洛杉矶找我，让我有点受宠若惊。

她们开门见山道明来意，问我有没有看过简·芳达的有氧舞蹈。我给她们弄得一头雾水，坦白地告诉她们，不但没有看过，而且连听也没听过。这下她们可兴奋了，争先恐后地把这些天来发现的"新大陆"，以及她们的想法告诉我。

她们谈到简·芳达的有氧舞蹈有多难，有多好，她们肯定迟早会有人把这舞蹈带到东方，她们认为我是那个把这舞蹈带去东方的最佳人选。道理很简单，首先我不是那么年轻，而且已经是三个孩子的母亲，最重要的是我是学跳舞的，这些动作应该难不倒我。

她们同时还跟我说，在 TVB 她们有相熟的监制，只有跟电视节目结合，才能把这套东西传播开来。

我要她们给我一个月的时间，让我研究一下简·芳达的有氧舞蹈到底是怎么回事，一个月以后我会去旧金山给她们一个答复。

之后我就到简·芳达有氧舞蹈学校上课。那学校还离我家有段距离，我首先去买了张一个月的套票，花了整整一个月的时间，天天泡在那里。我不但要学会整套他们的有氧舞蹈，还要进一步地研究，该怎么去改良好适合给我们东方人学。

一个月之后，我就带着我改编的"健康舞蹈"开车如期赴约到旧金山林翠家中。

林翠她们看了我所改编的"健康舞蹈"也非常兴奋，她们觉得经过这么一改动，整个感觉就变得更适合我们东方的女性，我们大家都充满信心，一定要把"健康舞蹈"带回东方。

正好，有位房地产的客人是我公公的旧同事，也是个制片人，他有一个剧本，很希望能让我参加演出，因为这层层关系，前夫不能说个"不"字，刚好又在暑假，他就允许我带着孩子们回台湾参加演出。这部电影的名字叫作《烈日女蛙人》。整部电影都是在高雄拍，所谓女蛙人当然是要潜水，但是我连游泳都不会怎么潜水呢。

这也是我唯一记得这部电影的部分。当然一开始有潜水的老师来教我们，但是那么短的时间，不可能把我这个旱鸭子训练成女蛙人。但是戏也不能等啊，到了要出海拍潜水的那场戏，我就跟所有人都说清楚："记住了，我不会游泳，如果你们发现有什么问题，就赶快来救我。"结果没想到我这个不会游泳的旱鸭子，那天居然在海水里浸了整整八个小时，把那场潜水的戏完成了。

《烈日女蛙人》让我回到台湾，也有缘去了香港，并且带着"健康舞蹈"一起回去。

在前面我也提到过，我跟小妹妹保佩特别有缘，这又是一个很好的证明，那年保佩全家正好也在香港，如果没有保佩，我一个人根本没有可能打进TVB，而且还同时把"健康舞蹈"带进台湾。

这个中间其实我又怀过一胎，就在回去做"健康舞蹈"之前吧。当时我非常不想要这个孩子，第一个念头就是再来一个女孩怎么办。当 Marsha（原子鏸）出生的时候，公公曾经建议说，在美国带孩子那么辛苦，也试了那么多次了，就算了吧，二妹二妹夫他们是两个男孩，你们是三个女孩，不如你们两家交换，你们过继一个他们的儿子，他们也过继一个你们的女儿，这样大家都有儿有女。

把"健康舞蹈"带到东方

结果他们把大儿子过继给我们，并选了珍珍过继给他们。

过继是过继了，但是我婆婆还是不答应，理由是他们没说让儿子改姓原，等于还是未能为原家传宗接代。

我想这个时候的犹豫，多少是带有一点抗议的感觉。当然这个时候再来个小的，我也肯定不能去香港创办我的"健康舞蹈"。

我有个好朋友在药房做事，无意间曾提起在怀孕最初的阶段，还是有办法阻止妊娠的。

我这时候就想起她，问她可不可以让我试试，她有点犹豫，对我说："如果婴儿已经成形了，可能就没什么用了。"

我试了，中止了第六次怀孕进行，没让这个孩子来到这个世界。

当时把"健康舞蹈"带回香港，确实选对了时间，选对了节目，选对了人，造就了我成为第一个把"健康舞蹈"带回东南亚的始创者。

那时 TVB 下午有一个节目叫《妇女新姿》，首先我争取到在这档节目里教"健康舞蹈"，这样一来也就等于做了宣传。另外 TVB 属下有一个叫"小太阳"的机构，专门给孩子们提供课外课程，他们有舞蹈课室，白天孩子在学校上课的时候，舞蹈课室就空着。所以如果能利用到这些舞蹈课室空余的时间，这对他们来说也是求之不得。他们还决定先为"健康舞蹈"出书，这样几方面同时进行的话，"健康舞蹈"很快就会在香港风行起来。

其实我最要紧该做的事，就是训练老师，如果只是靠我一个人教"健康舞蹈"，教不了那么多课，也会非常缠身，尤其是我家还在美国。但是怎么样去找老师变成一桩很头痛的事，有舞蹈底子的人，看不起"健康舞蹈"，认为"健康舞蹈"不够专业。最后我还是从我"健康舞蹈"班的学生里，训练出几个不错的老师。但在这几个老师还没有成气候之前，我都得自己亲自教，最多一天要教七个小时，七个小时里又喊又叫又跳，幸亏那时候我虽然已经生了三个，到底还是年轻，还不到四十岁。

我实在是野心很大，吃着香港这块饼，还想着台湾的那个市场，所以抽空到台湾去和一个好朋友，也是教舞蹈的研究了一下。研究下来的结果，还是觉得"健康舞蹈"不够专业，如果是帮我的忙她可以，但是如果放进她"舞蹈学校"的话，就有些犹豫了。

后来我还是找到一个外行人一起开办"健康舞蹈"学校，当然不单单是教"健康舞蹈"，也同时教小孩、训练师资。办一所学校难免会遇到大大小小的问题，保佩那段时间也常常陪我两边跑，遇到大小问题发生时，我有时会借题带着保佩溜出去看电影。起初保佩不明白我不解决问题，反倒去看电影的方法，后来也同意我这种不钻牛角尖、不迎面去面对冲突的方法是好方法。当然这不是对每件事都可以行得通，但至少当时帮我解决了很多困扰。另外我用香港 TVB 同样的模式，在台湾电视台找了一个时段，还让我的好友张冲哥当制片人，一起外包了一个节目。这也就是我回到洛杉矶生儿子的时候，开始成立制作公司，做电视台和制作节目的前身吧。

任何事做得好不好，每个人的看法都不一样，尤其是我和前夫，根本就想不到一块去。

当初花了那么多时间推广"健康舞蹈"，基本上我认为是成功的，至少到今天为止，或许已经不叫"健康舞蹈"，变成"健康舞"，但还有那么多人在跳，发源还是一样从我这儿开始带动。当然如果说赚到大钱才算是成功的话，那我就是失败的。

不过我绝对不是因为失败而打退堂鼓，妹夫要把保佩带回去澳大利亚，固然是我不想留在香港的一个原因，但是更重要的一个原因是，我觉得自己还没有完成帮原家传宗接代的使命！

当然这是我和前夫谈判的结果，我答应回去洛杉矶，并不表示推广"健康舞蹈"失败。事后前夫常拿来说事，说我是因为在香港混不下去所以逃回洛杉矶，我也没办法跟他理论。事实上我只是把"小太阳"的课让给我的学生教，台湾那边则交给合伙人继续经营。或许对于像我前夫那样的生意人，怎么能理解既然是一盘生意，居然没有拿回一分钱，这不是表示做不下去是什么。

实际上我回去的时候已经怀孕，应该说就是因为怀孕了，才决定继续完成我传宗接代的使命。

是儿子才会生下来

我怀上儿子的时候，医学已经比较进步，在怀孕时已经可以测出胎儿的性别。在美国女人如果过了三十八岁怀孕的话，医生会帮着检测染色体，检测染色体的原因是要看看婴儿是否健康，会不会是唐氏儿。

所以我跟前夫先讲好，如果怀的是男孩我才会留下。

或许他以为我在开玩笑，但事实上我很认真，也第一时间跟医生说了我的想法。医生当然不是很同意，但是我把难处告诉了他。这时我已经三十九岁，虽然不是第一胎，但是医生有义务帮我作这项检测。

医生跟我说明检测有一定的风险，因为要等怀孕二十一个星期时才可以抽羊水测试。我算了一下，二十一个星期的话，差不多有五个月，但是医生却说，就算是二十三个星期，仍然可以堕胎。

凭良心说现在这么讲讲，我都觉得自己挺残忍，但那个时候我想我是狠了心，真的想这么做。

说也奇怪，这一胎是我怀得最不舒服的一胎。从发现怀孕的那天开始，每天早上都会呕吐，整天都很不舒服。前夫说是因为我老了，不像怀前面几个那样年轻。我的样子也变得很丑很丑，鼻子变得好大好大，走在路上，居然有人认不出我来。不过洛杉矶的三姑六婆说话了，说看样子这胎是男的，是女的妈妈会变漂亮，是男的妈妈才会变丑。

反正我已经习惯，每次只要我一怀孕，洛杉矶的三姑六婆可就热闹了，看着我的肚子，一会猜是男的，一会猜是女的，一直那么指指点点到我生了为止。

当然我们家有着各种不同的方子，都说是"宫廷秘方"，是我婆婆求来生儿子的。这也是为什么我会反感，生孩子没什么好害怕的，外界的风言风语和无形的压力才是让人无法忍受的。

不知道前夫怎么想的，可能有点不耐烦吧，生前面几个的时候，他还陪我去看医生，可是怀这个的时候，他一次也没去，理由是太忙。连医生都怀疑我是不是没有老公，尤其是我一开始就说要检测孩子的性别，男的就要，女的不要。

就这样一直等到第二十一个星期，一大早我就问前夫陪不陪我去做检测，答案是"今天要开会"。没办法啦，我只有单枪匹马去会医生了。

医生拿出一支手指般长的针来，对我说："你看我现在要用这么粗的一支针，戳进你的肚子的胎盘里去抽取羊水。我是担心你会害怕，所以请你丈夫来陪你。现在你丈夫没来，我们也没办法等，只好开始进行手术。你应该是很坚强的，我会很小心，尽量不伤害到胎儿。"

第一针刺下去，半天才把针抽出来，却什么也没抽到。医生很抱歉地对我说对不起，他说胎儿动得太厉害，怕会伤到他，所以什么也没抽到，但是不要紧，他今天可以为我试三针。没想到一连三针还是没抽到，医生说只好下星期再试。下个星期就第二十二个星期了，我担心胎儿太大。医生看出我的顾虑，安慰我说就算到第二十三个星期都没问题，最重要的是，让你老公过来陪你。

我知道他是在开玩笑，回家我也就开玩笑地对前夫说："医生这个星期没抽到，他说是因为你没去，下星期要你陪我去，就可以成功。"

医生说话了，他当然不好意思不去，所以到第二十二个星期作产检的那个早上，他没有任何托词，乖乖地陪我去做产检了。

到了医生那儿，他看见那支针都快晕过去了。医生对他说："你太太非常勇敢，上星期我一连试了三针，但是因为婴儿太顽皮，动来动去，我怕伤了婴儿没抽到什么。我们今天试试看，看看能否成功。"医生看见我前夫脸色发白，赶快就让他的护士给他搬张椅子坐下。说真的，看见前夫那个表情，我反而放轻松了。

第一针还是没有成功，到了第二针，总算抽出羊水来了，"大家"都松了口气。我这儿指的"大家"，包括我，包括医生，也包括我的前夫，我想再抽不出来，前夫第一个要晕倒了。

到了我怀孕的第二十三个星期，检测结果出来——是个男孩！

真是皆大欢喜！首先就开始准备所有男孩用的东西，我们家在主卧房里有一个小小的房间，前夫一直说这是育婴室，这下子总算派上用场了。

我一直忘了说，这次怀孕当然也是一次"传染"。我在香港时江青也在香港，她在为香港舞蹈团排练一个节目。本来她自己也要参加表演的，后来突然发现怀孕了，就由我代替她去完成演出。听说她怀孕，我就知道或者也会被"传染"，再加上回到洛杉矶，前夫的小妹妹原文秀也在怀孕，我就知道一定逃不了，果然就中彩了。

前面讲到育婴室，我生了三个女儿都没有听说要预备育婴室，为什么一到生儿子，就有了育婴室呢？这跟原文秀还真有点关系。因为到了原文秀生产的时候，突然成了原文秀说什么都是对的，加上隔了那么多年，我们前面用的育婴方法都已经过时，包括孩子生出来应该要喂母乳。我前面生了三个都没试过自己哺乳，难怪前夫要准备间育婴室，因为他知道我性子急，如果婴儿哭了，我会不顾一切，拉开衣服就马上哺乳。

我还是得说说，我这个儿子怎么生的，因为除了老大琪琪，其他两个都是难产，加上一个宫外孕，为了生孩子，我挨过三刀，三次不一样的经验。

那天早上前夫又要出差了，实际上离预产期还有两个月时间，照理说他出差回来应该还没生才对，但是不知道为什么，我有种预感，觉得应该要生了，我就告诉他："如果不想亲眼见到你儿子出世的话，你就飞吧！"

他不怎么相信我，但是也不敢不信我。如果万一真的被我说中，他就得错过看自己儿子出生的情形。

接着我就给母亲打电话报告，结果你猜我母亲怎么说，她说要我怎么都要忍着，现在只有小佩可以飞过来。"你一定要等小佩过来才能生，我已经给小佩打电话了，她马上就飞过来。"

这是什么话嘛！我真要生了，也不能把孩子缩回去，别人以为我们家都神了，想什么时候生就什么时候生，哪有这种可能？虽然我知道母亲的意思，是希望娘家的人能沾沾我生儿子的光。

那天下午果然我就有要生孩子的预兆。前夫把我送到医院时，我问他知不知道小佩什么时候会到？他不明白我的意思，只是叫我不用担心，他已经安排好人去机场接小佩。

小儿今年已经三十岁，三十年前美国医学已经很进步，我在产房已经可以看到超音波影像，可以看到他在母体是怎样的情形。

但事实上虽然我有看到，但是并不怎么看得懂。前夫一直守在我旁边，也没看出个所以然来。

到医生来了，医生指着超音波影像说："看见没有，这是你们的儿子，好像脐带绕在他的脖子上了，看看还有没有办法让你自己生。"

事情发生得太快，医生还没来得及把话说完，孩子好像就出来了，然后又给医生推了进去。"马上把产妇推进手术室！"

这次这个医生倒没问，如果有什么问题，要孩子呢，还是要大人？其实我倒是很有兴趣知道他的答案会是什么。

在匆忙中，我居然记得去问医生，如果不是自然生产的话，是不是丈夫就不能进产房？

男人大丈夫，怎么能说自己没有胆子呢？况且是老婆生孩子，他怎么能不敢看？所以慢吞吞地走去换上手术衣？

我被清理完毕，打了麻醉药，推上了手术台上，还不见他驾到，有点着急了，就问医生我丈夫人呢？

这个医生还挺幽默，安慰我说："你别着急，你放心，你丈夫不出现，我们不给你开刀。"前夫进来产房后，护士给他搬了张椅子，让他坐在我的旁边。我还是一样，躺在小窗帘的后面，所不一样的是，我有一双"眼睛"代替我看着整个这一幕。

这一次我没来得及唱歌了，忙着了解剧情发展，因为虽然看不到戏，但可以听戏啊，所以我就不断问我的"眼睛"怎么样？怎么样了？

"差不多了，差不多了，现在医生拿一把像锯刀的东西，在你肚子上划了一刀。"

没等他说完，我就接了下去，怪不得我闻到橡皮的味道，原来他们在剖开我的肚皮。

"飙了好多血出来，他们赶快用吸尘器来吸。"他有点受不了的样子。

"用吸尘器？用吸尘器干什么？你有没有看错啊？"我恨不得爬起来把小窗帘拉开，自己来看个所以然。

"血飙得太多太快了，他们必须要把血吸掉。"他死命盯着他们看，就怕会错过任何细节。

医生突然在那儿讲起话来了："这个中国女人的子宫怎么那么紧？"前夫居然有心情跟他们对话起来："是的，我太太平时做很多运动。"他应该告诉他们，他老婆是武侠影后，会中国功夫的。

"他们从你肚子里拿出一大堆乱七八糟的东西，丢在地上。"

"你有没有看错啊，我肚子里能有什么乱七八糟的东西？"

就在我们有一句没一句吵的时候，医生突然就抱出一个婴儿来，还脏脏的浑身是血。前夫没敢说他长得很丑，只说他嘴巴好大，像我的舅舅。

好看难看都无所谓，重点在是不是一个男孩？和我一样不相信科学的，还有前夫的母亲。婆婆打我推进产房的那一刻就在嘀咕：真有那么准，真的是个男孩，会不会又是一个丫头？

这次真是一个男孩！

是个丫头倒好，是个男孩反倒轮不到我照顾的份了。幸亏我得自己喂奶，不然的话孩子长大了，都不会知道娘长什么样子。

我不明白，三个女儿都长那么大，那么好，还不都是我一个人一把屎一把尿地把她们带大的，现在怎么生的是男孩，就不会带了？

儿子吃我的奶长大，当然跟我啰，所以只要我一回到家里，如果是婆婆在抱着他的话，我还不能从正门回家，得兜到后门，偷偷地不让儿子见着。

这也是为什么，儿子生下来，我觉得任务已经完成，可以去大展拳脚了。

不管是娘家夫家，儿子都是家族成员里最小的一个，也就是说家人里没有人会怀孕了，我总不能再被"传染"吧。但是他公司里面有人怀孕，我照样也会被"传染"。儿子生下来没多久，我又怀上了。

这回是前夫不想要，他觉得有了儿子，生不生都没有关系。我却想给儿子找个伴，他跟几个姐姐的年龄差得太远，玩不到一块去，如果有个伴，是男的

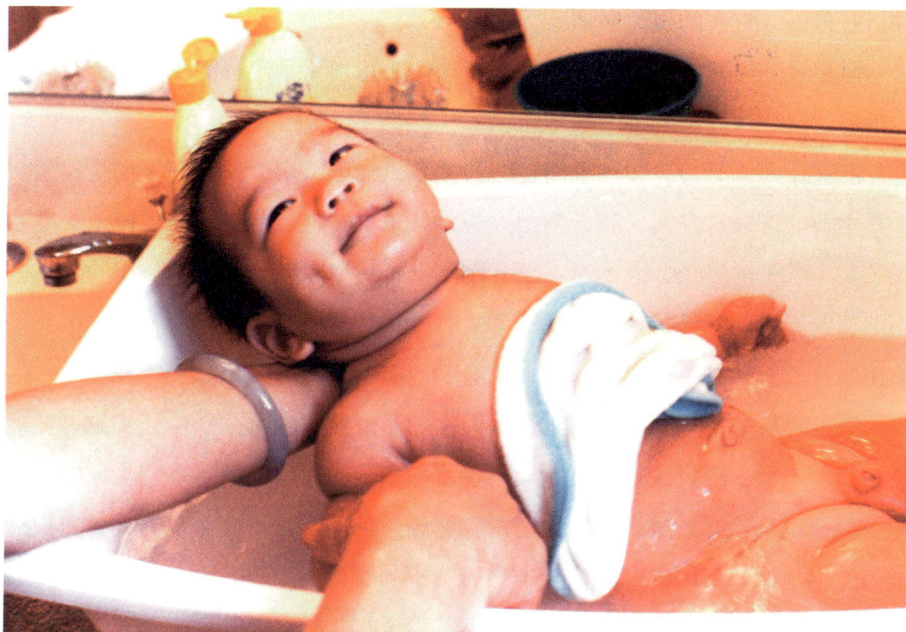

总算生个男孩

留不住婚姻，也就留不住美满的家庭

固然是最好，是女的也无所谓。

但是我已经开始成立制作公司，特别忙，特别累，没有留得住这个孩子，也没有留得住这段婚姻。

不管什么情况，我和孩子们之间的关系只会更密切，孩子们永远是我生命中最重要的部分。其实，我常常跟人说，如果早知道，绝对不会生孩子，养育孩子是一辈子的责任，也绝对不再有刚刚结婚时借个肚子给人生孩子的念头。当然我这样说的时候，孩子们都不喜欢听，很难过妈妈怎么会说不希望把我们生出来？其实我是一种歉意，没有机会给他们一个美满的家庭。

所以我从来没有给孩子们压力，说你们非得给我生个孙子。从来没有！这是他们的选择，跟我没有关系。如果喜欢小孩子的话，抱抱一个别人家的小孩子逗逗他玩玩就好，过后还给人家。我妹妹、弟弟都有那么多孩子，我去摸摸他们、抱抱他们就可以。养育孩子是一辈子的事，就像我对四个孩子整天那么牵肠挂肚，最重要的原因就是我对他们有责任。

我的妈妈经

有句老话是这么说的，一种米养百种人。同父同母生的孩子，也不可能相同。所以对我来说，有四个孩子我就有四个机会，去学习如何当四个孩子不同的母亲。

或许对老大琪琪来说还真是很不公平，本来好好地，爷爷奶奶、爸爸妈妈，加上姑姑姑父，就她一个孩子，每个晚上一家子围着她，她站在楼梯的台阶上，大家看她唱歌跳舞耍宝。结果一下子添了弟弟妹妹们，她开始变成了大姐，尤其是我这个妈妈，自己是个大姐，也要求她跟自己一样，当个能分担责任的大姐。但是慢慢地我发现，她是她，我是我，虽然她是我的女儿，但是我不能要求她变成我的替身。

因为她是老大，我第一次当母亲，基本上也还在学习呢，所以她也是最吃亏的一个。偏偏她又是那么地敏感，为了学习艺术体操，希望能因此引起大人们的注意，她牺牲了天真的童年，所有孩子们的玩乐她都错过了，一个比赛接着一个比赛，几乎整个学校生活都是在比赛中度过。

不过她的确是一个很有天赋的孩子，很快她就被甄选加入国家队。但或许比起很多母亲，我对她的成就太冷漠了。

这话怎么说呢？每天早起让她练芭蕾，是她爸爸规定的，我只是例行公事。每天接送她，却只是像尽一个司机责任那样，虽然从来没有怨言，但也没有更多的关心。或许更关心的是制作公司的琐事，公司同仁会在车上跟我开会，她也太累了上车就睡。她每次比赛当然还是我负责接送，也会留下看她比赛，也只有在她比赛时我才会抬起头来很认真地看，其他的时候我或许低下头做我的事，或许在那儿陪弟弟妹妹玩。

但就算是看，我也真的是纯粹在"看比赛"，不会像其他妈妈那样投入，甚至哪怕是她爸爸，都会一本正经地在那儿计分，很紧张输赢的结果。而我从来就觉得别人怎么样并不重要，重要的是她跳得怎么样，有没有进步。

这或多或少是故意的，我是想灌输孩子不要把输赢看得太重的态度，这和前夫要培养奥运会选手的心态正好相反。或许这也是为什么在他心里，我是一个老爱跟他唱反调的老婆。虽然我并不认为这是在唱反调，只是不一样的角度看问题。

我自己不穿名牌，所以也不希望孩子们有这种虚荣心。为了让孩子们读好学校，我们家特意搬到一个好社区。所谓好社区就是高级住宅区，尤其是在洛杉矶的华人高级住宅区，那些家庭的孩子个个都穿名牌。琪琪那个年代穿名牌的风气还没那么过分，到珍珍高中毕业时就过分了，原子鏸毕业时就更不像话了。

美国高中毕业派对是很隆重的，夸张到男的要穿燕尾服，还得租一辆豪华房车，去接他的舞伴，女的当然不能穿得太寒酸，但也不一定要名牌啊。

记得原子鏸那年参加毕业舞会，她爸爸那时候生意不是太好，根本就没钱买什么名牌。我就给她出个主意，我说："Marsha，你不如自己做一条裙子怎么样，妈妈可以教你怎么做啊！"她一听我会帮她就已经完全放心了，接着我

五十岁生日和孩子们在一起

六十岁生日和孩子们在一起

每年圣诞节我们一家都会聚在一起

我和三个女儿

们就去买料子，我挑了一块做衬里的布料，滑滑的，很像晚礼服的料子。她喜欢银灰色，那就银灰色，然后就挑款式，我说简简单单容易做，穿上大方就对了。

回家之后，我让她做，我做下手。我们母女一直处在一种兴奋状态，我告诉她，这很重要，你得保持这种很兴奋很幸福的感觉，做出来的衣服一定也会是最漂亮的。

果然第二天在舞会上，她的那件裙子最出众，就因为它不是什么名牌，而是她自己做的。

珍珍的毕业舞会也是我们母女多年来的最佳话题。基本上毕业舞会女方很被动，要等男方来请。那次请我们家珍珍的是她爸爸生意上有往来的一个朋友的儿子。那个小男孩来接珍珍时，我就像所有妈妈那样叮嘱："午夜前一定要把珍珍送回来！"

我有种妈妈的直觉，猜想到珍珍不怎么喜欢这个小男孩，所以差不多快到午夜就守在那儿，一听到车声就飞奔到大门口，心里数到十，珍珍都还没来得及按门铃，我已经打开大门，珍珍趁机跳了进来，跟那小男孩挥手说"拜拜"！关上门后母女就大笑起来。其实我不知道珍珍为什么笑得那么开心，只是她笑我也跟着傻笑。原来她笑是因为我太给力了，那小男孩还没来得及跟她吻别，我就把门打开，她正好就躲掉了他的一吻。虽然只是一个礼俗的吻，但是这一点珍珍还是蛮保守的。

比起珍珍，琪琪还要保守。都上大学了，还没交男朋友。她在加州大学洛杉矶分校上大学，那里离家有一段距离。她又是那种宁早不迟的人，就说坐飞机吧，飞国际航班规定提前三小时到，她可能四个小时前就已经到了。她又最怕早上堵车，所以干脆就住到学校，并且到学校餐厅打工。

这不是重点，重点是她看上了跟她一起打工的一个小男孩，还要我去看看她的白马王子。拗不过她，第二天一早开了快一小时的车，跑去她打工的学校餐厅，怎么知道小男孩那天早上没上班，只有打道回府。第二天又白跑了一趟，我这个对孩子向来没脾气的妈，也不得不说话，我说："琪琪啊，你能不能先弄清楚了，别让你妈这么老远，又那么早，这样一次次地跑过来。"这样又过了一天，她确定他有上班，我一大早又跑去了。

哪知道这回更惨。我一坐下就问她："是谁？是谁？"她赶忙过来掩着我的嘴，还不许我抬头看。

没多久，那男孩要结婚了，新娘当然不是我们琪琪，琪琪只捞到个伴娘的角色，不过还是很紧张，非要我给她买一双裤袜。

那天八成她比那对新人还早到场，但不知道为什么婚礼没完就回来了，还把一身打扮全拆了。"怎么了，弄错日子了吗？"原来她比新娘打扮得还要漂亮，人家穿牛仔裤就把人生大事给办了。

我就是喜欢顺应着孩子，不管是喜是怒是哀是乐，我都希望能参与其中。我的最爱是电影，孩子们受我影响从小就爱往电影院跑。他们小时候因为年龄有差距，所以到电影院都各看各的。我带着儿子看卡通，女儿们就看文艺爱情片。其实我最没幽默感，卡通还看不懂，因此在儿子印象里，妈妈喜欢在电影院睡觉。

没法子做妈妈的总得牺牲一点。孩子们还不会开车的时候，我最高兴当孩子们的司机。弟弟小的时候大孩子们想去魔术山（Magic Mountain）玩，我带着弟弟开车送珍珍和原子鏸去。游乐场允许一人可以带两个小朋友，男孩女孩都可以，我就在门口等候她们玩完了接回家。我也不会不许她们跟男孩子一起玩，与其不许这、不许那的，不如让她们大大方方地相处，只要在我视线范围之内，一般不容易出问题。

后来弟弟大了，爱去迪士尼乐园玩。我们住洛杉矶，一有朋友来就带去迪士尼乐园。这时大孩子们已经不想去了，我也不会强逼姐姐们要陪弟弟，她们大了有自己的活动。当然我自己对迪士尼乐园也没兴趣，可是也不会不带弟弟去，他还没玩够呢。我每次让他带一个小朋友一起玩，他觉得不公平，为什么当初姐姐们可以带两个，轮到他只能带一个小朋友呢？我告诉他："你傻啊你，如果请两个小朋友，他们两个玩就没人陪你了。"我也不能陪他玩，因为我要帮他们排队，谁都知道去迪士尼，往往排队的时间比玩要长，反正我又不爱玩，我就一边排队一边办公。

我喜欢跟孩子们在一起，为他们服务。虽然是四个姐弟妹了，但他们更喜欢和别的孩子玩，尤其是和他们表兄弟表姐妹们玩，所以我常常会带着一整车孩子去吃饭看电影。别以为只有看电影孩子们会各自有意见，吃饭也一样有不同的选择，他们喜欢跟着我，是因为我乐意满足每个孩子的要求，会载着他们挨家把他们喜爱的午餐都买齐。

孩子们也知道如果他们闹不和我最伤心。这一生走过来，姐弟姐妹骨肉之情对我比什么都重要！从小到大孩子们无论做错了什么，我都不会责备他们，错都错了责备有用吗？这时候我认为重要的是如何承担做错了的责任，如何去面对问题、解决问题。在这种时候，能够跟孩子们一起去面对，那是孩子们给母亲的机会，让我觉得当母亲是一种幸福。

我没想到四个孩子最后都选择跟我走同样的路，从事跟演艺事业有关的工作，或许孩子们被我沉醉于工作的热忱感染到吧。

老大原丽淇（琪琪）演戏的天赋早受到肯定，可惜在中国没有太多人认识她，但在好莱坞拍艺术片的领域上，她还是响当当的。拍艺术片可能赚不到什么钱，无所谓，至少她找到她喜欢的路了。

最让我感动的是我的二女婿。珍珍突然发现她的兴趣是前两年的事，但是她有丈夫支持。我女婿说：“只要我老婆高兴，她做什么都可以！”这种讲法跟我不谋而合，难怪我那么疼这个女婿了！

原子鏸一直跟我在香港发展，她当初是因为我的提议才回流香港，我近两年才知道原来她真正喜欢的是舞台表演。

儿子原和玉环游世界回来后也迷恋上制作，虽然他长得那么帅，做幕前更讨巧，但是我还是那句话，他自己的生命他说了算。就像好多人不理解我为什么赞同他去做那些极限运动，难道不担心吗？我当然会担心，但是我又不能二十四小时守着他，况且就算我反对，难道他就会不做了？与其让他偷偷摸摸去做，还不如让他知道我一直在他身边支持他。

去年我出资拍了一部歌舞片，由儿子原和玉导演，他和他二姐原和珍写的剧本，珍珍还担任制片，另外由他小姐姐原子鏸担任女一号。尽管整个过程非常辛苦，但是我尤其感到幸福，连外人看了都生羡慕，世上有几个母亲能享受到这份真情。

很多年前张同祖导演看了原子鏸一场表演，结束时他语重心长地对我说："原子鏸唱得好，跳得好，漂亮又有天赋，可惜就是太乖了！"我从来不知道太乖也是一种缺点，在我看来她只是少了一个机会，等待着她的伯乐的出现，所以我鼓励她不断地充实自己。好友焦姣每次看完她的表演，见证她的成长和进步，都会忍不住流泪，她看到了这些年来原子鏸的努力。

我不会奢求孩子们一定要名利双收，而是希望他们真正地喜欢自己所选择的，并像我一样乐在其中。

第四章　在黑暗中看见佛光

(1989—1992 年)

我的第五个"婴儿"——华语电视

生了儿子之后，我还生过一个难产的"婴儿"，他的名字叫"华语电视"，一家由我创办的电视台。

当时我常常开玩笑说华语电视是我的第五个"婴儿"。但生孩子难产有医生帮我，生的时候挂上个窗帘布，完了以后也就没事一样。可是华语电视这次难产，却让我真伤了元气，差点连半条命都送掉。

一直以来我自以为是一个很有理想的人。这么多年那么难都可以把儿子生出来，完成任务，对嫁到原家传宗接代的责任也有了交代，接下来的时间该做点对社会有贡献的事。

这一点可说是我的致命伤吧。不应该让自己膨胀，膨胀到一定的时候，就会有这种疯狂的念头，甚至觉得自己可以征服世界。

刚好这时有人跟我提议，不如办个华语电视台吧，你移民到洛杉矶，结婚生子在这儿住了一段时间，是不是应该跟后来的新移民，分享一下这些年的种种经验啊。

这个提议完全就说到我心里去了。加上之前在台湾推广"健康舞蹈"时，外包过一个电视制作的关系，让我对办电视台也产生兴趣。虽然那时对办个华语电视台，跟电视制作公司有什么区别，我基本上并没什么概念。

那时候在洛杉矶有一家华语电视台，其实他们只是买了当地十八台的时间，再买台湾的连续剧来播放，就是所谓的华语电视台了。

电视台的负责人是一个导演。我问他为什么电视台只是播放连续剧，而自己不制作节目呢？他的答案非常简单，电视台靠广告收入，但是现阶段洛杉矶的广告市场还不成气候，还养不活一个真正的电视台。

这时候就有人跟我这么说了："郑佩佩你想做电视台很简单，你请我做经理，我帮你推销广告，保证可以把你的电视台做起来。"

这种不负责任的承诺，我居然会信以为真。就请他做经理，他拿了我的月薪，挂了公司经理的名字，居然整整一个月一个客户都没找到。

我开始急了，就问他到底怎么回事啊？他说他给这里那里的公司打了电话，但是别人都没反应啊。说着就拿起电话演习给我看："×××公司吗？你们的经理在吗？我这儿是'郑佩佩制作公司'打来的，我们现在准备要上节目，你有没有兴趣上我们的广告啊？哦，没有兴趣啊，谢谢！"然后转过头就理直气壮地对我说："没法子，人家没有兴趣！"

我当时气得连话都说不出来了，他以为我这个大明星没事做，在烧钱玩啊，我就跟他说，你明天就别上班了，我就不相信我自己拉不到广告！

我想想，还得找个"自己人"给我出点主意才行。

我所谓的自己人，最好是从香港来的，最好是也做我们这行的，或者是以前的同事，至少比较能懂我。最后我选择的是尹子维的父亲康威。

康威和胡燕妮婚后生了两个儿子。那时候儿子还小，为了儿子的学业和前途，几年前他们就移民到洛杉矶，康威更改行做起保险来了。

我决定了以后，就专程去拜访康威，开门见山道出来由之后，康威就一口答应做我的军师。

我告诉康威，已经跟十八台买了时间，中午的时间，每天十五分钟，每星期五次。

他就像个老大哥那样帮我出主意：

"你把时间买了，你知不知道电视台的时间非常可怕的，如果你不做节目，没有广告，这一天天地你很快就支持不下去了。"

"我当然知道了，所以这些天我已经愁得不得了了，不然我干吗要找你这个军师呢？"

"首先，你把五天变成五个内容，比如星期一是医学顾问，星期二就地产顾问，星期三保险顾问，星期四法律顾问，星期五美容顾问。你先请专家上来讲，先把这个内容节目做成功了，比较容易去拉广告。另外你得动动脑子，想想有些什么人会愿意做广告呢？你那时候那个小百货商店不是卖大中的碗盘吗，你可以问问他们愿不愿意做广告？"

我的军师还挺有用的，至少给我指出一条光明大道，我的天就没有那么黑暗了。于是马上拟了个计划书，第二天一早就去找大中。

当然事实上不会那么简单。第二天见到了大中的负责人，他说他很想帮我，但是他们是做批发生意的，根本不需要打广告。不过他却提醒我应该去找做调味料的厂商，当场就给我介绍台湾的"味全"。

回来军师又给我出主意了，他说你可以帮"味全"介绍食谱啊，那不就等于做了广告，同时又做了节目吗？这叫作节目广告化。

我开始举一反三，在给"味全"递策划案同时，给香港的"李锦记"也递了份策划书，结果"味全"还在考虑中，"李锦记"已经跟我签了半年独家赞助的合同。节目出来后效果很好，很快他们把节目从每星期三次，增加到每星期五次，每次介绍五分钟的食谱。

幸亏有李锦记烹饪节目的支持，我的电视台才能前前后后拖了五年。不过一开始他们还是挺怀疑，我的电影他们看多了，知道我武打功夫很了得，但是煮菜——烹饪技术行不行呢？

我的军师又给我出主意了，他说你不是又能说普通话，又能说广东话吗，我们就来个既说广东话，又说普通话的烹饪节目。

因为在洛杉矶华人中，一半来自说广东话的香港，一半来自说普通话的台湾或者是中国大陆。这样一来，方便了说普通话的观众，说广东话的观众也能听得懂，成了独一无二的烹饪节目。

虽然我的策划书写得头头是道，但是赞助商还是怀疑一个明星来煮菜，到底行不行？

第一次录节目的时候，厨房搭在李锦记的仓库里，所有老板都站在那儿观看我的表演。幸亏我们早就准备好菜谱，有了菜谱就等于有了台词。拍了那么多电影，这点怎么会难得倒我。我不慌不忙就像演戏一样，一会儿普通话，一会儿广东话地边煮边说，把他们唬得一愣一愣的。

虽然我不敢说菜煮得怎么好，但是当了家庭主妇这么多年，早就把我训练得像模像样，每次前夫有客人驾到，最多十分钟之前才下通告。我打开冰箱，计算着他回来的时间，就可以一样一样地把冰箱里的冷冻菜，变成一盘盘的小菜放在桌上，他如果迟一分钟回来，我就可以再多变一道，一直变到他和客人到家为止。当然李锦记的菜色要考究得多，但是有菜谱嘛，总错不到哪儿去。工作人员吃了都伸出大拇指，表示我的菜炒得不错，我就定下心来，心想只要伺候好李锦记一个客户，电视台至少就有广告费收了。

五年里我为李锦记差不多煮了五百多道菜，解决了跟十八台买下播映时间的费用，但是事实上缴给电视台的是一笔很巨大的费用。接下来每个月的开销加上员工的薪水，就只能等待天上会掉下馅饼来了。

我当然不能只顾着等天上掉下来的馅饼，其间也尽过很多努力，想过各种各样开源的点子，包括主办"工商小姐"选美赛，当时真的把整个洛杉矶的华人市场，搞得热热闹闹。

不记得是不是军师康威出的点子，反正我们当时设计了整套方案，形式上有点模仿无线的香港小姐选举，以李锦记赞助烹饪节目的方式作为蓝本。如此一来，就足足有半年时间，不用担心没有广告进来，连同半年的节目都有着落了。

我们一共找到三个大赞助商，再加另外十个小的赞助商。所谓大小当然跟出钱多少有直接关系，得到的宣传力度也有差别。每个赞助商不管大小，都会由他们自己训练一个小姐做他们的代言，每星期就有一个小姐来介绍她们所代言赞助商的商品，当然大的赞助商会有更多宣传上的好处。

这十三个赞助商当然不是我一个人找回来，那时候公司已经有自己的广告业务专员。经过上次那个所谓的经理事件，我学聪明了，接受军师的建议，只给广告业务专员少许车马费，他们拉到广告再分成，这样负担就没那么重。就算三个大的赞助商是我自己找回来，也还是会分些佣金给他们，让他们去跟进打理。其中李锦记当然是其中一个大的赞助商，大家都以为我会偏心李锦记，包括李锦记在内，以为他们代言的女孩子一定会当选工商小姐。但是我才没这样做，我觉得这样做就不好玩了。整个活动要的不过是宣传上的效果，"工商小姐"头衔花落谁家倒无所谓。

总决赛在一个礼堂以晚会的形式举行，非常热闹。一个赞助商有一桌，大的赞助商还有两桌，就已经有十六桌了，想想场面有多大！全程我都用三机录下，回去经过剪接才在电视上播放。

说到这里突然想起遇小偷那件事。不清楚记得从什么时候开始，我的制作公司搬到前夫仓库去。或许是因为他收购了我的制作公司，我不会管钱，不懂怎么经营公司，前夫认为如果我没把它当成一门生意来做，迟早做不下去。正好那个时候他的公司赚钱，会计师建议他把制作公司接管过来，可以用来抵税。他听了觉得有点道理，就收购了我的制作公司。没想到这虽解决了暂时的难题，却也种下了导致我们婚姻结束的因。

扯得太远了，没有来得及说遇到小偷那件事。话说制作公司搬到了前夫仓库，当然所有的机器也都放在那里。公司里的制作小木有个朋友从北京来，刚到洛杉矶没地方住，我好心收留他，让他住在仓库。当然我还以为他住在仓库，正好可以帮我看着机器。怎么知道有一天晚上，半夜三更突然接到他的电话，说是仓库里进了小偷。来不及问他的安危，我第一时间就飞车赶到仓库。当然除了关心他会不会有事情，我也关心我们的机器，那些机器可以说是制作公司的全部资产。

我到了仓库检查了一下，那人好好地没事，放机器的那个房间顶上打开了

在我家厨房拍摄李锦记赞助的烹饪节目

带领摄制组回中国采访

一个洞,肯定小偷是从屋顶下来。但是小偷又怎么知道东西是放在这个房间呢？肯定有内贼。

前夫这个时候也到了现场，他对我讲："我看你现在最重要的是等明天早上报保险。"我这才想到，机器还没来得及报保险呢！

这样的话也不用报警了，他说报警的话我们也有问题，办公室里仓库里本来就不可以住人，你看你自以为是善心人，结果都发生些什么事！

我只有哑巴吃黄连，有苦说不出。

小偷事件发生在举办完"工商小姐"活动之后，幸亏"工商小姐"活动办得挺好，还长了前夫的脸——他正好把华语电视台买过去，理所当然成了电视台的董事长，整个"工商小姐"活动，他都是以董事长的身份参加。记得总决赛当晚，我对着大家，在电视机的面前，感谢他并且说："世上最可怕的不是娶个爱虚荣的妻子，而是娶到一个整天不务实际谈理想的妻子。"

这是句实话，不管是我说出来的，或者是在他心里想的，都是一句实话。

前夫接手买了我的华语电视台，对他来说最大的作用是那年我们被中国政府邀请，他领着电视台一班人马带着摄影器材，到大陆各地作了一个巡回采访。我们因此见到了很多重要的大人物，这是一般人所无法接触到的，这对建立他生意的人脉来说，多少有一定的帮助。

这次巡回采访也是自离开上海后，我第一次回到故乡。心里感触非常多，同时也觉得自己的任务更重大了。

当初前夫愿意帮我一把，条件是我不能因为公司的事情把家务给耽误。"当然不会！"我想都不想就一口答应，"再说我们孩子还小，需要父母的照顾，你工作那么忙，带孩子的责任理当在我这个做妈妈的身上，你放心，我知道该怎么做。"

我说得到一定能做得到，从那天开始我加倍努力，既把妈妈这个角色扮演好，更把妻子的角色演得惟妙惟肖。

首先我一定赶在前夫收工之前回家，他一回到家，饭菜一定是已好好摆在饭桌上。孩子们的事情更从来都没有麻烦过他，任何事他只需开口，我就会当圣旨一样执行，他想怎么样培养孩子，我都一定照做。他特别喜欢孩子参加比赛，学校每年的田径比赛一定带孩子参加，每天早上亲自带孩子们跑步，养成孩子们如今一个个都那么热爱运动的是他。老大琪琪从小就参加艺术体操队，老三原子鏸也跟她姐姐一样参加艺术体操的比赛，老二珍珍倒是没有学艺术体操，不过她打网球，后来还拿了网球教练执照。

为什么我会没有机会坐在饭桌上吃饭呢？原因就是接送孩子们学这个学那个的责任也在我身上，接了她们下课就赶着送她们去接受训练。学校是离家里不远，但是训练她们艺术体操的地方却很远，开车来回不堵车都得一个小时，如果是碰到堵车，花上两个小时少不了。多半我和公司工作人员大大小小的会议，都是在我接送孩子的路途中进行。送了孩子去训练，就得赶快回家煮饭，差不多那个时候前夫就下班回来了，但是我来不及陪他吃饭，因为要回头去接训练完毕的孩子。

其实孩子们也很辛苦，下了课送她们去训练，在车上我开会，她们就抓紧机会睡觉。等训练完毕，我会给她们带盒饭让她们在车上随便吃点什么，回到家里孩子们开始做功课，趁着她们做功课，我就开始做家务。婆婆爱干净，每天的地板都得擦得亮亮的。倒是珍珍学网球，多数只能在周末的时候带她去，如果是下了课她需要去的话，她就只能跟同学一块去，然后由她父亲下了班把她带回来。谁叫我生那么多孩子，总也会有分身乏术的时候啊！

其实忙一点都难不倒我，别忘了我可是劳动人民，有的是用不完的体力，越忙越起劲！

为了"理想"竟离婚、破产

在美国要创办一家华语电视台，一般多半都有政府或财团支持。我这个背后既没有政府靠山，更没有财团做后盾的小女子，为了一点理想自己掏钱出来创办一家华语电视台，说出来都没人相信。而且我的背景很不明显，既是上海人，又是香港明星，但更多的人误以为我是台湾来的，就连来自台湾的人，都以为我是台湾派来的。

那年中华人民共和国终于可以在美国建立领事馆了，在十月一日国庆的那天，我带着机器和我们新闻组的人，一起到领事馆去做采访，我对着摄影机说："今天是国庆……"

过了十天，我又出去采访。突然有一个人就跑出来抢走我手中的麦克风，对着机器说："郑佩佩我忍你很久了！你拿着国家的钱，居然说两边的话。"

在录像现场职责在身没法跟他争辩，回到摄影棚我对着机器向观众说：我的命运就代表在洛杉矶华人的命运，我来自上海也生在上海，从懂事开始就知道十月一日是中华人民共和国的国庆节，可是到了香港，甚至于到了洛杉矶，我才知道海峡对岸还有一个所谓的"双十节"。同时我也想趁今天，在这儿也郑重声明一下，我这个电视台是百分之一百私营的，从来没有收到过政府的钱。

这还不算是很"伟大"，最伟大的是突然觉得自己有责任带领华人去"寻根"！这可得由采访华人移民美国一百周年活动开始说起。

我带着新闻组去采访华人移民美国一百周年的活动，大会请来主持活动的是好莱坞的华裔女明星关南施。她可能只是在照稿念大会发给她的准备资料，可是句句却说到我的心里。

她说的大概意思是一百年前华人来到美国，是为了求生活，所以一个个都表现得非常谦卑，忠厚老实，彬彬有礼，这是美国人一直以来对中国人的印象。突然之间现在的新移民用一大沓的现金来美国买房子，完全是一种不可一世、目中无人的样子，是美国人所不能接受的。

我想他们美国人的想法，也是很多现代的中国人所不能接受的。正巧我的老师胡金铨导演准备了近十五年，要拍一部电影《华工血泪史》，想讲的也是当年华人来美国的一段惨痛的历史。

我更觉得这应该也就是我的使命，便带上机器开车去北加州，寻找胡导演华工血泪史里"I go""or no"这地图上的"两滴眼泪"（华工在美国生活的两个地方），开始拍摄纪录片《继往开来》。

《继往开来》一共是二十六集，每一集半个小时。从一百年前华人来到夏威夷开始，再到怎么从此留在夏威夷扎下了根。为了做这个节目，摄制队伍一年去了夏威夷三次，我根本没计算过成本。我是不自量力，觉得天塌下来都可以自己一个人扛下来。我对公司导演说其他的都不用担心，只要把节目做好就可以。

我不但是节目的主持人，也是节目的制作人，出外拍摄时又是司机，到北加州各地区做采访时，都是我一个人在开我那辆旅行车，因为旅行车的保险是我一个人的名字，所以他们几个大男人硬是不肯开。北加州拍完了，我们继续往东部去拍，这样差不多走了快两年的时间。

开始《继往开来》只放在十八台我们自己的时段里播出，一个星期一次，每次十五分钟，口碑非常好。尤其大家看到是本地的制作，而不是去买别人带子回来放。但是虽然大家都叫好，却没有人帮我想过拍摄成本要怎么才可以赚得回来。

后来我灵机一动，就跟大家商量说既然我们可以跟台湾电视台买他们的节目，我们也可以把节目卖给他们啊！

差不多就在这个时候吧，前夫开始不能容忍我这种所谓的为了理想而搞节目制作的行为了。他认为我应该脚踏实地，好好地去拍李锦记的烹饪节目，把每个月付十八台的租金赚回来，至少可以打个平手，成本小小地玩玩就算了，居然还要大搞制作，想卖回台湾、香港去，谁会买你的节目，谁会要你这种烂制作呢？

我当然不服气，坚持一定要搞。他说要搞你自己去搞，还说要撤出我们的公司。就这样在三分钟内，他不但撤出公司，还让我从家里撤出去。

这样说也不很正确。我们离婚条件其实是他给我十万美元，让我继续保有我的公司，其他的什么我都不拿，我也可以在家里住到儿子满十八岁。为了不影响孩子，我们协议不把事情告诉孩子，也不告诉我娘家的人。我觉得这是我们俩之间的事情，知道的人越少越好。

《佩佩时间》拍摄外景

《佩佩时间》节目录制现场

　　当然那时我也没想清楚，以为很简单，家里的房间那么多，我们分房睡就可以了。

　　如此决定了以后，我就把所有的时间都放在工作上。或许心底里，我以为只要华语电视能真正做起来的话，我们之间的关系就会缓和一些。

　　除了跟摄影组去外地拍节目以外，导演回来剪接的时候，我就到台湾、香港去卖节目。兜兜转转结果是台湾的公共电视台接受了《继往开来》。

　　谁知道接受了才是苦难的开始，他们接受这个节目，当然也看了我们第一集的样带，嘴巴上说非常好，但是有些地方还是需要修改。我就把带子拿回洛杉矶，告诉导演哪些地方需要修改，导演还不怎么情愿。但是也没办法，当时我真恨不得我自己能改，或许在台湾找个剪接室就可以办，不用这么大老远跑回到洛杉矶，而且这一来一回还不止一次，足足折腾了大半年，好在总算还是通过了。

后来我想想，来都来了，再看看有没有别的可以做。正好卡拉 OK 开始流行，我就开始找唱片公司，帮他们拍卡拉 OK 的伴唱带。

但就算开拓了拍伴唱带市场，李锦记的烹饪节目也还在持续，公司还是入不敷出，我根本没法弥补这个洞。每个月跟十八台买下的时段费要付，为了台湾公共电视的节目，又买了新的剪接机，员工薪水、办公室的种种开销……有个职员一次半开玩笑地对我说："你只要每个月能借到两万元，把房租付了，把我们的薪水发了，你就能撑下去了。"

可不是，借钱成了我另外一个工作。人在焦头烂额的时候，什么邪魔外道都会去相信。有人告诉我是办公室前面那棵树挡了我的财路，我就把树给砍了。有人告诉我该去烧点纸钱拜拜小鬼，我就去拜了。每天在跟那些妖魔鬼神打交道。

那时候车子也坏了，当然前夫不会因为我要接送孩子，就给我辆新车子开。幸亏一个朋友把他那一辆不知道是第几手的破车子卖了给我，有一次开在高速公路上，突然车子就不动了，载着原子镟坐在车上，这种经验相信她一辈子都不会忘记。

很长的一段时间，至少有两年吧，我和前夫都还是住在同一个屋檐下，因为我们最初的协议，就是我可以住到儿子十八岁。离婚时儿子还不到四岁，我从来没想过这会是个问题，因为我自己从没有想过有新的生活，但是对方完全应该有新的生活。我住在家里，孩子们并不知道我们已经离婚，爸爸却每天带着新女朋友回来，是我让他做坏人了。

一直到宣布了破产，我也从"家里"搬出去了。

本来破产了和所有的债务就了断了，但是我还是为国际电视频道主持《佩佩时间》，还有为旧金山二十六台主持一年一度中国新年元宵佳节花车游行节目，来抵销公司欠下十八台的时段费。

记得在那段日子里，我在佛门外胡撞乱碰，走了不少冤枉路。

人最无知、最无助的是找不到真理，而盲目地去求神拜佛，希望天上会出现奇迹，奢望睡一夜，第二天梦醒时，世界会重新属于我。

就像我当时那样，最容易遇到旁门左道和妖魔鬼神，他们把我越带越远，让我迷失方向，连自己都无法认清自己。

那段日子里，我的婚姻和事业都到了尽头，周围每天围着一些莫名其妙的人，他们好像都很好心，都在教我如何可以"起死回生"。他们帮我摆关公像、装神龛，教我如何烧纸钱、念咒语。渐渐地，我每天最忙的公事，竟变成是跟鬼神打交道。

星云大师引领我入佛门

真正引领我进入佛门的，是我的皈依师父——星云大师。

1988 年 11 月 26 日，被称为西半球第一大寺的西来寺，在美国洛杉矶东边的哈仙达岗市举行落成典礼。那时我有一个专做华语电视节目的传播公司，叫"美国亚洲电视"，每天固定有半小时的新闻节目。西来寺落成典礼是大新闻，自然不能漏网。当天一大清早，我就带着摄影小组，挤在西来寺一楼走廊最好的位置，要把这难遭难遇的场面记录下来。

而就在那一个千载一时、一时千载的日子里，我有缘认识了这位平易近人、和蔼可亲的杰出高僧——星云大师。

星云大师弘扬佛法的《星云禅话》《星云法语》，用深入浅出、日常生活的实例来讲经说法，使广大观众听了之后，都能非常容易接受。哪怕就算不是佛教徒，看了他的节目都一样受用无穷。

我的军师康威看了《星云禅话》以后，就建议我找佛光山谈谈，看看能不能把大师的《星云禅话》放在节目里，这样一来不但令节目内容更丰富，对节目的收视率也有帮助。

就这样，我成了第一个把大师的《星云禅话》带到美国的人，每逢星期一到星期五，每天五分钟，在我的节目里，也就是在南加州的十八台上播放了。

这大概算是我和大师第一次难遭难遇的接触。

能把《星云禅话》放上国际电视频道播出，让我间接积了很大的功德，实际上我自己才是受益最多的一个。

每个看过《星云禅话》的人，都会发现深奥的禅理，原来就在生活中，不是那么难以实践。因为《星云禅话》让我渐渐地对佛教有了比较正确的认识，不再迷失，也不再误解迷信。

正因为大师重视文化教育，他的观念才会永远都走在时代的最前端，而他也是我认识的真正重视大众传播媒体的出家人。

到了 1992 年 5 月，国际佛光会世界总会在洛杉矶成立时，我和西来寺、佛光会、星云大师之间的缘分成熟了，就是在这个时候星云大师为我皈依了三宝。

回想起整个过程，似乎每样事情都早有安排。

当时是我最落魄、正走投无路的时候。这么多年来，我一心想对美国的华人社区有所贡献，结果却落得事业、家庭两头空，心中非常不能平衡，常常觉得上天为什么那么不公平，为什么要这样惩罚我？

那时我以还债的方式，帮洛杉矶国际频道十八台主持《佩佩时间》。趁着星云大师来洛杉矶主持国际佛光会世界总会成立典礼，我们制作小组特别请他老人家上我的节目谈什么是"人间佛教""生活佛教"。

我是通过那次访问，才对人间佛教有了初步认识，才明白佛法应从生活里求。

星云大师本着佛陀"修道在人间、成道在人间、传道在人间"的入世思想，主张现代的佛教，再也不应该是离开人间、离开群众，佛法应该从生活里求、从大众里求。

我前面提到过，我也跟外婆一样，在差不多四十岁时开始吃长素，可是我吃长素的"念起"，却不是像外婆那样包含了对小辈伟大的爱心，而只是一种对自己的"惩罚"。

1989 年 1 月 28 日的晚上，我与前夫三言两语，一个谈不拢，十九年的婚姻就此了结。从走出他的办公室（我们在他的办公室谈判），我就开始责怪自己，为什么火气那么大，如果能忍一忍，大事化小，小事化无，至少不会让孩子们从此要活在一个破碎的家庭里。突然觉得，可能自己是荤吃得太多，如果能像外婆一样吃长素，必定不会有那么大的火气。

就这一念之间，过后我就再也不吃荤食，好像所有有生命的食物吃进肚子里，都会增加我的火气，再美的美食，我也提不起兴趣。很多人是在学佛、皈依之后，才开始持斋吃素的，而我却是倒着走。

1992年5月，国际佛光会在美国洛杉矶成立世界总会，我带了制作小组过去采访，获大师留我们参加当晚的素斋宴。在宴席上，我刚好坐在陈丽丽师姐的后面，陈丽丽是台湾著名的电视演员，因演小王爷而出名。那年我在台湾推广"健康舞蹈"时，遇上她突然生病，为了不让节目开天窗，我还为她顶过一个星期的戏。她发现我吃素后，吃惊地叫起来："什么？你吃长素那么久了，竟然还没皈依三宝？这怎么得了！"于是就把我拉去她师父星云大师身边，请大师帮我皈依三宝。

只能说是因缘具足，星云大师答应了。第二天在上早课时，大师为我主持皈依三宝，并赐我法名"普方"。

我记得当时曾问大师，为什么他老人家会为我取这个法名。

大师说我现在的工作，这个法名对我最为贴切，他希望我能借着大众传播媒体的力量，用佛法普度十方。

事实上，我并没有马上走出困境。大会结束后，大师离开洛杉矶，我又回到原状，回到我的"阁楼"中，钻回我的牛角尖里，等待着奇迹出现，希望能把困境解除。

情形越来越坏，坏到连一日三餐都成问题。母亲劝我去澳大利亚待一段时间看看，或许在她那边可以有什么进展。

和所有的母亲一样，要我扔下四个孩子离开家，要多不甘心就有多不甘心。但是我连自己都无法照顾，将来孩子有问题，我怎么去帮助他们？

三个女儿也大了，她们也都鼓励我，叫我出去找找机会。

我终于离开了洛杉矶，不过走之前还给自己留了一条后路，我答应国际电

皈依星云大师

和母亲、保佩在澳大利亚南天寺

视频道，如果他们肯付我薪资的话，会回来为他们继续主持《佩佩时间》的。

在我离开洛杉矶的前一天，正好不是初一就是十五，几个朋友陪我到西来寺礼佛用斋。当时的住持很热心地招待我们进贵宾室，他那天对我们说的几句话，改变了我整个人生。

其实他说的那几句话，或许是每个佛教徒都听了又听的，可能连我都不是第一次听到，但就这一次我却真正听了进去。

他说："任何事都是一半一半的。一半阴一半阳，一半男人一半女人，一半白天一半夜晚，一半好一半坏，一半快乐一半痛苦。所以当一大早起床有任何不高兴的事发生了，你应该庆幸，这一天不高兴的一半都过去了，剩下的将会是快乐的一天。"

"我怎么从来没这样想呢？"我当时马上就对自己说，我已经到了谷底，不能再坏了，既然最坏的日子全都过了，我还怕什么？

那天离开西来寺时，我突然觉得洛杉矶的天变得好蓝，心情突然变得好开朗。我知道以后的路不会再那么艰难困苦，不会再四处是墙壁走投无路，前面该是一片光明。

星云大师为了弘扬佛法，世界各地都建了佛堂寺院，在澳大利亚悉尼有南天讲堂。我在澳大利亚三个月，南天讲堂成为我进入佛教的"幼儿园"，在那儿真正接触了佛教。

其实我在那儿只是每天帮忙点货。过去我也曾帮忙我前夫看过店，点货是我每天必须要做的事情，却也是我最怕的事。可是在南天讲堂点货，我不但胜任自如，而且点得非常愉快，只为了一句：佩佩师姐你好发心。

原来当你发心做事时，最麻烦的事都会变得那么美妙。我开始悟到这些年来所谓的痛苦，都只不过是无病呻吟。如果凡事都能从另外一个角度去看，一定会快乐得多。就算是让我失去所有的"华语电视"，我也不过是失去钱财；而这些年来我真正收获到的是那些无形的知识，我所做的一切不见得是可以用钱买得到的。

刹那间，得、失，变得毫不重要了。

那年在澳大利亚悉尼南天讲堂的三个月，我才真正开始认识佛教。这以前我连什么是礼佛都不懂。最可怜的是不懂，还不好意思问，装着一副很懂的样子。

一直以来，我想我都是被"我是郑佩佩"所害了，好像"郑佩佩"就应该什么都懂。如果"郑佩佩"真的什么都懂也就罢了，偏偏"郑佩佩"有太多不懂的事情，过分地执着，让我失去了很多原本可以变成更懂的机会。

一到南天讲堂，我就遇到了一位年轻的比丘尼，或许她知道我是郑佩佩，但是她不以为郑佩佩就该有什么与众不同的地方，她以平常心像对待一般人那样对待我，一下子把我的面子拉了下来。她热情地拖着我的手，带我进入了这个佛教"幼儿园"。

渐渐我也学着把"我"、把"郑佩佩"放下。一旦放下，自己变得越来越轻松，心情也越来越开朗。我天天礼佛、诵经，在那段时期里，我还打佛七，跟着大家去朝山，从此我开始留恋在佛法中忘却烦恼的世界。

这时，我跟师父星云大师又有一次难遭难遇的缘。正好是澳大利亚卧龙岗的南天寺要动工了，大师过来主持动土典礼，我是大会的司仪。

见到师父，我像见到了家长一样，忍不住对着大师痛哭起来，我这"幼儿园"的学生想一步登天，要师父把我带进佛学院，我要远离人间烦恼。

师父一口拒绝了："为什么你要回头走？佛学院不是避世的场所，修行在家也一样。"接着下来，他鼓励我出来当佛光会的理事，利用自己的长处，真正为社会、佛教多做点事。

那一天师父的一席话在我脑子里转了又转，从一开始不甘心师父不肯"收留"到终于后来领悟，修行并非像我以为的那样，躲在深山野岭里，自己顾自己修行，那只是逃避现实，对世间不闻不问，想求独自清静的一种自私做法。然而如果生活取之于社会，我这种执着的苦修行，就能解脱世间的一切问题了吗？

我亲眼看着星云大师到了澳大利亚悉尼，如何计划在澳大利亚卧龙岗建立南天寺。他声言要比西半球西来寺规模更大，而且将会是南半球第一间大寺院。我听说是要靠信徒捐款来建寺，几乎不敢相信，心想在海外要从无到有谈何容易。但偏偏他老人家就有过人的胆识，从动土的那个星期六开始，组织起澳大利亚佛光会会员，进行每周一次的朝山活动，用广结善缘的方法一步一个脚印地筹款。

两年后我去澳大利亚过圣诞新年，在高速公路上经过卧龙岗的南天寺，看到寺院的整个架构已经建好，全部工程也将会在1995年9月，佛光会举行年会时竣工。可见星云大师并非只是在那儿空想，而是把梦想变成现实。或许很多人会误以为佛光山有很多有钱人支持，其实并不尽然。事实上，大师的一贯作风是不太在乎"大钱"，反而很重视"小钱"。老人家认为，只有广结善缘，才能吸引更多人来南天寺，才能得到更多小额捐款，这样积少成多，才能把大寺院建起。

越接近他老人家，就越了解他老人家的为人处世。大师的点点滴滴都看在我的眼里，从中更让我悟到如何以出世的精神来修入世行。

接着有一年多的时间，我因为工作的关系，必须回香港工作。师父他老人家让我在香港佛香精舍挂单，他叮嘱我把精舍当成自己的家一样。

在这段时间内，我从"幼儿园"的初班升到中班，这儿的每位法师，每位师兄、师姐，都成了我学佛道上的助持。

是师父的人间佛教引领着我走上人生事业的第二春！

第五章　生活考验在度我

(1992 年— 　)

"华夫人"带我复出

为了生活，1992 年我又回到香港重返银幕前工作。师父星云大师让我在香港佛香精舍挂单，解决居住问题，让我重出江湖无后顾之忧。我接拍的第一部戏是和周星驰、巩俐合作的《唐伯虎点秋香》。

保佩在 TVB 做经理人的时候，May 姐冯美基是她的上司。May 姐曾经答应过我，如果有一天想出来拍戏的话，她愿意做我的经理人，所以我准备重出江湖时，第一个就想起了她，请她做我的经理人。

她这时已经离开了 TVB，保佩也跟丈夫回到了澳大利亚。

May 姐很快就帮我接了好几部戏，其中一部是周星驰的《唐伯虎点秋香》，虽然其他几部戏我都是女一号，但是她却比较看好这部。原因是这段时期周星驰的戏部部都卖座，如果我参加演出的话，至少会引起别人的注意，她认为我应该放长线把眼光放远一点。

但是周星驰的电影出名"无厘头"，我连一点幽默感都没有，怎么懂无厘头呢？May 姐就把周星驰所有的戏，包括他的电影电视都给我找了拷贝，让我回家做功课，先了解一下什么叫无厘头。

我看完以后有点信心，就同意先接这部《唐伯虎点秋香》。

可能是太久没拍戏了，接到《唐伯虎点秋香》的第一天通告，我显得格外紧张。早早就把装扮好了，头梳好了，戏服也穿好了，就坐在那里等。

那天周星驰一早就来了，他反正不用化装，戏服穿好，戴顶帽子就成了。他匆匆弄好了就赶紧离开了化装间。这也难怪，化装间是临时搭的，也真够小的了，没事都挤在那儿干什么呢？

没一会儿，女主角巩俐也出现了。拍电影要比拍电视阔气多了。拍电视是向来没车接的，就算是出门，到了广州、深圳，有车到火车站来接你，已经很给面子了。拍电影就不一样，非但有车，还每个重要演员都一辆，我住何文田，巩俐在尖沙咀，大家都在九龙，还得一辆车接我，一辆车接她的。

巩俐和我倒是曾相识，那年我为香港卫视主持奥斯卡金像奖特别节目的时候，她那部由张艺谋导演的《大红灯笼高高挂》，正好被提名最佳外语片，我带着摄影组跟着他们转了好几天。

这下子，能在同一组戏碰头，她虽然不是很热情，气氛还算不错的。

"咦？你怎么会在这儿？"她见到我在化装有点意外。

"拍戏啊！我演华夫人。"其实我也被她问住了，这才想到，她来自中国内地，肯定不知道我除了是主持人身份以外，还是一名演员。

化装间越来越挤了，我也跑了出去，看看究竟棚里面，灯光打得怎么样了。

棚里灯没亮，也没个人影。正觉得奇怪，从楼上下来了一个人，我赶忙迎了上去："请问导演他们在哪里？"大概是问得太客气了，那人竟然没听懂我在讲什么。

"佩佩姐，导演和星仔都在楼上呢！"我刚还说没有人影呢，一下子又来了一个。

"谢谢！"我正要转头往楼上走，他却把我拦住了，原来他是这部戏的武术指导。

说着就把我拉到一旁，开始考我，看我到底还有多少斤两了。

我和武术指导，还有几个武行在那儿比画了半天。一下又考考我的腿，一下又看看我的腰；无意间我仍注意到巩俐一下子被请上去了，可是没一会儿又下来了；一下子星仔也下来了，后面还跟着一大伙人。

武术指导把其中的一位叫住了："导演，佩佩姐没问题！"

"导演，你好！我是郑佩佩。"我一听是导演，赶快上前打招呼。真是好不容易才见到了《唐伯虎点秋香》的导演李力持。

"佩佩姐，你好，你好，不好意思，你再坐一会吧！"李导演很客气地和我打了个招呼，就立刻随着那队人马一起冲进了化装间。

"怎么啦？出了什么事了？"我试着向我们的这位武术指导打听。

"没事没事！星仔会搞掂的！"武术指导明明知道，却不愿意提。

"那他们上面拍了多少了？"我硬是要打破沙锅璺（问）到底。

"还没开工呢！"然后为了满足我的好奇心，还补充了一句："第一天开工，总会慢一点的。"

就算是我很久没拍戏了，这下还是意识到一定有问题存在。

我还没来得及再"八卦"一下，就有人叫"导演说发夜宵了！"只见《唐伯虎点秋香》的老板、老板娘向华强夫妇来到现场，后面跟着制片剧务，手里大包小包地拿进化装间，说是为星仔、巩俐添菜。

吃夜宵的时候，星仔听见我和巩俐用普通话聊天，像发现什么宝似的："佩佩姐会讲普通话，可以让佩佩姐来当我们的翻译。"说着把他手上的剧本打开，跟我解释着他们拍了一晚上都还没拍成的那场戏。

那场戏是唐伯虎进了我们华家的第一个晚上，半夜三更来了几个采花贼，唐伯虎跑到秋香姐的房里，是想通风报信英雄救美的，怎么知道让秋香误会了。

那段戏，本来星仔安排了唐伯虎要和秋香对诗词。巩俐却说公司给她的那个剧本上，没有这段戏。她不但听不懂星仔的广东话，更不能理解星仔的唐伯虎这种无厘头的"诗词"。

我花了整个晚上，在他们两个之间翻来覆去，解释来解释去的。最后终于明白了，他们之间根本的问题，不是在语言不通，而是观念不一样。但这一时间，是怎么也无法可以解决得了的。

之前巩俐不是跟星仔合作过吗，为什么这下子，她脑子又转不过来了呢？

原来巩俐在《唐伯虎点秋香》开拍前不久，在威尼斯影展刚拿了个最佳女主角大奖。一个国际女星，让她来演无厘头，她怎么过得了自己的这一关呢。

既然这样，又为什么会接这部戏呢？我看她和向太的交情还不错的样子，八成是盛情难却。抑或是不能拒绝那花花绿绿的钞票，好像她的片酬还不低。不管是哪种理由接了这部戏，就得好好地把这部戏拍完才对。

或许我得好好感谢星仔，是他给我机会当这个翻译，因为巩俐的放不下，让我学到了很多，让我看清楚自己该怎么去接受现实。事情来临了，我该怎么去面对；事情发生了，我又该如何去应付。

我的翻译，并没有真正帮到周星驰和巩俐之间的沟通。倒是巩俐手中的无线电话，一直在为巩俐建立她心中的桥梁。

电话的另一端，是远在中国内地的张艺谋张导演。那时候，他是巩俐的"精神食粮"。如果没有张导演在电话里全程陪同，巩俐这些晚上是绝对熬不过去的。

我想，很可能就在第一天开镜，老板娘向太来探班时，给周星驰带的是烧猪肉，而给巩俐带来的就是这个手机了。所以那个晚上，宵夜过后，巩俐挂上了电话，就高高兴兴跑到楼上去拍戏了。本来有点儿僵持的气氛，因为我们女主角"点头"而好转了。

打这以后，巩俐就和这个电话结下了不解之缘。她分分钟得向电话的另一端报告着，不一定要说什么了不起的大事，就连"佩佩说我这样穿漂亮"，也会是他们电话的内容。

我可不是有意偷听的，只是她讲电话并没有躲在一角讲悄悄话，她可是大大方方，我们站在那儿打光，她就拿着电话在那儿讲，讲到光打好了，导演说正式拍了，她才依依不舍说"再见"。

我想可能是因为她自己一个人在香港，言语不通，没人可以跟她沟通吧。

而我没想到的是，就因为这样的传话，一下把星仔的广东话翻译成普通话转告巩俐，一下子又把巩俐的普通话翻译成广东话告诉星仔，向来早睡的我，本来这时候脑袋已经无法转动了，这样来来去去倒把我弄得整个人清醒了，

《唐伯虎点秋香》里巩俐和我

我和周星驰卖药这场戏是电影里的经典之一

唐伯虎把秋香点走了

这种表演足够夸张吧（橙天嘉禾授权）

而且这个闲事还管得越来越精神越来越起劲了。

大概这时的星仔有点无奈，他看着我半天，突然问我："佩佩姐，你能不能试试？"他显得有点不好意思，或许他觉得我应该能理解他的无厘头吧。

试什么？其实一开始我没弄懂他到底想要干什么。等到弄清楚了他的意思，反而觉得有点兴奋。可以啊，可以试啊！不过我不知道该怎么演，你教我。

经典"含笑半步癫"就这样诞生了。

当然也不是一次就成，来来回回地试了好多回合。幸亏我重出江湖后，摄影机已经有了一种功能叫"回放"。一拍完导演马上可以回放刚刚拍的镜头。我们每拍完一个，星仔就回放给大家看，要每一个人看了都觉得好笑，才可以过关。

这个时候都快天亮，我完全处在一种半睡眠的状态。说也奇怪，当我想睡而没得睡的时候，我整个人会变得特别嗨，像是喝了酒一样，整个人完全放松了，或许因为这样，我才能进入无厘头的境界中。

接着我的戏份就被越加越多，反正我们通告是傍晚6点到早上6点，这是我最困的时候，也就是我最嗨的时候，最合适演无厘头的时候。我居然在这种机缘巧合里，变成现在大家心目中的搞笑华夫人。

这部电影我们还去了上海出外景，我特地还带了母亲一起回上海。从母亲离开上海到香港，再又移民到澳大利亚，她一直没有机会回过上海。我以为母亲会很高兴，带她去探访了很多亲戚朋友，又特地回去父亲的A字墨水厂参观。

但事实上母亲这次回上海，一切并不是如她所中意。尤其是她不能接受，一向被她拿来炫耀的大明星女儿，已经不再是女主角，她比我更不能接受我已经开始演夫人了！

片子出来在香港放映午夜场，那天遇上大台风，我的好友Mary和她的丈夫到香港来度假，他们陪我一块去看午夜场。到底是周星驰的电影，票房完全没有受到台风影响，电影院照样挤满了人，卖个满堂红，Mary和她的丈夫从头笑到尾。虽然我看不出所以然，但是我心里还是很高兴，我以为从此我的片约会不断而来。

但事实上并非如此，片子在香港放映的时候，的确是天天满座，但是在内地上映却得不到观众认同。或许这个故事家喻户晓，弄了个无厘头版，很多情节不能为当时一般观众所能接受。

我相信很多人都不记得，这一部《唐伯虎点秋香》当时受到很多非议，今天突然成了经典，我也有点想不到。

想不到的还有我的老师胡金铨导演，以及师伯李翰祥导演。这两位港台的大导演，把我找去狠狠地训了一次话。

他们当然知道我需要工作，但是他们觉得，再困难我也不能够不顾自己的形象，他们无法认同我的无厘头。

还有一个小插曲是当电影出来的时候，海报上几乎找不到我的名字，这也是两位大导演所不能接受的。他们认为不管怎么样，我是个武侠影后，武侠影后东山再起怎么可以无声无息，还被糟蹋成这个样子呢？

不过幸亏第二天海报上突然就加上了我的名字，还写了"郑佩佩东山再起重出江湖"。我想是因为观众的反响好，公司主动把我名字放上去。所以我常觉得很多事情不用去争，该是你的怎么都是属于你的。

写作启蒙老师黄霑

在片场从大明星到临时演员，惯常都会发出同样的怨言，说什么拍戏最浪费时间，一天到晚在等。但是在《唐伯虎点秋香》里演华大人的黄霑的眼里，这么不好的事也变成了一件好事。他对我说："天底下有这么好的事，你想想看，有什么事，是人家要付钱来让你等的呢？"

是啊！我坐在那儿等，老板就得付钱，那是天大的好事。从那以后，我也像黄霑那样，只要有戏拍，就欢天喜地坐在那儿等了。

我写写涂涂，多少也受到他的影响。每个爬格子的都嚷苦，说爬格子赚钱不容易。可是就他是第一个把爬格子说得那么轻松愉快的："佩佩，我可是靠这个养活我的孩子们的，你知道吗，我写得多的时候，一个月可以赚十万元港

我和黄霑

黄霑在《唐伯虎点秋香》里饰演华大人

币的稿费呢。"

爬格子可以赚十万元港币一个月？那实在太美妙了！我不需要那么多，只要有五千美元一个月，就够我和孩子们过日子。我坦白地跟他说："霭叔，你能不能教教我，告诉我该如何写文章？"

"用心来写！"他简单明了地回答我，却是肺腑之言。

就因为我用了心，所以我也就遇到了有心人。我的好朋友何佩仪是第一个帮我实现这个愿望的有心人。她为我穿针引线在《华侨日报》占到一个地盘，开始了我的写作生涯。

所以在拍《唐伯虎点秋香》的时候，我就已经可以和黄霑看齐了，在等拍戏的时间里，拿起笔来写稿。别的演员等的时候，只能赚一份，而我们却可以多赚一份，何等轻松愉快。

在字字行行中，我们不只是赚到那几个钱，还找到了我们的"心"，不是吗，如果找不到自己的心，还怎么能用心写呢？

用文字擦亮心灯

与马来西亚《中国报》这段"缘"，该从 1993 年的圣诞节前说起。

拍完《唐伯虎点秋香》不久，我还在佛香精舍挂单，那时《中国报》的副总编彭早慧小姐带了一组人，浩浩荡荡地来到香港，找我充当记者，和他们一块做一系列的名人专访。所谓的名人，都是我们电影界的新旧朋友们。

在采访的那一段期间，我们像打了一场大仗，行程排得密密麻麻的，比拍戏"轧期"还周密，一天得赶好几组。就这样一下香港、一下九龙、一下清水湾地满天飞着。也就是因为这样，那段时间几乎把我们几个连成了一体。

记得有一个晚上，我们等候某位大明星拍戏，但却久等不至，最后早慧只能带着她的那组人，来到我挂单的佛香精舍休息。

我们在精舍的佛堂，天南地北地聊起来，在佛前我们结下了佛缘。我们"倾"着佛偈，无形之中把我们的距离拉得好近、好近。

可是工作完毕，我们又各奔东西了。早慧她们回了马来西亚，而我又开始中国香港和美国两地来回马不停蹄。我与《中国报》早慧她们像是风筝断了线。

直到有一天，像是天上突然掉下那只风筝，我收到早慧的传真。她是无事不传真，开门见山向我约稿；我这边是义不容辞一口答应。彭小姐希望我能为《中国报》的星期刊，每星期执笔写一个专栏，为大家谈谈我学佛的历程。就这样断了线的风筝，又接上了线。

更没想到的是，我在《中国报》的专栏《擦亮心灯》，居然受到很多读者的喜爱，《中国报》还特别为我举办了一场座谈会，和观众现场来个接心。这也成了我日后成为国际佛光会檀讲师的前奏曲。

第二年的6月，《中国报》在马来西亚各地，再次为我一连主办了六场的座谈，一路上我旧话重提，我告诉早慧，我很有兴趣把在《中国报》写的三十二篇短文出单行本。哪知言者无心，听者有意，正好让佛光文化的执行秘书倪宝琴宝姑在一旁听见，她立刻提议让佛光文化出版社来出这本书。她认为这是我的学佛心得，我是星云大师的皈依弟子，又是一个佛光人，没有比由佛光文化来出版更合适的了。

没想到当因缘成熟时，一切是推着向前走的。于是，我的第一本书《擦亮心灯》在1996年12月出版了。

其实在1984年，香港博益出版社曾帮我出过一本"健康舞蹈"的书，但我认为这不能算是"书"，基本上我只是介绍"健康舞蹈"，负责的也只是照片动作介绍。而对这一本《擦亮心灯》，我却是完全不一样的心境，我希望能用我的"心"与大家"接心"。

当《擦亮心灯》出单行本时，我请师父星云大师写序，师父说既然我那么喜欢写，应该再试着从佛教的角度去写我的演艺生涯。

其实也曾有不少朋友建议过我，我总提不起兴趣。或许对我来说，那些风光年华都是很久很久以前的事，久得像上辈子发生的事。

然而，当我开始用学佛的角度去写的时候，我才发现在那些岁月里，我在不知不觉中，曾学到很多很多东西。

那年，香港出了本 1960 年代《明星录》，焦姣像寻到宝，捧了它世界各地找老朋友们签名题字。每个人都在书上留下了肺腑之言。

其实，写得最好的是焦姣她自己。她说，这本书里每个人的背后，都有着一个动人的故事，都要比银幕上的故事更为精彩动人。

我的好朋友早慧，也是我写作生涯的顾问。她帮我这一系列的文章取了个更贴题的名字：《戏非戏》。

好一个"是戏，非戏，仍是戏"。

人生像是一场戏。当我们一天天走过时光，我们很清楚那不是一场戏；但在回首往事时，却会觉得这往事犹如一场戏。

尤其是我们这一群拍戏的艺人，扮上装演的是戏中人；卸了装又演回自己。在霎时间，突然迷惑起来。哪个是戏中的我，哪个是我演的戏？

我宁可是演戏中人，戏演完了，卸了装，可以对戏中人不负任何责任。

最可怕的是戏终时，怎么也卸不了装。这才发现原来那不是一场戏，要对自己演过的、做过的一切因果都得负起责任。

这也是为什么艺人们总认为，人活得好累好累、好苦好苦，就因为那是一场终不了的戏。

1998 年，我出了第二本书《戏非戏》。

这一本书是《明报》的明窗出版社出版的，我记载了这么多年演艺生涯中，合作过的影星、导演的印象，以及对我的影响，当时还得到香港艺术发展局的赞助。

从马来西亚的《中国报》，到香港的《华侨日报》《东方日报》，到中国内地的《南方都市报》，以及不同的网络写稿之外，本来在写《戏非戏》的时候，出版社一直希望我下一步写回忆录，但是始终给搁下了。一直到"网上频道"跟我旧事重提，我也觉得要跟上这个时代，能够在网上出书，也未必不是另一种新的尝试。

但是没想到，因为配合电影《卧虎藏龙》的上映，编辑组有意把《我的演艺生涯》剖解，把最后一段写《卧虎藏龙》的部分丰富了，独立出来编印成为单行本，我也觉得可行，或许大家会对 20 世纪末的最后一部大戏要比我个人的演艺生涯更有兴趣。所以我试着去补足编辑的要求，让我的第三本书《〈卧虎藏龙〉随笔》面市了。

划时代的《卧虎藏龙》

除了《唐伯虎点秋香》，1999 年我参与了划时代的作品《卧虎藏龙》的演出，这部片子使我获得香港电影金像奖最佳女配角奖，并引领我进入了国际影坛。

在 20 世纪末，我居然还能挤上拍《卧虎藏龙》这么一部大片，真是何等幸运啊！

话说 1997 年年尾，我还在北京怀柔的飞腾制作公司拍电视剧《神捕》的时候，有一天，制片突然跑来跟我说："佩佩姐，老板请你过去吃吃饭，有客到。"

飞腾的老板周令刚，是天底下第一好客之人。在飞腾那个贵宾室里，客人就从来没有断过。当我还未进飞腾拍戏时，也曾是座上客呢。倒是成了其中一员后，周老板反而很少找我做陪客了。不只是我不太懂得如何招待客人，更因为我吃长素，所以周老板请客很少叫我，除非那客人跟我有关。显然这回又有什么朋友从远方来了。

来的是什么客人啊？我一边带小跑步跟着那位制片，一边问道。我还拍着戏，借着放吃饭的时间，本来想好好休息一下，念念剧本的，这一来可要泡汤了。

是李安导演。

1992 年我当金马奖的评审，正好是李安导演执导的第一部影片《推手》参展，我们也理所当然相识了。打从那时起，我一直就看好李安导演，果真这些年，他在国际上名声越来越响。

后来作为《佩佩时间》的主持人，我也采访过他几次，尤其他几次参加奥斯卡影展，我都曾随队采访，所以就成了老朋友了。

两个常在国外跑动的老朋友，见面拥抱一下，就跟握手的礼节一样。不过周边的人看了，都把眼睛瞪大了。

李安导演第一句话，就开门见山问我："佩佩姐怎么样？还能不能打？"

我一听这个"打"字，两眼就发光，莫非李导演要拍武侠片了？"打！打！不打的话，我们周老板哪会请我啊？怎么，李导演，你也准备拍武侠片了吗？"

李导演还没开口，周老板已经抢着帮他回答："李导演要跟我们合作，到我们怀柔这儿拍片呢！"

"太好了！李导演，你要真拍武侠片，可千万别把我落单了！"

李导演咧着嘴笑说："当然！当然！"

怎知这一个"当然"就没了下文。报纸上倒是已经有新闻，报道说李安导演要拍武侠片了，但也是只听到雷响，没见雨点。

没多久过圣诞了，我给他去了一封贺电，把我的联络电话给了他。我是担心，如果李导演真开戏了，因为找不到我，而把我落单了，那就划不来了。

其实我有我的想法。

我想到当年拍胡金铨胡导演的《大醉侠》时，那部戏是中国武侠片划时代的革新，胡导演成了开创武侠片新风格的祖师爷。

这回李安导演拍武侠片，中国武侠片的第二个革新非由他起不可！如果我能参与拍摄，那等于我同时参与了武侠片两个时代的革新。

李安导演一下子成了我的新希望了！

跟着这整整一年，我都默默地在做着这个梦。

直到我在拍电视连续剧《花木兰》的时候，归亚蕾跟人讲起，说李导演这回真的要来中国拍电影了，不过李导演这部电影，她不会参加演出。她说："有一个角色，佩佩比我更合适，她能打！"

亚蕾姐这么一讲，我虽没亲耳听到，却像已经吃了一颗定心丸。

一直到春节前后，李导演突然从世界各地找起我来了，就连我在洛杉矶那边的旧同事，都来电跟我提起说李导演找我找到她那儿去了。

看来李导演这回认真了，所以才会布下天罗地网，非把我找到不可。

"郑小姐，李导演在找你，你最近的行程怎么样，李导演将会回到中国来。"他在纽约的秘书 David Lee 找到我后，跟我这么说。

就那么巧，陈勋奇的《上海探戈》正找我去台湾做宣传，李安导演同天也正好回台湾，但是他第二天就要进中国大陆，所以约我在"新闻局"请他吃饭的晚上，加多一把椅子，让我也一起请去做陪客，顺便找个机会跟我谈谈。

不过那次我去台湾，主要目的是为了宣传《上海探戈》，陈勋奇那里已经安排了一连串电视、电台访问，我当然也不能不分主次。最后搞到晚上9点才能脱身，这才姗姗出现在"新闻局"的宴会上，等到的时候，已经在上甜品，亚蕾姐、郎雄大哥都已经退席了。

这种场合，李导演哪有什么机会跟我谈什么，他只问了我那么一句："佩佩姐，你演过反派吗？如果我的新戏里有一个反派的角色，你肯不肯尝试一下？"

他以为我还是十七八岁的年纪啊，现在我已经是"真正"的演员了，任何角色都能接受。说到演反派，反派又怎么样，没演过又怎么样，对我来说可能是更新的挑战。

李导演，只要你不嫌我不像坏人就行了。

我和李安导演见这一面，就谈了这么多，其他的什么都没谈了。

其实什么也都不用谈了，我们心照不宣，就像上海人说的那句话，我们是"一句闲话"，我就在这里等归队了。

可是这一等，可把我等急了，没谈酬劳还是小事，连一个开工日期都没有。我不是可以坐在那儿等开工的人，家里还有四张口，等着我拿钱回去开饭。

但是让我碰上了这么个机会，我怎么会轻易放弃呢！

一直到3月去纽约看女儿时，我登门去找李安导演！

他第一句话，就让我兴奋得血流加速。

"我不要拍一部一般普通的武侠片，绝对不是见面就打个不停的那种，我要打出'侠义'来。"李安导演说的时候，是那么坚决，就算他是那么温文有礼的个性，仍可以感受到他内心的爆发力。

我坐在他家厨房旁边吃早餐的大餐桌上听他讲故事，几乎忘掉身边过生日的老二珍珍。李太太惯常地回避在屋子里，两个孩子也躲在娱乐间里，我用心地听他慢慢地讲，脑子里已经出现了一个跨世纪的画面。

剧本还没出来，李导演已经全面投入，他不单研究他那部《卧虎藏龙》，还在研究各种中国武侠片。"你学的是哪一派的？"他突然问我。

我一时被他问住了，哪一派的？哪派都不是，我只有老老实实告诉他，我是完全为了应付拍戏而学耍剑。如果真要研究起来，大概得算北派的吧。

他愣了一下，"哦"了一声，隔了半分钟："那你看看能不能学学太极剑、八卦之类。"

功课交下来了，这以后一段日子，我一直在寻找师傅教太极剑。

皇天不负苦心人，有一天半夜，打开电视，不知道是哪一个台居然在教太极剑。最后一位武行小妹妹终于被我感动，见我如此认真，帮忙到书摊上找了本书，然后跟我一起翻书来读招，这样我勉强才练了半套。我开始认真练功，是拍《卧虎藏龙》前，李导演发了通告以后。

这时报上有《卧虎藏龙》新闻，卡士开出来，演员阵容相当强大，有李连杰、杨紫琼、舒淇、郭富城，哇！都是天王巨星，不过独我榜上无名。

没多久换画了，把李连杰换成了周润发，郭富城也没有了，舒淇又出了问题。但仍然没有我的消息。不仅我急，周围的朋友也帮我着急呢。

这时，李导演却亲自打电话来了："佩佩，我现在忙着改剧本，下星期又得去新疆看外景。这样吧等我从新疆回来，再让你来练功吧！"

让你练功？我经理人妹妹保佩说话了："要等他回来干什么？只要把合同签了，让你归队练功不就得了。"

后来兜了个圈子，找到了执行制作，我准备"自动献身"！让她与保佩联络，虽然是"一句闲话"，也不能连张合同也不签吧！

过了两天，我妹妹来电话："执行制作宝珠说，别人都以为这是国际大制作，但是你很清楚这部戏导演的困难，所以价钱出得比香港一般电影还要低，但是时间却特别长，要五个月时间的拍摄，外加两个月练功，还不许轧期。"保佩的语气，显然是对这条气不怎么顺。

我最拿手的是遇到任何天大的事，先倒吸一口气，然后把话说得比平时更为平和温柔，好像这样一来，天塌下来都能挡得住。"你有没有告诉她，我这边《方世玉》还没拍完呢？"

"说了，她问我什么时候拍得完，我说 8 月底，正好撞到他们那边练功的那两个月。她说佩佩姐的功夫已经够了，应该问题不大。"保佩把宝珠的话搬给我听。

"但是五个月拍摄期间，不能接其他工作，他们出的片酬又那么少，你还要搬家呢！为了你的理想你打算不吃饭啊？"她话越说越轻，她比谁都了解，她这个姐姐又开始发疯了！

等合同来了，保佩又以经理人的口吻跟我说话："合同你总该看清楚吧！这完全是单方面的，你一点'招数'都没有。"

"你让她告诉李导演，我是闭着眼睛签字的。"

我心里是满满地沉醉在幸福中。

现在哪里还有华语片如此认真，拍戏还得练功的！我似乎又回到 1960 年代在邵氏做新人那段日子。

在这 20 世纪末，有这样一部华语片，我怎能错过！

"想做好任何一件事都是要付出代价的。"我坚持这个信念，所以毫无悔意地去投入《卧虎藏龙》前期练功课程。

我加入练功前，李安导演已经给我来过电话，一再表示不能陪同我练功，他感到非常抱歉。

说实在，我还没怎么搞懂，为什么演员练功，身为导演的他需要"陪同"呢。原来我们这位导演，做每件事都是亲力亲为的。

我们这部《卧虎藏龙》是部双生双旦的戏，杨紫琼和周润发一对，另外年轻的一对，是章子怡配张震。

据我知道，一开始周润发那个角色，李导演曾谈过李连杰，后因价钱没谈妥，只好作罢。不过我以为李导演找发仔，绝无退而求其次之想法。当然论武功，李连杰是没话说，打得好，身手又漂亮。但是如果讲形象的话，我想谁也不会比发仔，更像这部武侠电影里的李慕白。

后来有传言说李导演对发仔不满，怎么可能？李导演他非但没有不满发仔，事实上还处处迁就发仔。

就拿练功一事来说吧，李导演本来规定了每个演员一定得在两个月前归队练功，不然他宁可放弃这演员。然而唯独发仔例外，因为发仔那时还在进行《安娜与国王》的后期宣传工作，所以迟迟都未能出现。

不过凭良心说，李安导演找发仔演大侠，确实很大胆。就像他让我演反派一样，当很多人听说我演坏人，都觉得难以想象。

发仔除了当年在TVB，还没演过古装的电影，总觉得他人高马大地化了装，戴上清朝男式头套，穿上袍褂，拿起刀剑，会像吗？

虽然我们《卧虎藏龙》的演员们在一起练功，练的基本功是一样的，但练到兵器时，就各练各的了。

比如发仔，他是练剑的，一个正派的侠士，当然非用剑不可。

饰演玉娇龙的章子怡，练的也是剑，她不是大侠，却有大侠的天分。

哦！我当然是指戏中的她。李安导演用心良苦，第一代的女侠"我"，加第二代女侠"杨紫琼"，来捧出第三代的女侠。

不过我和章子怡、杨紫琼，有一共同点，都是学舞出身。学舞的打武，起码腰腿不成问题，所以子怡一套剑耍下来，还是中规中矩。

杨紫琼拿的是双刀，单刀已经难舞，双刀更是难上加难，不过再难也难不住她，她舞得异常自如。

我呢，戏中唯一的反派，用的武器，李安导演也费尽心思，必须是非常刁钻，看起来是一根毫无杀伤力的拐杖，打起来杖成棍，棍一拉鞘，成一把剑，另一头可以舞彩带、放毒气，反正一根木棍可以像孙悟空的金箍棒一样，千变万化，变化多端。

所以我练时，以棍为主，加上练太极剑、五指拳，一天练下来，也够我这老太太受的。

而张震功夫最为奇特，他没有用什么兵器，却也不是有什么门派练什么拳法，导演要他练"虎"步伐。《卧虎藏龙》的虎是指他，章子怡是龙。戏中他的名字也是小虎，所以导演说他的样子，也得像只"虎"。

这倒真是难度颇高，不管走、跳、跑都得像只老虎，还得不时发出老虎啸声，练完后他已经大汗加小汗，十足一只汗虎。

这部戏里最主要的角色，其实是那个小旦。也就是戏里我的徒弟玉娇龙，戏没开拍就一再换角的焦点人物。

一开始这个角色，盛传是想请舒淇来演，但是后来没有谈拢，难免又会有很多说法，但实际上只是因为舒淇有时间拍戏，却没时间练功，这是李导演所不能接受的，所以只有作罢。

然而这个角色该用谁来演呢？我看了第一本剧本琢磨着，"如果是当年我年轻时，这个角色可是非我莫属"，可是现在，花落谁家呢？

我想李导演为此一定是煞费心机的。最后他还是决定起用新人。

第一个上阵练功的，不到一个月就给请出局。听说那女孩体力支持不来，没练几天功就已经病倒。

一开始听到这女孩出局时，我很不以为然。

我们导演他非但亲自全程监督我们练功，还自己下场陪同一起练功。他亲自来监督练习，要求已经够高的了，现在我们这位导演还跟着一起练，做演员的压力是难以形容的。

而且我们这位导演，他本来就是那种天生精力旺盛的人，他是越练越起劲，你让这小姐怎么受得了呢？最要命的是，我们这位小姐还不会说话，"我是演员，能演戏就行，打的部分请替身替就是了"。

我们导演怎么能接受这种演员的心态呢。

吃不到葡萄总得说葡萄酸的，婉婉转转地，从她经理人的口中听到了这么一句话，是李安卖交情，用了张艺谋的女朋友。

不会吧，别人我不敢说，但是李导演不是这种人，他绝对不会卖这种交情的。

话又回来了，我们这位章小姐可是"运气好到额骨头上"。她年纪轻轻，拍《卧虎藏龙》时，好像还在电影学院上着课，写着毕业论文呢，就已经当了两部大戏的女主角了，还是海峡两岸的两位国际大导演。这种情形下，招人忌妒是理所当然的事。

我和另一个女主角杨紫琼并没有那么熟，虽然《卧虎藏龙》应该是我们第二次合作了。我们第一次合作，应该是袁和平导的《咏春》。

在《咏春》里，我客串咏春的师傅五梅师太一角，杨紫琼演咏春，只有那么两场戏，还都是在传授武功给她。但是我传授她半天功夫，竟然在私底下却没碰过头。当然我们在银幕上是有碰过头，却完全是用摄影的技巧。拍我正面时，她的背影是替身，同样地，拍她正面时，我的背影也是用替身拍的。也不知道是有意呢，还是无意，硬是没让我们真正在一起过。

这种现代的科技，不但把观众给唬得一愣一愣的，就连杨紫琼的母亲，都一起受骗了呢。拍完了那部《咏春》之后，有一次我到马来西亚去做佛学讲座，刚下飞机，还没出吉隆坡机场，有一位穿着华丽的中年妇人，很亲热地过来跟我打招呼："佩佩，你什么时候会到怡保来啊，如果来怡保一定要来我家住。"

我当时真希望有个地洞，可以让我钻进去。真糟糕了，我怎么一点也想不起，在哪儿见过对方呢？

虽然我没把话说出来，但是对方马上从我脸上读出我的心事，赶忙自我介绍："我是杨紫琼的妈妈，杨紫琼常跟我提起你，她好喜欢你。"

显然她并不知道，我和她女儿虽然合作过，却还没机会认识呢。

我这人有时心里还藏不住话，我见到杨紫琼就一五一十把这个故事告诉了她。她听了以后哈哈大笑："我妈妈最热情了，她一定以为我们合作过，就会很熟悉了，怎么会想到我们还没见过面呢！"

"那倒也不是，有一年金像奖，我们一起上台做颁奖嘉宾。"我提起一件她完全没有印象的往事。

不过我们这位杨小姐非常热情，她可以利用她自己的每个空间，来做公关，搞好人事关系，和工作人员打成一片。

我相信这就是她能那么成功的其中一个因素。

当然最主要的原因，仍然是她很用功。不过当她见到我时，却把这高帽子往我头上戴："佩佩姐，你都会打了，还来练功啊？"我天生嘴笨被她这么一赞，张大了口，什么也说不出来了。

其实她拍这部戏还满惨的，因为她除了练功之外，还得练台词，台词对她来说，才是最弱的一个环节。这部电影是现场收音，她这位马来西亚华侨，要说标准北京话，是有点困难。

听闻我这个妈妈会和发仔合作，琪琪最喜欢他，吵着一定也要来北京，看我们拍戏。从洛杉矶到北京，这一来一回可不近啊，我总算给她想了个理由。

李导演一开始跟我研究兵器时，问我有什么点子，又要有特色，又要看起来有美感的，我想了半天，突然想起了琪琪，她是跳艺术体操的，艺术体操里面的彩带，软里带刚的，也未尝不是一种好的"兵器"。

李导演听了以后，就常记心头，一直说想看看怎么回事。我就自费请琪琪来舞了一次给李导演看。琪琪也总算能一了心愿，能和她的偶像相处了好几天。

至于碧眼狐狸的戏份，虽然不会很重，但毕竟她是唯一的反派，导演又不想让我这个碧眼狐狸，只是一个一般传统中的反派人物。

就像《大醉侠》里，陈鸿烈演的玉面虎那样，胡导演利用京剧化装技巧，把玉面书生的脸谱勾了出来。李安导演则让我戴上了碧眼，但他要的碧眼狐狸的角色，却不是一张脸谱那么简单，他要的是"人性"。

记得李导演第一次在跟我排戏时，他给了我一段对白要我练习，我的普通话虽然不及章子怡的京片子地道。但比起发仔和杨紫琼，我的上海普通话，还是过得去的。

原来李导演认为，我们演惯了连续剧的老演员，语气太过戏剧化了，他要用最生活化的语调，去念最戏剧化的对白。

这其实是最难的一关，不应该只是演戏，就算在人生中，这也是一种最高的境界。

有一次他让我和子怡两个人，抱在一块念这段对白，当时尽管我们两个是抱着的，但却仍然是陌生的，我无法走进她的内心世界中。

那是我的一场主戏，整整四个多月，我都徘徊在这段台词中，说实在的，我还真有点紧张，像是开了很久车的老牌驾驶员，突然要重新考牌了，几十年的恶习，一时记不起交通规则该怎么遵守了，临上场就出了一身冷汗。

一直等到绕了一圈江南外景拍完，再回到北京，近尾声了，我们才开始拍玉娇龙的家，也就是我们师徒两人的主戏。

戏和书不怎么一样。书中碧眼狐狸只是玉娇龙的师娘，也就是她老师的妻子而已。但戏中，我这个师娘却是她的师傅，我教她又只是拿了本秘籍，我依图，她依字地，教她剑法。实际上她的悟性远在我之上，我本是因为自己被武当山拒之门外，想训练个徒弟名扬江湖，可以出口气的。怎么知道徒弟瞒我，自己练得炉火纯青，让我有一种被出卖的感觉。

一开始的时候，有位副导演跟我聊起这剧本，说她不能理解为什么最后碧眼狐狸会出手杀玉娇龙。而我却认为，爱到最后变成恨的情感，是最原始的。我说在我的感觉里，碧眼狐狸对玉娇龙，有那么一点像现在的星妈这种感觉。很多星妈不都是因为自己年轻时得不到，所以把全部精力和希望都放在女儿身上，怎么知道，等女儿翅膀长成了，不再受自己控制了，这时的"恨"足以把亲生女儿给杀了。

记得我们是先把结尾那段戏拍了。要杀玉娇龙，我整天都泪眼汪汪的，可是到正式拍的时候，却欲哭无泪。反而拍子怡特写时，我在一边为她念那段对白时，我开始能走进她的心里。

后来当拍那场主戏时，我们俩在那阴阴暗暗的烛光下，在李导演的指导下，突然真变成了碧眼狐狸和玉娇龙了。整整拍了一天，从早上6点到晚上7点半，我没离开玉娇龙房间半步，直到最后一个镜头拍完时，李导演走过来，搂紧我，嘴中喃喃："对，就是这样，就是这样。"

这已经是第二次，李导演搂紧我，告诉我，这就是他要的感觉。看来我不只是走进了子怡心中，还走进了李安导演的境界中！

不过那天当我演完那场戏，我突然觉得好累好累，人一下子变得老了好多。是因为碧眼狐狸呢，还是因为李安导演？

碧眼狐狸发狠了

碧眼狐狸开打前

心事重重的碧眼狐狸

给玉姣龙梳妆

实际上老的不只是我，还有李安导演，从年头到纽约去他家看他，才一年不到的时间，他已经变成一头花白头发。李安导演说，这是他拍得最累的一部戏。一部集中国大陆及港台人员，又是中美合拍的大戏，要去训导每一个来自不同地方的精英，同心合力去做同一件事，他又怎能不累呢？

"精英"应该比"笨蛋"容易教，但是却也是更难领导的一群人。

因为笨蛋至少不会有相反的意见，一味顺从，脚步慢些，也还是往前走。

然而"精英"就不一样了，"一山不容藏二虎"这一说还是有其道理，更何况要"容"的不只是"二虎"，还得容那么多不同种类的"野兽"。

不过你们是什么野兽都无所谓，因为我们李安导演的定力够，不管你们怎么说，最后还是得依照他的方法去做。

既然拍的是武侠片，"打"还是这部片最重要的环节，从第一天拍打戏开始，我就笑着警告李导演："打戏就好像是女人绣花，一部好的武侠片，可是一针针绣出来的。"

不过就算是绣得再慢，也还是有绣完的一天。

李导演从小就迷恋着武侠世界，不过把武侠世界拍成电影还是第一回。所以当他要筹备这部武侠片时，他乘机拜访了不少武林高手，尤其在我们开拍前两个月，我们在练功时，他接见了来自全国各地的各门各派的高手，又剑又刀又拳的，真让我们大开眼界。

《卧虎藏龙》的武术指导是八爷袁和平导演，八爷他也在一旁静观。不过他只是看，却没吭一句声。

记得当时我私下问了八爷："那么多高手，我该怎么练？"

他对我说："得了，佩佩姐，你拍了那么多年武侠片，不用练啦！"

话虽如此，我怎敢不练，尤其是看到我们导演，白天看完外景那么累了，晚上还陪我们练功,练得那么认真,武出来绝对不比我们逊色,怎好意思偷懒。

话说我们导演迷信真功夫，他完全没想到，原来拍戏和打功夫，基本上是完全两回事。

这也是为什么每一次别人问我："怎么样，周润发行不行啊，他会不会打功夫？"

我回答他们只有一个答案："拍电影有什么不行！他是一个演员，就算他不会功夫，他仍比任何人都像大侠。"

这部戏拍完了，现在李安导演会双手赞同我的讲法。

当初李导演选了好几个在戏中的高手，都是真正的武林高手，怎么知道上了镜头，就完全不是这么回事了。

单说演戏，照李导演对演员的要求，我想只有一级演员，才勉强能过关。一个非职业的演员根本没有办法应付他的要求。

而这回李导演找到的是武术界的高手，演艺界的新手，隔行如隔山啊，你让他们怎能胜任。

文戏不行也罢，他们往往连武戏也不行，那才叫李导演大伤脑筋。一部戏下来，李导演才发现，原来"真打"拍出来像"假打"，"假打"却拳拳到肉，像是在"真打"，真真假假，假假真真，那才叫作人生如戏，戏如人生。

这一年，北京的冬天其实还不算怎么冷，但香港和台湾来的工作人员，以及演员们，都已经在那儿叫苦连天了，终于，剧组为每人发了一件"温暖牌"羽绒衣，之所以说它温暖，不单是那件羽绒衣的质量好，更因为它附带着李导演给大家的一张字条：

亲爱的同志们：

言语无法表达对大家的感激之情！很抱歉。因为我个人对电影的贪念，本片拍摄在有限的条件之下，允文允武，战线拉得又长，令所有的工作人员及演员辛苦倍加，但我坚信，我们制作的是一部很有意思的电影。

在一起拍片工作是一个难得的缘分，愿大家珍惜这份情缘，感谢诸位的深切投入！

祝福大家！

弟李安敬上

戏拍完了，我突然收到配音通告，都把我弄糊涂了，不是同步声吗？为什么还要配音？

那时候我们在邵氏拍完戏需要配音，是因为现场收音不理想，也因为有一些演员国语（那时候在香港不叫普通话，称为国语）讲得不好，对白讲出来会吓你一跳，就算像我这样普通话还可以的，也不见得部部戏都自己配音。

但是时代变了，据说在国际影展中，如果不是现场收音基本上是没有资格参加比赛的。所以大家都知道《卧虎藏龙》周润发和杨紫琼普通话讲得那么辛苦，还是得讲。就因为这个现场收音。

所以我一听说要配音时那么吃惊。

"佩佩姐，我们不是全部要配，只是补配，如果现场收音收得不好的，没收到的，都要补配，导演企图要做到最完美。"

大概过了一小时左右吧，李导演在他的制片助理 Helen 和司机的陪同下，终于出现。他的出现还真把我吓了一大跳，他身上缠满绷带，左绑右绑弄得像个木乃伊似的。

"怎么回事？"我见面礼都还没行，就追问他的因果了。

"我也不知道，有一天起来就不能动了，浑身都痛，坐也不是，站也不是，就连躺着也不行。"李导演有气无力地向我诉苦。

"哦，跟我打完那八天打戏一样。"

我开始描述在北京，拍完那场打戏的惨象：那八个晚班我真的不知道自己是怎么挺过来的，我的腰像是断了那样，根本就直不起来，但是在现场一开打，我又忘记了痛。本来通告是八天的，八天拍不完，发仔的期又没有了，我们停了这堂景，按照原计划，另一堂景没我，好像我是要等到下江南才能拍到，所以宝珠说我可以回香港等大队出发。按照我的个性，女儿是第一的，我一定是第一时间赶回香港看女儿的，但是那天我没走，我一个人躺在床上，怎么也动不了。

"怎么没人知道啊？"Helen 抢着问，照理这种事制片部应该关心一下的。

"你们都跟去现场了。"我回答。

"那你后来怎么好的呢？"李导演希望我有仙方，也好让他可以早日脱离苦海。

"我当时完全不能动，根本就下不了床，连上厕所也是带爬的，饭也没吃，只做了两件事，就是睡觉和喝水，整整一天一夜地昏睡，到第三天，可以起床了，我就回香港了。"

"回香港有看医生吗？"李导演仍抱希望。

我是属于那种丫鬟身体的人，所以我基本上恢复得比一般人快。故事有点太平淡，不好听了。

"那你的底子好，我就在想，我只是导演，都累成这个样，你还要打，真是不可思议。"

我常忘了自己的年纪，我也不愿别人认为我老了，事事包容我，迁就我，尤其是拍武打的场面。

其实我也不是真的没事，回香港不久，有一天跟一个朋友去听经，坐在板凳上，连靠背也没有，坐了一个下午后，发现不但是腰直不起来，连膝盖都提不起。结果我的家庭医生教了我两个动作，让我各做十次就行了。

说也奇怪，那两个非常非常简单的动作，像仙丹一样，我才做了一早一晚，就完全恢复了。

这以后，每次我这老毛病犯了，原子镱就会提醒我，赶快临时抱佛脚一下，如果我是真的听医生，每天早晚坚持做的话，或许已经断了病根呢。

我像是在讲神话故事似的，李导演听了半天都没懂。

李导演虽然被裹得像木乃伊一样，坐也不是，站也不行，但他还是让他的制片助理 Helen 帮他拿了好几张沙发，拼拼凑凑的，李导演半躺姿态在配音间里继续工作。

他的身体虽然是动弹不得，但是他的眼睛还是能看，耳朵还是能听，嘴巴还是能说，尤其是他的脑子仍然是非常灵活地转动着，所以没有任何人能阻止《卧虎藏龙》后期工作的进行。

据我了解，当时李导演这样日赶夜赶，起不了身也还在拼了命地赶，是为了赶送戛纳影展。

到戛纳影展是参展，并没有参选，相信李导演是绝对有策略的。

虽然《卧虎藏龙》在戛纳影展只是参展，不是参选，但是这次参展却让《卧虎藏龙》出尽风头。

那次《卧虎藏龙》被安排在戛纳影展的闭幕式上放映，据说观众看完后，站起身足足鼓掌了半个小时。中国人的武侠片，把外国人唬得一愣一愣的。

从此《卧虎藏龙》就走上了一条康庄大道。

以后的一段日子，李安导演就忙着带《卧虎藏龙》去参加世界各地的影展。也频频传来获奖的喜讯。

当然最值得提的是，我们一起走上了奥斯卡的红地毯。

在戛纳影展的时候我们都没有去，不是我们不想去，而是导演他没请我们去。不过那回奥斯卡就不一样了，我们都去了，不单是我们几个演员，连化装梳头的都去了。

我在洛杉矶住了那么久，华人圈就没有这么热闹过，也没有这么风光过。这不单单是我们《卧虎藏龙》这部电影的荣誉，而是让整个华人世界都沾了光。那是 2001 年奥斯卡金像奖，《卧虎藏龙》提名的项目有：最佳影片、最佳外语影片、最佳原创歌曲、最佳艺术指导、最佳原创配乐、最佳摄影、最佳剪接、最佳服装设计、最佳导演、最佳改编剧本，一共是十项提名，最后拿到了最佳外语片、最佳艺术指导、最佳原创配乐、最佳摄影四项大奖。

感觉上我们不是去看奥斯卡金像奖，倒像是看"奥斯卡大球赛"。

我们去了那么多人，当然不可能坐在一块，我们前前后后分散而坐。那年我的大女儿琪琪也陪同我一块去观礼，琪琪，还有子怡跟我，我们仨坐在一起。那时候子怡还没有那么红，而且也没有见过什么世面，反而跟琪琪叫得特别响，也特别开心。

不说你或许不相信，在《卧虎藏龙》之前，包括在邵氏的那些年，我从来没有参加过任何影展，包括香港电影金像奖、台湾电影金马奖和亚洲影展。就从跟随《卧虎藏龙》参加奥斯卡金像奖开始，我频频不断从这个影展到那个影展。当然最值得一提的是，我凭《卧虎藏龙》中的碧眼狐狸的角色，拿到了香港电影金像奖最佳女配角奖。

在电视剧里轮回

我重出江湖以后，演电视剧演得比较多，电视让我尝试了多元化的角色。

这是从徐克找我演电视剧版《黄飞鸿》里的"苏乞儿"开始的。一向苏乞儿这个角色是男的，但是徐克导演让我女扮男装，并非演男的，而是角色本身是个女的，乔扮成男的来掩护身份，后来还装上胡子，大概跟当年《宝莲灯》造型有点相似。所以我觉得想法不错，怎么知道徐克导演是这部电视剧的监制，一开始他迟迟没有出现，一直不出现也就罢了，当他一出现问题就来了，他把整个剧本全推翻了，我粘了十几天胡子的戏他全不要了。

的确他补给我过时的酬劳，也赔了钱给我做脸，因为粘胡子伤了我脸上的皮肤。但这是工作原则的问题，因为蔡艺侬蔡小姐明白我的原则，我们成了很好的朋友，当她和导演李国立自组"唐人影视"时，几乎每部"唐人"的作品，我都有份参与，其中《杨门女将》的佘太君我最喜欢，也是被观众认同的角色。李国立导演曾说过，我是最佳佘太君人选。

十年后，我又演了一部电影版《杨门女将》的佘太君。卡士还很大，张柏芝的穆桂英，刘晓庆的六娘，我当然还是佘太君。男一号是任贤齐，还有周海媚等参加演出。腊月天我们一块儿跑到内蒙古去拍外景，可想而知我们拍得有多辛苦。但是出来的效果不尽如人意，主要是导演，也就是我那个干儿子陈勋奇要得太多，想把每个娘都拍成一朵花，结果一朵花都没见到！当然还有很多其他的因素，如天气太冷、演员不配合等等。

不过我还是赚到了，我这里指的当然不是钱，我超出的过组费，我都当红包和大家分享了。我赚的是大伙儿陪我去了一次内蒙古。

我父亲当年发配到内蒙古劳动改造，后来就在那里过世。我们去拍《杨门女将》正好是他的一百冥岁。农历六月是他的生忌，我在上海功德林为他做了场佛事。本来这不该由我这个女儿做，发起做法事的是我同父异母的哥哥，怎么知道他没来得及操办就先赶去见父亲了。弟弟在澳大利亚不可能赶回来，就又变成我的使命了。可能父亲认为我还不够孝心，就给我一个机会让我亲自去内蒙古体验生活。

虽然已经过了半个世纪，他当年的蛛丝马迹什么都不可能找到，但至少可以感受到他那时的情景，相比起来我都不敢说个苦字。当然父亲走的时候，比我现在年轻几岁，但是条件肯定不如我。他是被派去劳动改造，而我是去扮演佘太君的，那个地方亦是佘太君当年挂帅出征的战场，我似乎明白了佘太君带领那么多女兵的艰难。

我当年也经历过一个漫长的路程。因为跟我当时的经理人冯美基的关系吧，有机会认识了有线电视的管理人员，我拍了部电视电影《奔向 USA》，仍然拖着美国制作公司的尾巴，并没有很成功。

那段时期我个人心情非常低落。

实际上我不应该那么自暴自弃，不管怎么恶劣情形，我都会遇到一个好人帮我。那时我每三个月回美国一次，给十八台主持《佩佩时间》，这是十八台的负责人露丝玛丽（Rosemary）给我的机会，让我以主持节目来抵销欠下的时间费。她是一个美国人，对我非常好，我们很谈得来，她给我一点车马费，并且帮我找了"中华航空公司"赞助飞回美国的机票，这样一来我至少每三个月就能和孩子们相聚。其实我应该知足，但是我仍然会为了一些闲言碎语而不开心。

事情是这样的，那天我在我们的制片婷婷家里，凌凡给我打电话，他说："原文通人很不错，那天我去吃火锅，原文通正好也跟他的女朋友去吃火锅，你知道他有多客气啊，吃完火锅后他把我的账单也付了。"

在电话里我不好意思跟凌凡发作，根本就跟他无关，我是生前夫的气，他有钱帮别人付账单，怎么却没钱付孩子们的学费。

我嘴里嘀嘀咕咕地在生前夫的气，一面梳着头发，一绺绺的头发掉了下来，婷婷在一旁看得直发愣。差不多有一年的时间，我的头发就这么一绺绺地掉。

紧跟着，陈鸿烈介绍我为有线电视开台戏，我和他一起演了部情景喜剧。我仍然在掉头发，陈鸿烈鼓励我，他知道我不能没工作，正所谓停了手就停了口，我可以饿肚子，但是孩子们呢，能让他们跟我一块挨饿吗？想通了我就干脆把头发剃光，顶了个假发继续工作。

落发后参加老大琪琪的毕业典礼

孩子们有一次问我，我在更年期的时候有什么现象？"我真的不记得我有过更年期，跟你们的爸爸分开，我才四十多岁，就开始停经了，保佩阿姨的丈夫黄医生，他认为我荷尔蒙失调，要我补充荷尔蒙，但是那段时间吃饭都成问题，哪里有钱吃什么药，所以也就没有理那茬，我想最严重的是我掉头发吧。"

孩子们对我当时掉头发，都觉得很受不了，但是我倒是觉得，至少比起其他情况都要好，头发掉了会长出来，没什么了不起。

的确没什么了不起。除了戴假发，我还可以包头巾，照样可以工作，甚至于可以上台颁奖，在别人的眼里仍是好好的人一个，只是过不了自己那一关。

我曾经因为头发，拒绝了TVB的情景喜剧《真情》。监制曾姐请我出演，我刚拍完有线电视的那个情境喜剧，天天戴假发把我戴怕了，我无法接受自己，把大好的机会双手奉送了。

不过天无绝人之路，马来西亚有一个制作公司找我拍戏，那个监制告诉我当时因为我的一句话，改变了他的一生。而事实上他的邀请解决了我的困境，

《精忠岳飞》中黄晓明演岳飞，我演岳母

《少年包青天》里周杰和我分别饰演包青天和他母亲

《花木兰传奇》

《杨门女将》

《水月洞天》

《自古英雄出少年》

《远得要命的爱情》

《咏春传奇》

所以我的师父星云大师说得对，好话不怕多，多说好话可以改变别人，间接也改变了你自己。

除了马来西亚以外，新加坡电视台也邀请了我好几次，包括新加坡电视台外围的制作公司，有一阵子每年我都有机会去新加坡一次。

1997 年我拍了陈勋奇的《上海探戈》，此后陈勋奇一直管我叫妈咪，他是我无法生出来的干儿子。

1997 年尾，陈鸿烈穿针引线介绍我给飞腾的老板周令刚，我跟飞腾签了一百个小时一年半的合同，让我生活总算有了着落，安定下来。在飞腾我参加了郑少秋主演的《神捕》。在何家劲主演的《马永贞》中，我演马永贞的娘马大娘。此外，还有《少年方世玉》里的五梅师太。

中间我拍了部杨佩佩公司的《花木兰传奇》，我还蛮喜欢的角色。

当《卧虎藏龙》还没杀青时我接拍了《少年包青天》，饰演包青天的母亲，这也是我比较能胜任的角色。本来我以为我和周杰的母子档可以像台湾的《包青天》那样，一直演下去的。谁知周杰因为工作态度不好，被封杀了，后来换了几位少年包青天，也不知道有没有娘的，反正我还是觉得蛮可惜的。

我还演了《盗墓笔记》里的霍老太太以及《幻城》里面的封天婆婆，让我感觉到自己像是在不断地轮回。

其实我还蛮喜欢演电视剧进组的感觉，进了组自己好像就变成戏中的那个角色，住进组跟大家混在一块，很有一种家的感觉。

我特别喜欢没戏拍的时候，在家（旅馆）准备功课时，一边打开电视机，看着另外一部电视剧，好像你和另外一个人生活在一起一样。

主持港台《佩佩悄悄话》

当年在美国，我为洛杉矶十八台主持《佩佩时间》，虽然是为了还债，但是对我来说，却像是在上社会大学。记得刚结婚的时候，我前夫让我去上大学，只为了一纸文凭，学的都是我已经会的东西。而在《佩佩时间》里，我却有机会学到社会上各种各样的学问。因为我是一个主持人，必须要用心去听，才能够听懂每一个不同的话题，最后还必须作一个总结。这过程让我学到很多。

每一个不同的话题，都请了不同的专家来讨论，他们都是最好的老师，所以我说这才是让我真正读的社会大学。

当我重出江湖后，应该是我在北京怀柔那段时期，香港电台突然找我为他们主持一个电台节目。

那时原子鏸正在纽约学音乐剧。本来原子鏸能够考上美国音乐与戏剧学院(The American Musical and Dramatic Academy， AMDA)，我跟他父亲都很高兴，为女儿骄傲。但这是一所私立学校，学费比较贵，一开始她父亲一口答应，说学费包在他身上，我只需要负责她的生活费。

要知道纽约的生活起居并不便宜，原本有飞腾这一百集的酬劳，应该还是可以熬过去的。怎么知道一学期过去了，原子鏸在声学这一课上只拿了个C。声学很难说的，一般能拿个C+应该已经很不错了，偏偏到她老爸这里这个关过不去。前夫说他跟女儿约定，要科科拿A他才会帮她付学费。就这样，连学校老师也给我打长途电话，表示如果再不缴学费就得停她的课。

就在此时，香港电台普通话台让我帮他们主持每周一到周五晚上两个小时的谈话节目《佩佩悄悄话》，他们开出的酬劳正好可以够我付掉原子鏸的学费。

只是问题来了，我人在北京，怎么可以到香港去主持一个每周一到周五，每天两个小时的电台节目呢！

我的师父星云大师告诉过我们，有佛法就有办法。

我就跟我的经理人妹妹保佩商量，如果我能把节目编排好，带一个录音机在身上，在北京的时候先把访问节目录好，然后每隔一个星期回香港一次，进录音室把二十个小时节目编辑起来，不就行了！

当然我得先说服香港电台，让他们觉得我这样做，非但不是将就应付，还可以是节目的特色。

首先我是连录音机怎么录都不会的，但是如果要在广播电台播放出来的话，一定要音质很高才行。

我想都不想就回答他们："放心，没问题的，我可以学，而且我一定会很快就学会！"

当然我开出来邀请的嘉宾的名单，他们也非常喜欢。在怀柔跟我一块拍戏的有郑少秋、何家劲、李婉华，还有导演鞠觉亮，这些人他们平时要请上电台不容易。回到香港，如果我可以多待几天，晚一点回北京的话，我还会在香港约一些嘉宾，像成龙、焦姣、赵文卓都上过我的节目。

我还记得很清楚，第一个上我节目的嘉宾是许志安，那时他还是新人，我也是新人，我是第一次当 DJ 啊！

不过像焦姣、郑少秋、赵文卓，甚至于成龙，我们都算是老朋友了。但是因为《佩佩悄悄话》，我们谈的东西跟平时不一样，我才发现自己重新认识了他们。

最难的一关，是把录音剪辑成节目。得把事先录好的访问，经过整理归纳，编辑起来。访问长短不一样，节目时间是两个小时，如果内容不够的时间，我就得用说话去填满。加上开场白，结束语，反正我得录足整整十个小时，才能完成一个星期的播放量。我每隔一个星期回港，也就是说每次回港，要做二十小时的节目。连机房的人都佩服我，他们不知道我哪来那么多话，怎么能够坐在那儿，对着空气一天讲足十个小时。

说也奇怪，这个节目只制作了一年半，香港电台节目策略改变，不再需要这个节目。我也不再需要赚这个钱，因为原子镥毕业了。

所以我常常觉得，其实是生活在度我，如果不是要为原子镥缴学费，我又怎么知道我有这样的能力呢。

《邵氏大牌档》重温黄金岁月

踏入 21 世纪，消息传来，说马来西亚的天映娱乐公司，买下了邵氏旗下七百多部经典影片，打算进行数码修复后推出市场。听到这个消息，我非常兴奋。

因为在这一批电影名单中，有《大醉侠》《香江花月夜》《金燕子》等，几乎每一部我以前演过的电影都在名单上。

尤其是《大醉侠》，当年胡导演让我花了三十五美元买回的那个录像带，画面比例完全不对，一个个脸都被拉长了，一下子人又给切了一半，色彩不见了，变成黑白。我心里想，如果胡导演还活着有多好，至少他可以看到他让我花的三十五美元有多冤枉。

修复好的《大醉侠》2002年被戛纳影展选为观摩电影，天映就找我帮忙带着修复的《大醉侠》到戛纳影展去，原子鏸跟我一块去，还有我的经理人妹妹保佩。

虽然声势浩大，但是我们只去了一天，要知道我们都还是第一次出席戛纳影展。

《大醉侠》虽然只是观摩影片，能有机会再次看到修复得差不多和新的一样的《大醉侠》，对我来说怎么都是值得。原子鏸以前在家里，看过那个录像带，她奇怪地问我，他们是否涂上彩色了？她一直以为是黑白片。

大会还让我跟原子鏸表演了很多动作，那天我们母女一黑一白地拍了不少照片呢。

实际上跟着的那几年，为了宣传天映修复了的邵氏旧片，我参加了很多不同的影展。那是因为刚好《卧虎藏龙》在世界各地大卖特卖，趁热打铁，天映就趁机把以前邵氏的武侠影片一股脑地推了出去。

要不是此次机会，我还真不知道法国除了戛纳影展外还有很多不同的影展。记得早期法国有一个影展请了我和王羽当嘉宾，大会还放了我和他主演的《金燕子》。

当年岳华和我跟王羽吵架之后，我一气之下就没肯看这部戏，没想到三十多年后会和男一号王羽一起在异国欣赏。这才知道原来当初我杀青后，张大导演还帮王羽加了场打戏。在原剧本里他打死了杨叔叔（杨志卿）之后，就已经支持不住了，但是因为不想让我看见他垂死的样子，就要罗烈把我带走，留下赵心妍在他身旁陪他死，这部影片也就终场了。

也不知是什么原因，张大导演突然神来之笔，让我们这位王大侠撕破衣裳，把掉出来的内脏塞回体内包扎起来，又大战了一场，最后死了仍站在那里，做一个永不倒地的英雄。

三十多年后，王羽和我一块再看回这一场戏，我们都觉得神奇，尤其听到全场哄堂大笑声音，王羽可是差点没找个地洞钻进去。

关于往事，王羽还是有他的说法，他认为那次打架是他赢了。说实在的，我可不记得到底是谁输谁赢，只是记得两个人真的打起架来，一点也不好看。当时我让岳华千万别打王羽的后脑袋，因为听说他后脑受过伤，担心岳华会不小心失手把王羽给打死就惨了。也不明白为什么我会这么想，八成武侠片拍多了。

天映后来还让我主持了《邵氏大牌档》。

来找我的是两个年轻的小伙子，约了我和保佩，他们手上拿着我的那本《戏非戏》。他们来游说我，希望我会为天映主持《邵氏大牌档》。他们是导演陈颂骐阿骐，监制姓关叫振伟，英文名字是 Winson。

因为太熟了，这么多年我都是 Winson、阿骐地叫他们，要不是特地去验证一下，可能都不知道他们大名是什么呢！

还有更多的要验证。例如，我记得我们先去戛纳影展，再做《邵氏大牌档》，可是 Winson 一定说是先有《邵氏大牌档》的，我和 Winson 争论得不可开交，只有向阿骐求证。

其实做了八十八集的《邵氏大牌档》以后，我得出一个结论，每个人的记忆都不是一样的。

我记得当时的天映还在邵氏片场原来的旧址，他们俩跟我说，邵氏片场马上就要拆迁了，希望能在拆迁之前，我能和旧同事们谈当年在邵氏的日子里的种种。

Winson 说我们的节目是从香港开始，第一年走过不少地方。我记得我们第一站是去新加坡。至于为什么去新加坡，我们都记得不很清楚，但是却清楚记得，那次我们访问了岳华和苗可秀，他们被新加坡的公司邀请去参加一部连续剧的演出，好像是"非典"时期，所以他们去了很久都没有开拍。应该是夏天，因为好像就在岳华生日左右。

当整个访问做完的时候，Winson 和阿骐比我还失落，他们最奇怪的是，为什么我和岳华对每件事情的记忆会那么不一样，他记得的，我可以完全没印象，而我认为是很重要的事，他却完全不以为然。

例如，我们第一次见面的时间……

我怎么也不记得我们第一次见面是什么时候，是在怎么个情形下，而他到现在还记得，那是我们"南国"二期毕业公演上。

"怎么会呢？你不是第三期的吗？我们二期毕业公演也关你的事？"我马上反驳他的说法。

"你当然不会看见我啰，毕业公演的话剧是《香妃》，你就是女主角香妃，和江青是 AB 角，你是 A，她是 B，对不对？我刚考进'南国'三期，可能是我国语好，声音又比较响亮，顾伯伯就让我当一名大臣念圣旨。"

我开始有点印象，好像是有这么回事。

但是同样地，我放在心里很久的歉意，他却完全没有印象了。

公司当时养了很多匹沙田退下来的马，我们没戏拍的时候，时常一大早都会去遛马。有一次遛马时，我的那匹马脱缰跑了，岳华很自责地用上海话说："是我勿（不）好，我特（太）大意了。"

上海话"特大意"和"脱大衣"是一样的发音，开始我是误会他说他脱大衣的，但是后来我明明弄清楚了，还是一口咬定他自私，自顾自脱大衣，不理我。

他却什么都不记得。

我拍徐增宏导演的《神剑震江湖》时，从马上摔下来的事故，他更表示完全记不得了。

我也搞不清，他什么是真想不起来了，什么是不想去记住。

就算是对让我们成名的《大醉侠》，同样的故事也每个人都有不同的版本。

那天我问岳华："陈鸿烈说，金燕子是公司指定让我演的，但是我记得清清楚楚，胡导演是提议我演，而公司不同意，他们要用演越剧的萧湘，你记不

和王羽参加法国影展

和陈鸿烈四十年后

邵氏的旧同事们欢聚一堂

（左起）我、焦姣、井莉、张燕、秦萍和方盈（后排）等邵氏好友在一起

半个世纪后《大醉侠》三个主演聚在一起

记得那件事？"

　　没想到岳华记得的又是另一个版本：

　　"这我倒是不记得，只记得大醉侠那个角色除了我，还有唐菁也在试镜，你陪唐菁试，赵心妍陪我试，哦，哦，哦，赵心妍当然不是跟你争金燕子那个角色，金燕子已经定了是你了，好像是副导演小丁在追赵心妍，所以让赵心妍陪我试镜。

　　"我记得我化好装，得躲进宿舍等唐菁和你试完了才可以出现，那时我是新人，而唐菁是大明星，不能让大明星知道我这个小家伙也跟他争这个角色演。"

他的这一段我真的又完全没有印象。

我端出副导演丁善玺丁导演亲口告诉我的内幕消息："你知道胡导演最希望谁来演大醉侠吗？"

"谁？"他摆着一副有什么你知道，我不知道的神情。

"他自己！胡导演本来自己想演大醉侠的。"我很得意地告诉他。

或许他这才找到了答案，为什么他怎么演，胡导演看了都不顺眼。

当然不管怎样，大醉侠一角最后还是落在他身上，尽管他一再表示大醉侠的成功，完全是胡导演的功劳，至今再看《大醉侠》仍是经典，证明了胡导演的功力。或许是在我面前，也可能是他的真心话，他认为除胡导演之外，我的金燕子和陈鸿烈的玉面虎都可圈可点。他很遗憾地表示，他的大醉侠是个败笔，他那时候实在太年轻了，更重要的是，他说："最后那场戏，胡导演灌了我几杯白干后，终于对我说，这还差不多，有那么点意思了。其实岂止是有那么点意思，我真的已经喝得差不多了。唉！如果胡导演早一点让我喝酒，我想我那个角色可以演得好一点。"

不过他对胡导演还是有情有义。他提起后来胡导演那部拍了一半的《笑傲江湖》，胡导演拍的时候让他演林建南，等胡导演退下来，他也移民了，徐克还让人打电话叫他回来补戏，他气愤地说："我才不回来呢，除非是胡导演拍，不然凭什么我要帮他补啊！"

一讲起这件往事，每一个胡导演的弟子仍然是无法消这一口心头怨气。最气的是，徐克把拍了一半《笑傲江湖》的胡导演换了下来不算，还对新闻记者说他最大错误是请胡导演拍，什么意思嘛！

从那次访问岳华，我突然悟到很多事情。岳华告诉我，我走了以后，他跟井莉合作最多，严格地说应该比跟我更多。我虽然心里不很服气，但是想到我离开以后，他仍然在邵氏待了那么久，原来只是我从他生命中消失，并不代表他的生活也就终止了。

因为这次的缘分，摄制组还特地去了一趟加拿大。岳华为我们安排了一连串的访问，包括联络了住在西雅图的孙重夫妇，还有乔宏的夫人小金。

Winson 说我们还去了美国洛杉矶和旧金山。

好像有那么一点印象，在旧金山访问了何藩，还有当年为我写了很多个剧本的倪匡。至于洛杉矶，我们好像去找到丁善玺，他那个时候不知道搭错哪根筋，居然在郊区开了个小饭馆，做起大厨来。

大概是同年的 11 月吧，正逢台湾的电影金马奖颁奖典礼，我们制作小组又飞到台湾，那一届的金马奖在李安导演的故乡台南举行，我们有机会访问到不少好友。金马奖完了后我们继续到台北，见到了又一批邵氏时期的老同事，我记忆最清晰的是王侠，这个我口中的"西呼达"，那是 1964 年在《兰屿之歌》里，他戏里的名字，我却一直"西呼达""西呼达"地改不了口。

还有一个很有印象的是韩国导演郑昌和。当 Winson 告诉我说郑昌和导演要来接受我们的访问，我就觉得有点别扭，我告诉 Winson，郑昌和导演不知道还记不记得，当年他来邵氏拍的第一部戏，我看都没看剧本就回绝了。看他们两个一脸不可思议的样子，就往下解释道，你们知道那个剧本叫什么名字？竟然叫《女侠卖人头》！

Winson 说好像有印象有这么一部电影，不是你的老友焦姣当女主角吗？

本来剧本是拿给我的，我一听这个名字就冒火了，这算什么嘛，女侠卖人头多不雅，女侠什么不好做，要卖人头！

这部戏好像也是姐姐刘亮华的制片，她可没帮着说情，反而怂恿我不要接，我还不趁机跟公司耍耍大牌呀。

Winson 说他后来帮邵氏拍的那部《天下第一拳》倒卖了大钱。

《天下第一拳》是他导的？那部让罗烈一举成名的《天下第一拳》？我有点不相信。

其实我的担忧是多余的，郑昌和导演一点都没把往事放在心上，他听说邵氏要拆迁，第一时间就抢着过来怀旧。这时候的郑昌和早已不再是导演，他已经移居美国改行做生意，而且做得非常成功。

就这样《邵氏大牌档》前后做了八十八集，我发现每一个人对每件事都有不同的回忆。不管怎么说，我很高兴有这个机会重新认识了老东家。虽然我在邵氏不是最早，也不是最久的一个，但是那是邵氏的黄金时代，也是我难以忘怀的青春黄金岁月。

《轻轻摇晃》摇上国际

由于《卧虎藏龙》意想不到地在全世界各地都大卖，我也因此借光在国际上开始小有名气。最明显的是过各地海关填表，职业一栏如果是我填上"演员"，他们就会问我演过什么戏啊？我说你看过《卧虎藏龙》没有啊？他们顿时眼睛会发亮，当他们发现我就是"碧眼狐狸"时，态度完全改变了。

因此就出现了一个"国际"的经纪人，为我发展接拍国际影片的工作。他的名字叫安德鲁·黄（Andrew Ooi），是一个从新加坡移民到加拿大去的华侨，他的经纪公司专门给华裔演员找国外市场。也就是说从他出现之后，妹妹保佩仍然是我的经理人，但安德鲁是专门负责我国外市场的经纪人，当然在国内市场也同样有另外一个经纪人。

在国外市场，他们并不会把我当作打女，在他们眼里我只不过是一个演员，所以我有机会演绎各种不同的角色，而这些角色，国内的导演们都未必会想到我。只是拍外国戏，很多时候都要用英语来讲对白，我的英语可以应付普通会话，但是用英语讲对白就有些难度了。不过安德鲁这些年还是帮我接了不少国外的活儿干，让我有很多机会参与在世界各地的拍摄工作。

就在 2012 年年初，安德鲁拿了一个非常不错的剧本给我，这就是《轻轻摇晃》（*Lilting*）。他说这是一部独立制片电影，英国 BBC 为了要提拔新导演，在三百多部剧本里面选了五部，《轻轻摇晃》就是其中的一部。BBC 将会赞助这部电影在英国伦敦拍摄。

《轻轻摇晃》的导演也同时是电影的编剧，最重要的一点是，这个年轻人是英国华裔，从小就和家人从柬埔寨移民到英国。他的母亲就和电影里的母亲一样，移民到英国二十九年，依然是不懂得说英语。

在《轻轻摇晃》中饰演妈妈

本·威士肖在《轻轻摇晃》中演儿子的男友

凭《轻轻摇晃》获第 17 届英国独立电影奖最佳女主角提名

这个故事是说一个与儿子相依为命的母亲，在儿子突然车祸死后，才发现儿子之所以把自己放进老人院，是因为他是一个同性恋者，他不知道怎么开口告诉母亲这个事实。但是当他离开了这个世界，照顾母亲的责任就落到儿子的外国男朋友身上。母亲又不懂英文，面临如何跟他沟通，怎么可以继续生活下去的问题。

我接到剧本就已经爱上这个角色了。虽然我和这个角色很不一样，但是我们同样是个母亲，我在美国也住了将近二十年的时间，虽然我能说一点英文，但是和社会脱节的感受我能理解。

所以当安德鲁问我有没有兴趣接拍这一部电影，我的答案是肯定的。尽管独立制片的电影给的酬劳会比较少。

经纪人一般来说是根据演员片酬的百分比抽成，所以我就跟他说："如果你不在乎钱少，我当然也不在乎。"

于是导演洪皓（Hong Khaou）就开始在 Skypes（一种网络电话）上跟我持续联络。最主要的是电影里我这个角色，母亲完全不会说英语，所有的对白都是中文，我要用普通话来说这些对白。

导演虽然是华侨，能听得懂一些中文，还会说一些方言，像台山话或者是广东话之类，普通话会一点点，但要写中文对白就会很困难。我必须自告奋勇，翻译这些中文对白。

这不是一件简单的工作，尤其是距离那么远，而语言又有隔膜，但是我们还是在我去英国之前，把整个剧本改好。我一再强调，我不希望在电影里我讲出来的中文，会让中国人听不懂。

2012 年 11 月，我单枪匹马去伦敦。一开始保佩有一点担心，她说如果真的没有人来接怎么办。我让她放一万个心，没有接到演员，担心的是他们，不应该是我。我向来不带助理，就算是去英国也一样。我常跟保佩说，如果需要助理才能拍戏的话，我想我也就该要退休了。

这次到英国去拍这部电影，是一个非常愉快的经历。

因为预算有限，整个的工作团队不单是我的酬劳很少，每一个工作人员、演员也都是半义务的，象征性地拿点车马费。但是他们工作的时候却是全情投入，因为他们相信这个剧本，希望一起努力达到最好的成果。

这种忘我、这种能够一条心地工作的精神，深深地感动了我，我似乎已经很久没有感觉过年轻人这种全心投入、全力以赴的精神。

到英国的第一个星期是造型和排练。而第一天排练，我们先进行围读，BBC还派代表来听我们的围读。读了一次剧本，大家对自己的角色有所认识，只是电影里演我男朋友保罗先生的演员还没有到。

原来不是没有到，是还没有选好演员。临时请了一位年纪四五十岁左右的，颇有知名度的男演员来读。但是当他看到我，觉得自己太年轻了一点，所以读不出那种感觉来。

到了正式拍摄的那天，我的"真命天子"彼德·鲍勒斯（Peter Bowles）才总算出现，他是英国的资深老演员，在英国电视界曾非常红，快八十岁了也还没有退休，一直活跃在电视和舞台上。

时间表上排了要用十七个工作日完成整部电影，大家看到通告都倒吸一口气，因为时间特别紧，必须分秒必争。

外国片比较有计划，而且进度都必须按照计划进行。我们一个星期工作六天，星期天是休息。通常档期排得好的话，就会利用休息的那天转景，这样不会因为转景浪费一天时间，同时工作人员依然保证可以休息。每天工作时间也是固定的，不会因为过了钟点让大家没有足够的休息。

对于这样的工作环境，以及大家那么投入，怎么可能不拍出好的作品来呢？

短短的三个星期吧，我们之间建立了深厚的感情，大家对我特别好，并没有因为我是外来的，对我有任何的排斥。

到电影杀青那天，大家都依依不舍，他们全体还为我搭个人桥，跟我说再见。

2014年年头，这部电影参加了圣丹斯电影节。我们的摄影师拿到最佳摄影奖。摄影师是荷兰人，一个非常美丽的姑娘，尤其是她提着摄影机拍摄的时候，特别迷人。

2014年整个一年，导演带着这部电影走了很多电影展，年尾在伦敦，我很荣幸被第17届英国独立电影奖提名为最佳女主角。

真人秀《花儿与少年》

要讲真人秀的话，就得先从原子鏸《我型我秀》开始说起。那一年东方卫视打着要选音乐剧歌手的旗号，我就带着原子鏸去报名参加，好像上海的海选已经过期了，结果我们是跑到济南去报名。原子鏸就是比赛的命，但不表示她喜欢比赛。从小她父亲带她去参加学校的田径比赛，后来大一点改学艺术体操，当然更是大比赛小比赛从来没停过。弄伤了不跳艺术体操了，又改学游泳，就变成游泳比赛了，打排球了，也逃不了比赛。怎么知道到了香港，就参加了香港小姐竞选。

当时她想去中国内地发展，参加一个比赛或许是条捷径，因为是选音乐剧歌手，正是她的所长，她还移居上海，准备好好大干一番。

很快我们母女就发现，原来所谓百老汇音乐剧只是个幌子，节目要的还是热门歌曲。当然我这么说也不完全对，因为事实上节目是跟百老汇音乐剧《四十二街》联合举办，幸亏有原子鏸参加，原子鏸真的以音乐剧歌手的身份，被选中参加了百老汇音乐剧《四十二街》的演出，让他们圆了说法，同时也给我们一个台阶下。

到了我去为成龙的《龙的传人》选秀当裁判的时候，我才真正了解到，所有的选秀比赛，真正的作用在给你提供一个舞台，让你有机会展示你的本领，所以比赛结果是谁赢都无所谓的，最重要的是你有没有抓到机会，在镜头面前表现得最好。

实际上在所有这些比赛当中，我觉得北京卫视举办的《龙的传人》还是比较精彩。参加比赛的孩子们一个个都武功了得，更有不少是从电影学校出来的。因为《龙的传人》的口号是要找会武功、更要会演戏的动作演员，想想这该有多难啊！一般来说，会演戏的演员，拿把刀或舞一下剑都未必会。同样地，会武功的多数只能做武行，不见得能演戏。

一直到 2014 年我参加湖南卫视的真人秀《花儿与少年》，我才真正体会到真人秀是怎么一回事。说句老实话，在参加这个节目之前，我一直没弄清楚真人秀是怎么回事。

他们也没有把详情说得很清楚，只是说一天给你一百欧元，包括吃住行都在里面了，看你能不能完成这个旅行。

记得在儿子二十五岁的时候，我送给他的生日礼物是让他去一趟环球旅行。我每天只有给他 100 美元，也一样要包吃住行。他去了整整一年的时间，生活得很好。

其中有一个故事，我一直挂在嘴边告诉大家的，就是当他们到新西兰的时候，买了辆二手的旅行车，白天开车，晚上就睡在车上。在新西兰，很多外国人就开着旅行车去旅行，所以他们有专门供应旅客洗澡上厕所的地方。怎么知道一个月下来，他们绕了一圈新西兰，再把这辆二手车卖了，居然还赚了一百美元。

所以我很有信心，我儿子能做的事，怎么难得倒作为他妈妈的我呢。况且他在路上游玩了一年，我们才跑十五天，绝对没有问题。

当孩子们知道我要接这份工作时，他们都很吃惊，因为他们知道妈妈并不喜欢旅行。

我告诉他们，这不一样，这是工作，只要是工作，天涯海角我都能去的。

摄制组担心的却是另外一个问题，第一次他们跟我录像试镜，第一句话竟然是问我吃什么药。

我没弄懂，就反问他们我好好的，干吗要吃什么药啊？

2014 年，我是六十八岁的老人了，难怪他们要担心我能不能扛得住啊。

整个旅行下来，事实证明，我绝对比年轻人都扛得住！

或许比较有意思的是，我们七个人来自不同的地方、不同的年龄、不同的生长环境。七个人里面除了跟李菲儿合作过一部电影、一部连续剧，其他的人我一个都不认识。

你看我像老人吗

开心一跳

我们做饭那晚上

他们也不见得个个都认识我，像那个最小的花花华晨宇，见面就管我叫华夫人，可见他还停留在《唐伯虎点秋香》时代。可是《唐伯虎点秋香》是1992年拍的，他那个时候应该才出世吧。他看我有所怀疑，赶忙告诉我，电视里经常有重播。

第一次见到张翰，印象也不怎么样，尤其是导演告诉我，他将是我们的导游，而他的表现是慢条斯理地在吃饭，我怀疑这"少爷"他行吗？从此以后大家都管他叫"少爷"。

还有那个许晴，从北京机场出发的那天，她迟到了大半个小时，还说是故意的，因为她知道航班，她认为不需要那么早到。这算什么嘛，通告就是通告，是要绝对遵守的，所以一见面我就毫不客气地批评她。

算来算去还是刘涛最合我心意，尤其是在到了罗马，推着行李车找公车站，她那女汉子的行为，让我对这次旅行重新增强了信心。

我那么喜欢涛最主要的原因，是因为从她的身上，我看到了自己年轻时候的影子。一直到现在她仍然是我的一个贴心的女儿。

其实"少爷"导游找的第一家旅馆还是比较合格的，别忘了我们这次旅行是"穷游"，当然不能住得太豪华，再说他看图识字又怎么能知道一间房四张床、一间房两张大床一张小床长得什么样？我开始同情少爷了，人家是少爷，他怎么知道"米"有多贵，照我看来其实他已经很不错。这么多难伺候的姐姐们，他实在是不容易啊。

还有那个凯丽那么喜欢哭，也叫我想不通。哭什么呢？在旅行中，许晴告诉我，凯丽天天晚上哭。我说怎么会呢，白天不是还玩得挺疯的吗？

反而是李菲儿，虽然除了花花她最小，但是她却一本正经的，也不怎么说笑。

尤其是当我知道，他们几个在内地都颇有名气，平时出入都有助理跟着，这么一个组合，跟我想象的有点不一样。我开始有点担心，担心怎么样可以用这样的预算，去完成这次旅行。

当然我的担心是多余的，湖南卫视怎么会让这个节目做不下去呢，他们需要的就是我们的这种矛盾，个个像我那样，节目出来就未必那么精彩了。就因为我们的不一样，才会产生那么多矛盾。

我开始慢慢地非常同情少爷，因为我想如果在家里，他肯定不用受那么多罪，他的助理他的经理人早就帮他安排得妥妥当当。不过我相信这时他也感觉到自己特别像男人，那么多姐姐都要靠着他，所以他特别花心思去做好这件事。已经三更半夜了，大家都睡了，他独自一个人还在那儿思考，在那儿计划明天的行程。

但是姐姐们意见还很多，觉得他太自作主张，应该跟大家商量一下，不能自己一个人关着房门出计划呀。

他受了委屈还在那里埋头苦干，看样子真的这个导游不好当啊！

实际上当少爷是导游的时候，虽然怨声四响但是至少还没出什么乱子，反正再吵再闹，少爷就打定主意闷在心里不跟你们计较。也不知道他真的不知道，还是假的不知道，原来"导游"要轮流当。离开意大利那天导演在机场就宣布了：到西班牙你们几个姐姐轮流做导游，我们将以抽签的方式，看大伙儿的行李谁先出来，下一轮的导游就由谁来当。

菲儿就在这种完全没有心理准备的情形下，被迫当了导游。在机场就有一个简单的交接仪式，所谓的交接仪式也就是少爷把剩下的钱交给菲儿，旅馆还是上一任的导游也就是少爷定的。我和菲儿坐同一辆车，在去旅馆的路上，菲儿把那包钱紧紧地抓在手上，嘴里不断地嘀咕着："怎么办？我就知道一定会是我！"

和我们同车的还有涛，我跟涛就一直安慰她，让她放心，我们一定会帮她的。

回到旅馆她先去少爷的房里，让少爷给她一点启示。少爷就把那本"天书"给她，说他也是每天根据这本天书来做计划的。

我睡之前答应她，明天一早陪她一块去买早餐，说完我就去睡。可是小丫头一晚上都没合眼，她仔细地看那本天书，为第二天的行程作了整个的计划，她一心想要好好地表现表现。

她不知道从哪里找到了帮我们做翻译的那些人，她以为可以用另外一个途径找到更好的行程。

　　她先安排了我们去旅馆附近的教堂，在我们排队看教堂的时候，她就去附近研究吃的，她想用最便宜的方法，让我们吃到最好的东西。因为大家意见很多，所以最后她就选择了吃自助餐。

　　她是真的做了功课，带我们去那条最有名的大街上逛街以后，又去走沙滩，最后的节目，是要带我们去一家非常出名的酒吧间。

　　听起来是内容非常丰富，只可惜她不认识路，让我们一直在兜圈子，终于到了那酒吧，正好是交接的时候。

　　菲儿整整一天神经都绷着，到了酒吧多喝了两杯。这时正好凯丽也喝了几口觉得不舒服，我和涛就先带凯丽走了，留下少爷、花花，还有菲儿跟许晴。

　　那天要是我们三个没走，或许不会有那么多事发生。先是菲儿喝得差不多，迷迷糊糊地居然把皮包给丢了。她打电话回来是涛接的电话，我在一旁还大声嚷嚷，丢了就丢了吧，反正你皮包里又没有钱。我说得也太轻松了，她的皮包可不像我的皮包，不值几个钱，那可是名牌的，我这土包子对名牌还没有什么概念。倒是一听到说她的护照也在里边的时候，才觉得有点不妙。

　　他们到领事馆去报失这些我都不清楚，等到我眯盹儿了一下，醒来发觉有一个人在凯丽的床前哭，直觉以为是菲儿，我就没头没脑地安慰她了，大家怎么会说你不好呢，你辛苦了一天，你为大家做了很多。

　　弄了半天才知道，原来哭的是许晴。

　　许晴是接菲儿的班，第二天做导游的，所以她没跟他们一块去领事馆，自己一个人先回旅馆。她以为跟着她的那个导演，怎么都不会让她迷路的，至少不帮她叫车，也会告诉她住在哪儿、哪一家旅馆吧。没想到那个导演会看着她没钱也不帮她付车钱。只不过是作秀，需要那么认真吗？

　　最后她把气出到我身上来了，说知道我不喜欢她，那天李导让我给大伙儿评分，我居然只给她刚刚及格，她上学以来，老师都从来没有给她评过那么低的分。

我不知道今晚是我一个人给大家评分，而且我也是实话实说，她处处都不合群，在这样一个群体活动里，怎么可能拿高分呢。

第二天她做导游的时候我很帮她，尤其是她说她会改，我就心软了，我想大家都要给对方一个机会吧！

第二天的事情最复杂了，首先菲儿护照不见了，那我们还怎么去西班牙？所以我建议许晴把我们分为三组，凯丽和少爷就跟菲儿去领事馆，因为凯丽当年演过《渴望》，相信领事馆的人对她一定会很熟悉，总会给点小面子。花花因为前天晚上喝得太多，涛在家里陪他，顺便整理箱子。许晴前一个晚上借了一家中国餐馆二十欧元，用来打车回旅馆，这时她让我陪她去还钱，然后还有一个大任务，就是要去买车票，当天晚上我们要坐火车。

接下去是凯丽做导游。凯丽做导游那天我们是真正的穷游，因为要看球赛，我们把钱用到七七八八，非但没钱还招来一大堆的影迷，应该说是歌迷，因为都是冲着花花来的。不过凯丽那天虽然钱是花多了，但节目内容很丰富，尤其对那些球迷来说，我没想到的是，七个人里面只有我不是球迷。

我那天没有钱，只能坐一日游的巴士去游车河，但外面挤满了影迷，怎么办呢？我就想出一个办法，去跟影迷们谈判。我出去跟影迷说，你们别都挤在那儿，这样我们哪儿都不能去，你们也什么都看不到，你们选出几个代表来，研究一下该怎么办。

他们想拍照，我说拍照可以，但不是一个个来，一组一组我们轮流拍，等拍完了你们就让我们出去。

他们表示想跟我们一块儿坐巴士，我说可以啊，但是能坐得下几个人呢，你们只能选代表了。

好不容易和影迷们谈妥了，花花说他不去，他要在旅馆睡觉，真是晴天霹雳，他不去可真不行，影迷是冲着他来的。接下来我得跟他做思想工作，这时我发现他原来怕影迷，因为他说那些真正了解他的影迷是不会死缠着他的。最后我和涛向他保证，我们会保护他，不让他有任何不自在。

当我们真的互相了解的时候，是我们要分手的时候，其实就只有那么短短的十五天，有什么事包容不了的呢？包括每逢我抄经的时候，凯丽老要笑话我说"抽筋"，或许她只是笑我普通话不标准，在感觉上，她是拿我的信仰开玩笑。

没想到这个真人秀给我带来那么多回响！以前别人就像当初花花一样，只知道我是华夫人，可是《花儿与少年》以后大家都知道我叫郑佩佩，或许还有人喜欢像花花那样，管我叫奶奶。

第六章　生死、轮回、因果

在死别里修行、看透

外婆去世那年，我刚生了老二珍珍不久，前夫看我接到舅舅电话的时候那么伤心，主动帮我订了机票，让我回香港见外婆最后一面。

这或许并不是我第一次面临生离死别，然而却是我第一次真正体会到生离死别不舍的感觉。

外婆只有母亲和舅舅两个孩子，在她八个内外孙里，她老人家最宠爱的是我这个大外孙女。之前我曾提到，在我还没出嫁前，有很长的一段日子，她老人家都陪伴着我住在邵氏影城的宿舍里。

然而很遗憾的是，当她去世时，我却不在她老人家身边。事实上我们都已经移民到世界各地，只剩下我大表哥带着他的妻儿，守在她老人家身边。

外婆虽然是一个非常虔诚的佛教徒，却把儿子送进教会学校念书，希望给孩子受到最好的教育。没想到因此我舅舅一家大小都成了基督教徒，更不可思议的是，我和我大表哥在她老人家的葬礼上，差点来场"宗教大战"。

作为一个基督教徒，表哥当然希望他奶奶（我外婆）死后能上天堂，所以当外婆还剩最后一口气时，表哥硬是帮她老人家洗了礼。

当我匆匆忙忙赶到香港出席葬礼时，听到这件事，气得差点没动刀枪。平时跟惯了外婆烧香拜佛的我，只担心她老人家信佛信了一辈子，本以为可以顺顺利利去极乐世界的，这下子却阴差阳错，硬把她老人家请去天堂见上帝，她老人家还能习惯吗？

也就从这一刻开始，我对"死亡"有了疑问："到底人死了，会去哪里呢？"我不由自主地常这样问着。

可能是我太爱外婆了，所以我觉得人死了以后，不会就这样没有了，哪怕是躯体不在了，还会有一点什么，会永远留在这个世界上。

我也常会想，为什么外婆要自己一个人孤单单地独自而去？就连我这个最宠爱的外孙女，都忍心扔下不管了呢？

我相信不管有没有信仰，在临死的一刻，人人都会希望有一条康庄大道，能通到所向往的天堂或极乐世界，没有痛苦和悲伤。

到了最后关头，我们才发现"死别"会给我们带来那么多的忧虑。

当南国实验剧团的团长顾文忠顾伯伯去世的时候，因为前夫不同意，所以根本就没有可能去看他最后一面，当时我感到非常无奈。不知过了多少年以后，我见到老蔡蔡澜，因为知道是他第一个发现顾伯伯独自一个人在他宿舍走的，我求老蔡告诉我，顾伯伯当时的情形，并答应老蔡，说完这次我们就谁也不提了。

的确每个人都有他们不同的因缘。有时候我在想，我跟前夫的因缘就只是为他们原家生孩子而已，所以儿子生下来了，我们的缘分就该结束了，我还有更重要的任务去完成。

为什么我会兜了一个圈，又会回到演艺圈来了，那是因为我跟演艺圈的缘还没有完。

我和长辈们的缘就特别好，可见得他们当年没白疼我。我觉得我回到演艺圈来其中最重要的一个任务是送每一个老师。怎么讲呢？胡导演是我送的，岳枫岳导演也是我送的，还有罗维罗导演、何梦华何导演也是我送的。我觉得我的婚姻生活应该告一个段落了，因为有更重要的事情等着我做，我没有觉得遗憾。只是觉得可能是婚姻生活里面接受的修行已经足够了，如果还有婚姻的话，就不可能做到这些事情。因为每一样事情都得问过前夫，要第一时间问他："我能不能去呀？"很多时候，对那些该来却不能来送的人，我能理解他们，知道如果有家庭的话，他们不一定有这个自由。但是，我要感谢前夫给我机会，让我走出了婚姻，可以为所有的栽培过我的人，包括我的这些老师们，我那些朋友们，都有因缘去送他们最后一程。

实际上在送别他们的同时，我也学到了很多东西，而且每次的经历都不一样。

就说罗叔叔吧，头一天晚上我还在他家吃饭，他那天显得特别高兴，好像刚刚从北京回来，也不知道听到什么，突然对所有的事情都充满信心。其实我感觉到因为有我在，他特别放心。

他不放心的是罗太，他跟姐姐刘亮华分手以后，娶了一个比他小很多的太太。罗太年纪跟我相仿，尤其是姐姐那么能干，谁跟姐姐比都要差一截，再说他老觉得这些年罗太跟着他吃苦，如果他走了罗太怎么办。他在我耳边嘀嘀咕咕的，我知道他担心，我也知道我让他放心。

所以我认为他是高高兴兴地走了，很放心地走了，充满希望地走了。

他走了以后，我在他的写字间打地铺，陪罗太整整一个月。

他是12月初一走的，一个月后，大年初一，罗太是新寡不能拜年，所以我们一块上佛光山过年。没想到是她度我抄经的，因为那天在佛光山的抄经堂，我看她抄得那么欢喜，顿时感到无比惭愧，从此我就发誓抄经成了我每天的功课。

过完年我们就分道扬镳了，她觉得不舍，说我怎么把她扔下。我告诉她，罗叔叔会更希望看到她自己能重新站起来的样子，我也得为我自己的几个孩子继续努力。

她没让罗叔叔失望，利用罗叔叔留下来的摄影器材，跟罗叔叔以前的一位摄影师合作，开了一家专门出租摄影器材的公司，把公司经营得头头是道。

最让我感动的是，去年我资助我的儿女拍一部电影，她二话不说把最好的机器借给孩子们用，并表示是代替罗叔叔了一个心愿。

相对来说，我认为老师胡金铨导演，是带着遗憾离开这个世界的。

我的老师胡金铨导演属猴，比我大十三岁，如果他还活着的话，明年 4 月 29 日该八十三岁了。1997 年 1 月 14 日，他紧跟着李翰祥导演，离我们而去，至今已经十八个年头，然而这一切都像是发生在昨天。

我当时人在香港，是台湾《民生报》的一名记者，第一个打长途电话把这个消息告诉我。我当时怎么也不能相信自己的耳朵，一个星期前，我在台湾，他兴致勃勃地告诉我，他那部筹备了二十年的电影《华工血泪史》总算筹足了钱，准备 3 月在加拿大出外景了。

他那次回台湾是做例行身体检查，一副准备战斗的样子。

没想到……

我一直都为我老师叫屈，像他，只能说是生不逢时。

还记得当我生完了老二珍珍，有一天胡导演跑到洛杉矶我的家中，要我找一个美国朋友，帮他"看看"他那个剧本英文翻译得怎么样。

幸好我的一位好友的美国朋友，自告奋勇肯为他"看"，这是我第一次听胡导演讲《华工血泪史》剧本的故事。

胡导演为拍《华工血泪史》，可说是历经波折。当时胡导演找到的一位副导演，一位美国犹太姑娘，对胡导演非常崇拜，把胡导演的事当成她自己的事在办。她到处找，四处碰，居然让她找到了一位好莱坞的制片人，也是位女士，是美国面包大王的后代，对胡导演非常赏识，马上决定把这部戏接下，要为胡导演筹钱来拍。

这一筹备又过了好长的一段日子，就听见胡导演在那儿，左一版右一版地重修剧本。胡导演总算明白，要打进国际市场先得过剧本这一关，剧本不通过，预算就无法打出来了。

我记得第一回预算打出来，好像是三百万美元，在二三十年前，这个数字对中国导演来说当然是天文数字，但对好莱坞而言，却只是一部低成本的制作。他和制片单位的条件是大家各一半，也就是说胡导演得先筹到另一半的一百五十万美元，没想到这一百五十万美元竟然是那么难筹。不知道又过了多久，这一百五十万美元还没见影子呢，三百万美元的预算变成了六百万美元了，一直到胡导演走之前他再告诉我的时候，已经变成了一千二百万美元了。

以为越来越难成事了，没想到胡导演却碰到了贵人。吴宇森拔刀相助肯出任执行制作，卡士上换成周润发来主演，虽然发仔的片酬要五百万美元，追加了三百万美元，他也总算筹到了一千五百万美元。

那么地困难，用了那么长的时间，他终于都走出了第一步，然而却……

此刻我只是恨自己不成器，我这个所谓的大弟子，叫了半辈子的老师，什么都没学到，更不能代他完成这个心愿。

其实老一派的人都很忌讳，别说生死了，就连"遗嘱"两个字都不愿提。胡导演就是这样，突然走了，什么话都没留下，所以什么都得靠猜，去猜这个走了的人的心意。

就说胡导演死后会想葬在哪里呢？他是北京人，会不会想叶落归根呢？又或许他已经背井离乡那么久，早就对北京没了感情？

有人说，胡导演既然选择在台湾离开这个世界，想必会想安葬在这里，这样也方便台湾的弟子们，以及台湾演艺界的朋友们能时常去悼念他。

可是胡导演的义女小瑜，经常在胡导演身边的摄影师小陈，还有《中国时报》的卜大中却都异口同声，说是曾听胡导演表示过，百年归老有意葬在洛杉矶的玫瑰岗。

在美国的吴宇森导演和他太太听到这个消息，第一时间传真来说，他们在玫瑰岗买了五幅地，愿意捐出一幅给胡导演，将来等他百年归老，他们可以在一起。

谁听了都会被他的情意所感动。

我之所以非得在美国成立一个基金会，是因为胡导演留下的一百八十多箱的"宝贝"，我把宝贝两个字加上引号，是因为这些东西，当胡导演活着的时候，都被我叫作"垃圾"，他一旦人不在了，却把这些垃圾当成了宝贝。

胡导演入了土，他的义女小瑜，第一时间冲进胡导演洛杉矶的公寓，翻了半天，也不知道她拿走了什么，就失踪了。等我们几个（包括张错教授、小木夫妇、小陈和 Katy，还有我）进去时，只见一切一如以往，窗帘紧紧地拉着，写字台上的台灯还是亮着，到处都堆满了书。客厅不用说了，写字台上、画桌上、书架上，最不忍目睹的是他的那张床，堆满了书，只留下一个小空间，刚刚好够他躺下。每一本书都贴着黄色的便条，写着他读书的观后感。给我的感觉，他不是在看书，他是在啃书。

起先他们大伙儿帮着我一块把东西一箱箱地封起来，后来每个人都得上班有自己的事，我只有自己一个人坚持在那儿装箱。我只请了一个星期的假，这时《上海探戈》已经在天津开拍了，也就是说，我必须在一个星期内，把所有的东西都装进箱子，封好后放进仓库。

胡导演是个艺术家，拍起戏来有条不紊，但生活上就一团乱了。就拿他的美国公寓来说吧，他和师母离异那么多年，从来没去做个过户手续，所以他一走，师母仍然是那公寓的合法拥有人。师母要把公寓卖掉，我虽然想从师母手中把公寓买过来，把它作为"胡金铨故居"供后人凭吊，奈何师母怎么都不肯卖给我，先是说我没钱，后来我告诉她，我接了周令刚的飞腾公司一百集连续剧，她改口说公寓风水不好，导演住那么久就霉那么久，反正就是不肯。不过我还是把导演的公寓打扫得干干净净，让师母交付与他人了。

经过胡导演这件事，我懂得了什么都得按程序办事。我们在美国注册了"胡金铨基金会"，同时去办理遗产产权登记。胡导演的三姐是他唯一的亲人，三姑说她不要这些东西，但是却不能说不要就不要，必须通过律师，从三姑手中继承这些遗产的产权。

那些东西就一直放在仓库里好长一段日子，其中包括导演寄放在加州大学洛杉矶分校以及皮尔斯伯里（Pillsbury）的东西。如何保存成了我每天牵挂的问题，基金会没钱怎么办呢？

我和三姑起初想把这些东西放在香港，不管怎么说，导演是在香港起步的。奈何当时香港的电影资料馆在旺角，经费也不足，最后在石大哥的调解下，我终于答应寄放在台湾电影资料馆，还签订了合同，他们整理后，会给我们一个明细清单。

我曾去台湾电影资料馆的仓库参观过，看到他们确实费心做了很多工作，两三年前还很成功地办了长达两个多月的展览，更把部分资料运到香港，香港也举办了胡导演的展览。我们美国基金会也希望把香港这批展览物品运去美国，在世界各地继续作展示，这是多年来我们基金会的心愿，我们要让胡导演的名字，刻在世界每一个角落上。

据说何梦华导演临了，也有个心愿，就是希望他的手印脚印能印在香港星光大道上。他说有一次他带孙子去走香港的星光大道，因为孙子找不到爷爷的手印和脚印，感觉很失望。相信导了一辈子的电影，这一刻是最下不了台的。

他的晚年我们常在一块，若早知道他有这样的心愿，或许我会跟有关单位提一下，反正这种事情也没有个准则，你不提，别人也不知道你在意。当然你手印不在上面，也不能代表你没有为香港电影出过力。

他走的时候我正在内地忙着拍戏，不过幸亏我还是能赶回来，送他最后一程。如果我没回来帮他张罗，他太太还不知道演艺圈该跟谁联络，到底这辈子他只做过这个行业。

几个老师里面，最让人心酸的是岳老爷岳枫导演。其实他是最长寿的一位，他自称九十岁了，实际上他要到生日才九十岁，他生日是农历七月三十，地藏菩萨诞辰的同一天，所以我常说岳老爷是地藏菩萨来度我的。他走也是七月份，不过是公历7月3日，那是1999年，所以他没来得及等到千禧年就跑了，等不及要去会师母了。他不明白，为什么他比师母大那么多，却是师母比他先走。师母也不放心他，不断地叮嘱他身边要放个钱。他是想着孩子等钱用，自己有多少就给多少吧，没想到孩子不孝，把老人家扔下，自己一家大小移民去了。

我那时候自己环境也不算太好，每次见他就塞几百块钱让他买东西吃，后来他进了老人院，环境很糟糕，在楼梯口一张床位，我去看他好几次，所以那儿的姑娘（护工）都认识我。

有一天突然收到姑娘的电话，她说不好了，岳伯伯怎么劝都不肯吃饭，怎么知道等我匆匆忙忙赶到老人院，他们已经把岳老爷送到青山精神病医院。他们解释说，老人家不肯吃就是神经有问题。

我到了青山医院，岳老爷让我跟医生说，让他走……

我知道岳老爷活得并不开心，但是作为他的学生，我有这个权力让他走吗？

岳老爷终于离开了这个不能让他快乐的世界，师母是天主教徒，她葬在天主教坟场，岳老爷当然要跟她一起。

也许是缘分吧，当年表哥帮外婆洗了礼，也把外婆葬在天主教坟场，现在岳老爷和外婆成邻居了。现在每当我去为外婆扫墓，也一定会去岳老爷那里献上一束花。

前夫常说我是一个没父亲的人，所以不懂得父亲的重要。其实谁说我没有父亲，严格地说我有三个"父亲"，一个是我生父，虽然缘浅但是我尽力了。另一个是继父，他和我母亲结婚五十多年，但可能因为他是英国人，我一直没有办法跟他很好地沟通，直到母亲过世，我才不得不承认母亲是他的妻子，我为那么多老师做了那么多，母亲走了却什么也不能按照我的意愿去做，因为他才是母亲最亲的亲人。

另一个父亲是养育过我们全家的舅舅，母亲的亲哥哥。母亲年轻时一过不下去就想到舅舅，所以养育我们几姐妹也成了他的责任。刚到香港时，我和舅舅也有很多的不能沟通。一开始竟然是政治上的分歧，我说共产党好，他说国民党好，当然他是逗着我玩的。后来是宗教，他是基督教徒，我是佛教徒，我们为这个又争得面红耳赤。但是到他不愿意跟我争的时候，就是问题很严重了，那就是他不能接受我居然不学好要当明星。结果当他知道我不是他以为的那种所谓"明星"，反而对我另眼相看，我们之间就算有再多的不一样观念，却成了最深交的朋友、亲人，"父女"，甚至于比他自己亲生的孩子还要亲。

我对他也一样，如果不是想帮他申请移民，我根本不会愿意申请美国护照。连美国的移民局都觉得不可思议，那时我还没生儿子，那个考官第一句话就问我，你在美国生了三个孩子还没申请成为美国公民？

我们虽然仍然存在分歧，但是互相接受对方。他进了养老院，我正好接了部加拿大电影，就在他养老院附近。不拍戏的时候，我就走过去请他老人家吃饭，几乎又回到从前。唯一不同的是，以前是他带我，这时是我带他。冥冥之中上天给了我一个与他相处的机会。

但是我却遗憾不能为自己的母亲做些什么。

2014 年当我跟着《轻轻摇晃》剧组去参加圣丹斯电影节时，保佩打长途电话给我，说母亲不行了，我匆匆忙忙赶回香港，会同保佩赶去澳大利亚看母亲最后一面，这时小佩在妹夫陪同下已经到了澳大利亚，我们四个子女她都见到了，实际上是她老人家的福气，但是……

我和保佩赶回香港过年，她是年初五往生的，继父不愿意任何人打扰，我无法请师父在她身边帮她念佛助念，只有在香港为她做七。

或许我还是太执着了，母亲与继父已经结婚五十年了，我以为只是因为语言不同，原来我从来没有真正接受过他，一直到母亲走了，我才发现跟母亲最亲的，不是她的孩子，而是她的老公，一切的决定都是以他的决定为准，我无奈，太无奈了！

母亲从来不提后事，谁也不知道这是不是母亲的意愿。

我心甘情愿为我的亲人，为我尊敬的老师们做任何事，但是我却不愿意麻烦我的后代为我做任何身后事。

我为我的老师长辈们做的时候，我老是在想真的是他们想这样吗？所以我决定在我走之前做完一切我该做的，不让孩子们花这个脑筋。

我先把所有东西捐给香港电影资料馆，包括所有的照片。没想到却给他们带来麻烦，因为我捐得太早了，所以每次有人要我的资料都得麻烦他们，但是谁又能料到什么时候是"刚好"呢？

生老病死，生和死我都不怕，最怕的是老和病，老了怎么办？病了又怎么办？就算没病没痛，老也是很可怕的。我不是说我怕老，而是老了对别人来说是个累赘，所以我为自己申请了老人公寓，而不是一个床位，我不为自己住得舒服，也得为孩子们活得像样。我本来是好意，不想反而让他们落得一个不孝的名声。

很多人认为我有儿有女，养儿防老是理所当然的事。但我不认为这样，我觉得人和人之间需要有空间。不只是我需要给孩子们一个空间，我更需要这个空间。

当我的好朋友尹怀文告诉我，她从今以后不用担心身后事，因为她已经决定在她走后把她的躯体捐给香港中文大学，她的躯体将为中文大学做两年的"无言老师"，他们会帮她处理她的遗体。

我听了以后马上给孩子们说，妈妈一辈子都希望做个有用的人，如果妈妈知道自己死了以后，妈妈的躯体还能有用，你们是不是应该让妈妈完成这个心愿？

当他们想念我的时候，我希望会成为一种动力，只要他们能不断地进步，好好地生活，比什么都强。

与你一起实现梦想

十年前，我与话剧导演赖声川在飞机上偶遇，我跟他谈我的梦想：我想把老师的《大醉侠》用音乐剧的形式搬上舞台！

十年过后，他突然找我，请我去演他的梦想舞台开张的第一出舞台剧——《在那遥远的星球，一粒沙》。凭良心，那一刻我很兴奋，没等赖导出现，我自己坐上飞机先去看他了。

这样一隔就大半年，我越想越紧张，我一分钟就决定一生的性格还是改不了。

我的好友焦姣好像能读懂我的心，她说是时候给自己的演技一个考试，不管电视、电影都不能算演员独自的演技，只有舞台剧，才是真正考演员的功夫。

我在我七十岁前夕，接受这个挑战，不过我仍然继续做我的梦，希望能把《大醉侠》变成音乐剧，搬上舞台，纪念我的老师，同时当然是让原子镳来圆我的梦。

我曾告诉过好些人，希望在七十岁的时候，能够做一个这样的节目，节目里面我是一个咖啡店的老板娘，每天都有不同的追梦人来这里安慰失意的自己。

《在那遥远的星球，一粒沙》，2015年年末上剧场的首场大戏（高剑平摄）

赖声川导演在说戏（高剑平摄）

在《幻城》中演封天婆婆

和《幻城》的编剧沈芷凝是忘年交

这老板娘热衷听他们诉说自己的经历和心事，宛如一位邻家奶奶般慈祥和蔼，不但收集了一个个美丽的梦想，还尽了最大的努力去帮助这些心怀梦想的人们（包括我自己的四个孩子、星后代、当年参加《龙的传人》选秀的孩子们，以及周围的年轻人）。最终，在这个节目的帮助下，那些追梦的脚步离梦想越来越近。

我知道这是一个很难做的节目，甚至于让别人懂我的想法，都已经很难很难。

或许也并不是那么难，我最近接了部电视连续剧《幻城》，这是我和我的忘年之交——这部戏的大编剧沈芷凝的一个梦。我们相识的时候，她刚从学校毕业出来，那时她就希望有一天我会演她笔下的一个角色，这下子沈芷凝和我的梦想都成真了。

所以在我七十岁的生日会上，我希望你能为大家展示"你的梦想"！

我谢绝任何礼物，但是我希望能与你一起实现你的梦想！

尾声

这么多年我和妹妹保佩都争论一个问题，就是："我们为什么来到这个世上？"

保佩说，我们来是为了传宗接代。

我却说，我们来是为了修行，在修行中我们学到很多东西。我这辈子学到的是生死、轮回、因果。

回首看我走过的这七十年，爱、恨、得、失，只是一笑！

跋一　繁华落尽的真觉

像是在昨天，才听佩佩姐兴致勃勃地提起"2016 年我就七十岁了，我计划到时候……"然后我说："还早着呢，你怎么这么快就在那儿安排了？"

这头才说着，一眨眼佩佩姐的七十寿辰竟然就到了。更高兴的是，一早已跟全世界宣告在这一天不收任何礼物的她，却给大家准备了一份特别有意思、有意义的大礼——《回首一笑七十年》，这本她在人生路上七十年的所遇、所闻、所思，所经历的回忆录。

有幸成为本书的最早读者之一，读完后感觉像跟着佩佩姐走了一趟人生路。我这样讲实在太下巴轻了！就算不提她的回忆录将会如何丰富香港电影的历史篇章，光看命运给她安排的考验与挑战，肩负的各种各样大小使命与责任，经历过的波涛汹涌，就足令人感慨。身处世界上最璀璨也是最残酷的演艺行业，佩佩姐一路走来跌宕起伏，在时代风云中傲然屹立，如此苦心志、劳筋骨、饿体肤、空乏身，复得在忧患中奋发而起的人生旅程，要不是女超人（典出请看第三章《四个孩子和四个流掉的孩子》篇），怎么可能"跟"得了啊！

我没有"跟"的能耐，还好有偷着"学"的机缘。

1993 年 12 月，因为代表报社（马来西亚的《中国报》）邀请佩佩姐主持一系列名人专访，初次相识已觉亲切。随后她再为报社执笔写专栏分享学佛体悟，至走访马来西亚多地主讲多场座谈，相处熟络更感相知。她的文章我手写我心，坦率直白，待人接物亲切随和，尤其是守信守时、好学敬业的态度，不管在什么环境下都无嗔自在的言行风度，除了赢得大家激赏，更让我不由在下意识里，视为学习楷模。

从那年 12 月至今，这二十多年来，如果我们是飞翔在各自天空的风筝（典出请看第五章《用文字擦亮心灯》篇），那么"缘"就是系着风筝两端的线头，使我们持续保持着联系，不时有机会碰头。

这些年来，我有更多机会看见佩佩姐放下我执，还原本我的睿智。她很传统，例如在婚姻里执着从夫，执着无后为大，认定饮水就该思源，贯彻对师长们恭敬服其劳的伦理，从不吝惜提携后辈——这可都是"以前的人"才会做的事。她也很开明，有现代思想，在精神与物质上卓然独立，却全力支持孩子们所需，百分百尊重孩子们的自主权；也从不批判逆意的人事，尤其对生老病死直面不讳。

刹那芳华，少年子弟江湖老，七十年人生也就一弹指。佩佩姐七十年回首一笑，笑里是繁华落尽后的真觉、至淳。

马来西亚资深媒体人 彭早慧

2015 年 12 月

跋二　不说教的佩佩姐

　　我一直没跟佩佩姐说过，我第一次见她本人是 2007 年。那年原子鏸来上海参加《我型我秀》，有一集佩佩姐来助威，因为她来，录影棚就好像烧了一把火，被她灿烂的笑容和铿锵的语言烧起来了。当时我就觉得这个妈妈不一般。

　　后来朋友做网站，约一批明星写专栏，佩佩姐也是作者之一。我定期浏览，发现只有一个明星是在认真写这个专栏，这个明星就是佩佩姐。别的人几百字交货，她一写就是洋洋洒洒千余字、数千字，而且掏心掏肺。我这样说当然得罪人，但事实就是这样的！在读这本《回首一笑七十年》时，读到有的地方我也会想：佩佩姐确定要这样写吗？太直白了，当事人看到会不会不高兴？但我想佩佩姐对这种疑问的反应也会是：事实如此，怕什么！

　　去年开始佩佩姐为我所在的《上海电视》周刊写专栏，不多不少每个月一篇，准时交稿。我从来不会怀疑她的文章会由别人代笔，就因为我看过她写的文章，这些文章不可能是除了她以外的第二人写出来的，尽管我知道她和文化界来往多，找个代笔不成问题。她的文风别人很难模仿，太像她这个人，是行走江湖的侠女，磊落、干脆。行文不用什么辞藻，通篇"干货"，被岁月烤出的精华。当我看到胡金铨、李翰祥、张冲、岳华、林黛、乐蒂、叶枫、江青……的名字轮流登场时，眼睛都舍不得眨一下。这是任何文史资料者都编不出的香港影坛流年史记！佩佩姐是亲历者，以小我视角，记录影坛风云，背后是中国的大时代变迁。浅读是电影圈的逸事，深读则是在讲生命归于平淡的真谛。

我还注意到佩佩姐说人说事的一个习惯：她并不以谁的身份、地位、名气如何而区别对待。比如她说"老师"，胡金铨是她电影界的恩师，胡蓉蓉教过她芭蕾，她都铭记在心。而说起市三女中时期的班主任郭老师，一样满怀感激，感恩郭老师教育了她早期的品德。笔墨与感情不比别的名气响当当的恩师差半分毫。在说到"晚年代表作"《轻轻摇晃》时，她顺着自己的心思讲的都是搭档老演员、女摄影师的事，并没有特别提到这部电影的男主角，演她"儿媳妇"的，乃是誉满全球的小本（本·威士肖）——这就是佛教里说的"众生平等"吧。

佩佩姐并不说教，但是读她的文章，受益却很多。

媒体人、专栏作者 甘鹏

2015 年 12 月

后　记

　　我突然想为自己的七十年作个总结，或许是因为赖声川导演请我演舞台剧，焦姣认为这是对我"演技的总结"而来的灵感。于是我跟我的经理人妹妹保佩说，我是不是应该把我出版过的三本书，改成简体字出版，让内地的朋友可以共享一下呢？她一声"好啊"，我就开始行动了。

　　我的第一本书是《擦亮心灯》，由佛光文化出版，现在想出简体版，刚好人在上海，当然第一个要请教佛光山在上海创办的星云文教馆的住持满莲法师。满莲法师这盏灯就引我去见了上海大觉文化传播有限公司的执行长《传灯——星云大师传》的作者符芝瑛小姐。符小姐看完《擦亮心灯》后帮我联系了负责编辑出版简体字星云大师口述历史《百年佛缘》的生活·读书·新知三联书店（上海）有限公司的副总经理麻俊生先生。麻先生爽快答应出版这本简体字的书，于是就变成我给自己七十岁的一件礼物了。

　　开心！却没想到这是一项艰巨任务，因为麻先生认为不能只是综合之前写过的文章，一段段地摘录改成简体就算，应该把我整个七十年的人生故事一气呵成收在这本书里——那不就成回忆录了吗？于是推倒重来。

　　因为一开始，我就说了这是要给自己七十岁的生日礼物，所以就有了出版期限，一切要根据倒计时来进行。

痛苦！那些往事我早就丢在脑后，重新一件件又翻了出来。很快代替痛苦的却是无限欢喜，原来正如我在人生道路上一样，我遇到一个又一个的贵人，让我得心应手地把这件"礼物"完成。

所以我的后记会充满这么多的感谢……

首先要感谢我的师父星云大师，我把初稿交给他不到三天，他老人家就把序寄来了，连麻先生都说，还是师父侠义！

另一个侠义心肠的是资深媒体人彭早慧小姐，在最后关头，她整整花了一星期的时间帮我整理稿子。

还有我的老朋友蔡澜老蔡，一开始他担心会在序里提到什么我不想提的，我说都七十岁了，什么话没听过呢，后来他也还是把序写过来了。

因为本书，也让香港电影资料馆的同仁费心帮我找照片。当初我把所有的照片捐赠给资料馆的时候，并没想过有一天会出回忆录，结果现在变成给资料馆添麻烦了。同时还要感谢邵氏兄弟（香港）有限公司、橙天嘉禾娱乐有限公司、天映娱乐有限公司的大力协助。还要感谢 Post（《邮讯》）杂志为我拍照的摄影师，我未来得及获得他的许可，就使用了那张黑白照片。

当然我更要感谢我的家人们。感谢弟弟业成，妹妹小佩和保佩，我四个宝贝孩子，以及女婿的参与，他们都写来了他们心中对我的感受。可因为他们写的是英文，麻先生请了复旦大学的博士常方舟代为翻译成中文。为了让看不懂中文但听得懂中文的他们确信，用中文说出来的意思跟他们用英文想表达的一致，麻先生特意声情并茂地把译好的中文朗读了一遍，并录好音发给他们听。

书稿完成后，我接受麻先生的建议，请了不同年龄段的朋友看看，再发表一下读后感。本来我一直担心"90后"的孩子没有兴趣看，没想到，青年编剧童芸一口气看完了，也写来了读后感。其中媒体人甘鹏跟我说的几句话说到我的心里，他说这本书最有价值的是我用一颗佛法的心，使用了大家都能接受的笔触来写。不管你是不是佛教徒，甚至于是基督教徒，或者没有信仰的人，看了都会把人生看得很平淡，因为人生好的坏的都要经历，而且都会过去。正所谓逆境有时是人生最曼妙的风景，面对它最好的方法是内心的淡定与从容。这种说法能起到一个传播佛法的作用，但是并不在说教——而这，确实就是我对这本书的期望。

郑佩佩

2015 年 12 月于上海